THE QUEEN OF CRIME
繁體中文版
20 週年
紀念珍藏

第三個單身女郎

著——阿嘉莎・克莉絲蒂

譯——陳亦君、曾胡

Third Girl

Agatha Christie®

通俗是一種功力

吳念真（導演、作家）

通俗是一種功力。絕對自覺的通俗更是一種絕對的功力。

這樣的話從我這種俗氣的人的嘴巴說出來，大概很多人要笑破褲底了。不過，笑完之後請容我稍稍申訴。這申訴說得或許會比較長一點，以及，通俗一點。

小時候身材很爛，各種遊戲競爭完全任人宰割，唯一隱遁逃避的方法是躲起來看書或聽大人瞎掰。那年頭窮鄉僻壤的小孩能看的書不多，小學二年級時最喜歡的是超大本的《文壇》，老師借的。看著看著，某天老師發現我的造句竟出現：「捧著：朝陽捧著一臉笑顏為群山剪綵」這樣亂七八糟的文字，就拒絕再讓我看那些超齡的東西了。

老師的書不給看，我開始抓大人的書看。一種是厚得跟磚塊一樣的日文書，對我來說那完全是天書，但插圖好看，經常有限制級的素描。另一種書是比較薄的，通常藏得很嚴密，只是裡面有太多專有名詞、重複的單字和毫無限制的標點，比如「啊啊啊」、「……！！！」

老讓我百思不解。有一天，充滿求知欲地詢問大人竟然換來一巴掌後，那種閱讀的機會和樂趣也隨著消失了。

所幸這些閱讀的失落感，很快從大人的龍門陣中重新得到養分。講到這裡，我似乎先得跟一個村中長輩游條春先生致敬，並願他在天之靈安息。

我所成長的礦區，幾乎全是為著黃金而從四面八方擁至的冒險型人物，每人幾乎都有一段異於常人的傳奇故事。這些故事當事人說來未必精采，但一透過游條春先生的嘴巴重現，有時連當事人都聽得忘我，甚至涕泗縱橫，彷彿聽的是別人的故事。

條春伯沒當過日本兵，可是他可以綜合一堆台籍日本兵的遭遇，一如連續劇般從入伍、受訓、逃亡荒島，面對同鄉同袍的死亡，並取下他們的骨骸寄望帶回故鄉，乃至骨骸過多搞不清哪是誰的等等，讓聽的人完全隨他的敘述或悲或笑，彷彿跟他一起打了一場太平洋戰爭。此外他也可以把新聞事件說得讓一個三、四年級的小孩，到現在仍記得當時腦中被觸動的畫面。例如當年瑠公圳分屍案的凶手做案之後帶著小孩到安東街吃麵（這讓我一直以為台北的安東街是條專門賣麵的街道），還有甘迺迪總統被暗殺、賈桂琳抱住她先生、安全人員跳上飛快的車子保護賈桂琳……當然，這記憶全來自條春伯的嘴巴而不是報紙。我的記憶全是畫面，有畫面，是因為條春伯說得精采，說得有如親臨他至死都還搞不清地理位置的達拉斯命案現場。

於是這小孩長大後無條件地相信：通俗是一種功力，絕對自覺的通俗更是一種絕對的功力。透過那樣自覺的通俗傳播，即使連大字都不識一個的人，都能得到和高階閱讀者一樣的感動、快樂、共鳴，和所謂的知識、文化自然順暢的接軌。也許就是因為這些活生生的例子，俗氣的自己始終相信：講理念容易講故事難，講人人皆懂、皆能入迷的故事更難，而能隨時把這樣的故事講個不停的人，絕對值得立碑立傳。

條春伯嚴格地說是有自覺的轉述者，至於創作者，我的心目中有兩個。一個是日本導演山田洋次，一個是推理小說家阿嘉莎．克莉絲蒂。

山田洋次創造了寅次郎這個集合所有男人優點跟缺點的角色，在以《男人真命苦》為名的系列下，總共完成百部左右的電影。它們的敘述風格、開頭、結尾的方法不變，唯一改變的是故事，是時代，是遍歷日本小鄉小鎮的場景。數十年來，看《男人真命苦》幾已成為日本人每年的一種儀式，一如新春的神社參拜。

數十年前訪問過山田導演，他說，當他發現電影已然有它被期待的性格時，電影已經不是導演自己的。他說：當所有人都感動於美人魚的歌聲時，你願意為了讓她擁有跟你一樣的腳，而讓她失去人間少有的嗓音嗎？

人間少有的嗓音與動人的歌聲，都來自山田導演絕對自覺的通俗創造。

再如阿嘉莎．克莉絲蒂，如果我們光拿出她說過的故事和聽過她故事的人口數字，就足以嚇死你。五十多年的寫作生涯，她總共寫出六十六本長篇推理小說，外加一百多篇短篇小說和劇本。其中有二十六本推理小說被改編，拍了四十多部電影和電視劇集。作品被翻譯成一百零三種文字的版本，銷量超過二十億本。

夠了。你還想知道什麼？知道二十億本的意義是什麼嗎？二十億本的意義是全世界平均三個人就有一個人讀過她的書，聽過她說的故事。

說來巧合，她和山田洋次一樣，創造出個性鮮明的固定主角（當然，前前後後她弄出來好幾個），然後由他（或是她）帶引我們走進一個犯罪現場，追尋真正的罪犯。

故事就這樣？沒錯，應該說這是通常的架構。那你要我看什麼？不急，真的不急，克莉絲蒂會慢慢冒出一堆足夠讓你疑惑、驚嚇、意外，甚至滿足你的想像力、考驗你的耐心和智商的事件來。

推理小說不都是這樣嗎？你說得沒錯，大部分是這樣，不一樣的是……對了，她像條春伯，像山田洋次，她真會說，而且她用文字說。

文字的敘述可以讓全世界幾代的人「聽」得過癮、「聽」個不停，除了聖經，也許就是克莉絲蒂。她不是神，但她真的夠神。

數十年前，台灣剛剛出現她的推理系列中譯本，那時是我結婚前，常有同齡的文藝青年來我租住的地方借宿，瞄到我在看克莉絲蒂，表情詭異地說：「啊？你在看三毛促銷的這個喔？」

我只記得他抓了一本進廁所，清晨四點多，他敲開我的房門說：「幹，我實在很討厭那個白羅……再拿一本來看看，我跟你說真的，要不是你的書，我真的很想把那個矮儸壓到馬桶吃屎！」

我知道他毀了，愛吃又假客氣，撐著尊嚴騙自己。克莉絲蒂再度優雅地撕破一個高貴的知識份子的假面具，她的手法簡單，那手法叫通俗，絕對自覺的通俗，無與倫比、無法招架的功力。

昔日的文藝青年如今跟我一樣，已然老去，但不時還會看到他寫一些充滿理念和使命感極重的文章，在報紙和雜誌上出現。我知道他要說什麼，只是常常疑惑他想跟誰說；同樣，我記得他說過什麼，但轉眼間忘記他說了什麼。但請原諒我，幾十年前那個晚上，他在我家看完的那兩本克莉絲蒂的小說內容，我可還記得清清楚楚。

也許有一天再遇到他的時候，我會問他之後是否還看過克莉絲蒂其他的書，如果沒有，我會跟他說，想讀要趁早，因為你會老、會來不及。至於白羅那個矮儸，大概永遠不會消失。哦，對了，還有一個叫瑪波，你說不定會來不及認識……

老派偵探之必要

冬陽（推理評論人，台灣推理作家協會理事長）

「讀者非常喜歡白羅這個人物，表示『那個開朗的小個子，過氣的比利時名偵探』。顯然白羅是這本小說受歡迎的一個原因，雖然白羅可能不贊同用『過氣』二字來形容他。」知名編輯兼作家經紀人約翰．柯倫（John Curran）在《阿嘉莎．克莉絲蒂的秘密筆記》一書如是說，文中提到的「這本小說」，正是克莉絲蒂初試啼聲、名偵探赫丘勒．白羅優雅登場的《史岱爾莊謀殺案》，一部於一個世紀前出版的偵探推理作品。

百年光陰的淬鍊顯然證明了白羅絕無過氣的疲態，連帶讓我聯想起電影《金牌特務》（*Kingsman*）上映後，大眾熱議西裝如何能帥氣俊挺歷久不衰——或許可以從這個切入角度，在這裡跟老書迷、新讀友探究這個蛋頭翹鬍子偵探（我沒有影射哪款洋芋片食品喔）的魅力所在。

且讓我們話說從頭。

「我敢打賭你寫不出好的推理小說。」一九一六年，阿嘉莎．米勒（克莉絲蒂婚前的舊姓）在媽媽的打字機上敲擊，打算回應姐姐梅姬這挑釁的話語。她努力嘗試，但故事寫得不好，於是改從身旁熟悉的事物著手——比方說毒藥。阿嘉莎在藥房工作過，曾在某個夜裡驚醒，匆匆回到調劑室重新配置，因為她不記得有沒有漏做一個重要步驟，否則病患就要去見閻王了——噢，這似乎是個謀殺好點子。

阿嘉莎還記得姨婆對她的叮嚀：要注意他人覬覦她珍藏的首飾，時時留意是不是有人偷偷拉長了耳朵聽她們的竊竊私語。小阿嘉莎不但執行得徹底，還把這個習慣寫進小說裡。同時她還注意到，因為世界大戰爆發，家鄉托基湧入許多比利時難民，不如讓一個逃難到英國的比利時退休警官擔任偵探？一定很有趣！

啊，偵探小說顧名思義，只要塑造出一個教人印象深刻的偵探，大概就成功一半。這個人物必須要有特色、有個性，甚至是怪癖，而且聰明又自負。好幾個名字浮現在她腦海裡：莫里斯．盧布朗（Maurice Leblanc）筆下的怪盜紳士亞森．羅蘋、卡斯頓．勒胡（Gaston Leroux）創造的新聞記者胡爾達必，當然還有那最最知名的夏洛克．福爾摩斯——連帶創造一個華生型的助手好了。該怎麼安排呢……

於是，一位偵探的樣貌漸漸成形：五呎四吋的小個兒，蛋型臉上蓄著保養得宜、梳理有型的鬍子，衣著一塵不染，漆皮鞋擦得錚亮。他有嚴重的潔癖，說話不時夾雜法語，喜歡成雙成對的東西，喜歡方的不喜歡圓的（雞蛋為什麼不是方的呢？），口頭禪是「動動灰色的腦細胞」。阿嘉莎心想，他應該要有個像福爾摩斯一樣響亮的名字，取名「赫丘勒斯」怎麼樣？希臘神話中的大力士。姓氏叫白羅，不過搭赫丘勒斯這個名字好像不配……改一下，赫丘勒．白羅好像不錯？就這麼定了吧！

白羅很聰明，懂得觀察入微沒錯，但這並不表示他就得是台獨尊腦袋、缺乏情感的冰冷思考機器，尤其要在人物關係錯綜複雜的莊園宅邸查案追凶，交際手腕得高明些才行。他不是在謀殺發生、屍體出現後才開始像頭獵犬四處嗅聞，而是憑藉旺盛的好奇心與強烈的同理心接觸各種人事物，進而探入被害者、犯罪者、各個看似無辜但多少都和事件沾上邊的關係者的心靈深處，佐以現今稱作鑑識、法醫等等科學鐵證（哎，證據人人知道，可是要怎麼跟真相合理地連結到一塊，這就是名偵探的功力啦），讓原本叫人束手無策的事件得以畫下完美句點。也因此，白羅偶爾能預測進而制止罪案的發生，甚至對殘酷但值得憐憫的罪行網開一面，這樣才合乎人性不是嗎？

婚後以阿嘉莎．克莉絲蒂為名，推出《史岱爾莊謀殺案》後深獲好評，相隔六年的《羅傑艾克洛命案》更是引發街談巷議，而克莉絲蒂全球暢銷前十大作品中，還包括《東方快車謀殺案》、《尼羅河謀殺案》、《ABC謀殺案》、《藍色列車之謎》、《底牌》、《五隻小豬之歌》，合計八部皆由白羅擔綱演出。讀者不只喜愛這個聰明角色，還臣服於平實流暢的文筆及相對顯得衝突的複雜劇情，冷酷的謀殺動機隱藏在細膩的人際關係裡，穿透看似單純、帶點童話氣息的表象後，端賴名偵探明察秋毫、撥亂反正。尤其讓一個比利時人在英國土地上辦案，是克莉絲蒂的小心思，因為「英國人總是不信任外國人，也不相信睿智」（語出英國偵探俱樂部主席馬丁・愛德華茲〔Martin Edwards〕），讀者同凶手一樣輕忽不設防，卻也得到了參與鬥智競賽的意外驚奇和美好滿足。

這樣的閱讀感受，我稱之為「老派偵探之必要」，因為它純粹簡約，經得起反覆咀嚼，猶如前述的西裝革履，在潮流更迭的時間長河裡維持恆久的優雅風範——呼應吳念真先生寫在「策畫者的話」中的一段文字，那不是惺惺作態的高傲睥睨，而是「絕對自覺的通俗，無與倫比、無法招架的功力」所致。

不信？往下讀去就知道。而且我敢打賭，你有很高的比例會將整個白羅系列嗑完，然後是瑪波小姐系列以及其他系列，當然也不可能錯過像名列暢銷首位的《一個都不留》這類獨立之作……

註　克莉絲蒂推理全集一至三十八冊為「神探白羅系列」，三十九至五十二冊為「神探瑪波系列」，五十三至八十冊包含鬼豔先生、湯米與陶品絲、雷斯上校、巴鬥主任等名探故事。

獻詞

阿嘉莎．克莉絲蒂是世界讀者最眾，也最廣受喜愛的女作家。
身為克莉絲蒂的孫兒，我相信奶奶會非常樂見這次出版，
因為她極以自己作品中的趣味與娛樂為豪。
歡迎所有喜歡本系列的台灣新讀者參與這場饗宴！

——馬修．培察（Mathew Prichard）

01

赫丘勒・白羅坐在早餐桌旁。他的右手邊是一杯熱氣騰騰的巧克力。他向來愛吃甜食。搭配著巧克力的是一塊奶油蛋捲。蛋捲和著巧克力一起入喉最順口，他滿意地點點頭。這是他跑了四家店才買到的。那是一家丹麥糕餅店，可是比起附近另外一家所謂的法國點心坊，不知強上多少倍——那裡的東西都是騙人的。

他的口腹之欲得到了滿足，他的腸胃一片祥和，腦子也很平靜，或許過於平靜了。他已完成了他的《傑作》，這是一本分析偵探小說名家的書。他斗膽對愛倫・坡[1]提出嚴詞批評，抱怨威爾基・柯林斯[2]濫情有餘，且完全欠缺方法和條理，而對另外兩位基本上是無

1 愛倫・坡（Edgar Allen Poe, 1809-1849），美國知名詩人、短篇小說家和批評家。

2 威爾基・柯林斯（Wilkie Collins, 1824-1889），英國小說家。

名之輩的美國作家卻稱揚備至。他在值得稱道之處不吝以各種方法給予稱道，在認為不值得稱譽的地方則鐵面無私絕不溢美。他看過報章雜誌對該書的介紹，也細究過它所引起的反響，除了多得難以置信的文字誤植之外，咸認是本不錯的書。他喜歡這種文學上的成就，對博覽群籍的苦勞樂在其中，甚至對自己偶爾不得不嫌惡、嗤之以鼻地將某本書往地上一摔也引為樂事（儘管他總不忘站起身來將書拾起，整整齊齊地再放進廢紙簍裡）。但遇到少數值得稱道的書，他也不吝於讚賞地點頭稱是。

而現在呢？他正享受著愉快的小憩，這在腦力勞動之後極其必要。不過，一個人不能永遠放鬆，總得接著去做下一件事；不幸的是，他不知道下一件事是什麼。爭取更多的……文學成就嗎？他認為不必了。功成身退見好就收，這是他的座右銘。事實上，他已經厭膩了。這種緊張的腦力勞動工作，他已做過太多了，因此養成了壞習性，始終不得休息……

苦惱啊！他搖搖頭，又啜了一口巧克力。

門開了，訓練有素的管家喬治走了進來。他的神態畢恭畢敬，彷彿帶點歉意。他咳嗽一聲，吞吞吐吐說道：「有一位……」他頓了頓。「有一位……年輕的小姐登門拜訪。」

白羅望著他，帶著驚訝而不悅的神色。

「這個時間我不見客。」他說，語氣帶著斥責。

「沒錯，主人。」喬治附和道。

主僕二人互望著。有時候，他們之間的溝通會出現瓶頸。每逢這種時刻，若白羅提出一個恰當的問題，喬治就會以聲音的抑揚頓挫、暗喻或字斟句酌的字眼暗示他有話待說。白羅琢磨著，這回該提什麼問題才能恰如其分。

「這位小姐，她漂亮嗎？」他審慎地問道。

「主人，依我看，她並不漂亮，不過，人人品味不同。」

聽到這個答覆，白羅考慮了一下。他憶起適才喬治說出「年輕小姐」這個稱呼之前，曾經猶豫片刻。喬治是個很敏銳的社會觀察者。他無法確定這個來訪者的身分，不過，他還是為她報了個好身分。

「你認為她是位年輕小姐，而不是——譬如說——一個少女？」

「我想是的，主人，雖然這年頭往往看不出年齡。」喬治說，頗覺遺憾。

「她說了要見我的理由嗎？」

「她說——」喬治說話的時候有些猶豫，同時也像往常一般，口吻帶著歉意。「她想和你談談一樁她可能犯下的謀殺罪。」

赫丘勒．白羅瞪大眼睛，揚起眉毛。

「可能犯下的謀殺罪？難道她自己不清楚？」

「她就是這麼說的，主人。」

「真令人難以接受，不過，或許挺有意思。」白羅說。

「這大概是……是個玩笑吧，主人。」喬治說，口氣十分躊躇。

「我想，什麼事都有可能，」白羅同意。「不過，一個人很少會認為——」他舉起杯子。「五分鐘後帶她進來。」

「是的，主人。」喬治退了下去。

白羅喝完最後一口巧克力。他將杯子推到一旁，站起身來，走到壁爐前，對著懸在壁爐架上的鏡子仔細整理好八字鬍，滿意地轉過身子回到座椅，等著訪客進門。他不知道自己會看到什麼……

或許，他希望對方具有符合自己標準的女性魅力。「憂心忡忡的美人」這個老詞在他的腦海裡油然而生。但當喬治帶著訪客進入房間後，他大失所望，還暗自搖搖頭，嘆了口氣。眼前那人既非什麼美人，也看不出有苦惱的模樣，說她微帶惶惑倒還恰當些。

「呸！」白羅厭惡地想。「這些女孩子！難道她們完全不思振作嗎？打扮打扮，穿得像樣點，找個好的美容院梳個好髮型，或許還看得過去。看她，像個什麼樣！」

他的訪客是個二十出頭的女孩，說不上是什麼顏色的長髮亂蓬蓬地披散在肩頭，藍色透綠的大眼睛帶著空洞的神色。她的衣著可說是她這一世代的特選服飾：黑色高筒皮靴，看不出是否乾淨的白色網孔長毛襪，一條短得可以的裙子，一件又長又邋遢的厚羊毛套衫。這被任何一個和白羅同時代同年齡的人看到，只會有一個願望：把這女孩盡快送進浴缸裡洗洗！

他在沿街散步的時候常有相同的感觸，成千上百的年輕女孩看起來都一模一樣，全都一身髒兮兮。不同的是，這個女孩還好像才溺過水被人從河裡拉上來似的。他想，這些女孩子其實並不髒，她們只是故意弄成這副模樣。

他一如往常彬彬有禮地站起來，和她握過手後拉開一張椅子。

「小姐，你要見我？請坐。」

「噢。」那女孩說，聲音似乎有點喘不過氣來。她盯著他看。

「怎麼了？」白羅說。

她躊躇著。「我想，我寧願……站著。」那對狐疑的大眼睛繼續盯著他。

「悉聽尊便。」

白羅坐回座椅，望著她。他在等待著。

那小姐來回蹭著腳。她低頭看了看自己的腳，接著又抬眼望著白羅。

「你……你就是赫丘勒．白羅？」

「如假包換。請問有什麼我可以效勞的？」

「噢，這個，有點難。我的意思是——」

白羅覺得她大概需要一點鼓勵，便好心說道：「我的管家告訴我你想和我談談，因為你認為你『可能犯下了謀殺罪』，對吧？」

女孩點點頭。

「對。」

「這種事情不應該會產生疑問的。你一定知道自己到底是不是犯了謀殺罪。」

「這個，我不知道該怎麼說才好。我的意思是——」

「來吧，」白羅和顏悅色說道，「請坐，放鬆一下，把事情原原本本告訴我。」

「我並不認為……哦，老天，我不知道該怎麼說，你知道，這真的好難。我……我改變主意了。我不是故意失禮，不過……唉，我想我最好告辭了。」

「別這樣，要有勇氣。」

「不，我辦不到。我原本以為我可以到這裡來……來問問你，問我該怎麼辦才好。可是我辦不到。這不是——」

「不是什麼？」

「我非常抱歉，我真的不想失禮，不過……」她深深嘆口氣，看了白羅一眼，又將目光別開，突然脫口說道：「你太老了。沒有人跟我說過你年紀這麼大。我真的不想失禮，可是……算了。你太老了。我真的非常抱歉。」

她驀然轉過身子，慌慌張張跑出房間，就像一隻奮不顧身的撲燈飛蛾。

張口結舌的白羅聽到前門砰然關上的聲音。

他突然喊道：「Nom d'un nom d'un nom[3]。」

3　法語，意思是「名字，留個名字，留個名字」。

02

電話鈴聲響起。

赫丘勒．白羅好像根本沒聽到。

電話鈴聲刺耳地響著，固執得很。

喬治走進房間。他一面走向電話，一面帶著詢問的眼光朝白羅瞥了一眼。

白羅打了個手勢。

「別去接。」他說。

喬治敬謹聽命，離開了房間。電話依舊響個不停，那尖銳、刺耳的聲音沒完沒了。突然間它停了。可是過了一兩分鐘，它又響了起來。

「活見鬼！一定是個女人……絕對是個女人。」

他嘆口氣，站起身子，朝電話機走去，拿起話筒。

「喂。」他說。

「你是……請問是白羅先生嗎？」

「我就是。」

「我是奧利薇夫人……有點不像你的聲音，一開始我沒聽出來。」

「早安，夫人，你好嗎？」

「噢，我很好。」

話筒裡傳來阿蕊登．奧利薇一貫的爽朗嗓音。這位知名的偵探小說家和赫丘勒．白羅的交情很好。

「現在打電話給你是早了點，不過我想請你幫個忙。」

「什麼忙？」

「是關於偵探小說作家俱樂部一年一度的餐會。不知道能不能請你來做今年的講演貴賓？如果你願意來，那真是太好了。」

「什麼時候？」

「下個月，二十三號。」

話筒傳來一聲長嘆。

「唉！我太老了。」

「太老？你這是什麼意思？你根本就談不上老。」

「你這麼想嗎？」

「當然。你一定會講得很出色。你可以為我們談談許多迷人的真實犯罪故事。」

「可是誰會想聽呢？」

「每個人都想聽，他們……白羅先生，你怎麼了？出了什麼事嗎？你好像很沮喪。」

「沒錯，我是很沮喪。我的感覺……啊，算了，無所謂。」

「告訴我什麼事吧。」

「那豈不太小題大做了？」

「有何不可？你來我這兒講給我聽。你什麼時候來？今天下午吧。我們一起喝茶。」

「我可是不喝下午茶的。」

「那你可以喝咖啡。」

「我通常也不在那個時間喝咖啡。」

「巧克力呢？上面再加些鮮奶油？要不來杯香草茶？你最喜歡喝香草茶了。或者喝檸檬汁。再不然就喝橘子汁。或者，如果我有辦法，你可以喝無咖啡因的咖啡——」

「Ah ça, non, par exemple[4]！那難喝透了。」

4 法語，意思是「啊，這可不行」。

「還有你非常喜歡的那種糖汁。我知道了，我的食品櫃裡還有半瓶『利貝娜』。」

「『利貝娜』是什麼？」

「一種黑醋栗果汁。」

「說真的，誰碰到你都得認輸！夫人，你真是從不放棄。我被你的熱誠感動了。今天下午就讓我有這個榮幸陪你喝杯巧克力吧。」

「那好。到時候，你得把你心煩的事統統告訴我。」

她掛了電話。

§

白羅思索片刻，隨即撥了個號碼。不一會兒，他說：「是格比先生嗎？我是赫丘勒．白羅。你現在正忙得不可開交嗎？」

「還好，」格比先生說，「介於還好到很忙之間。不過，白羅先生，如果你一如往常那麼著急，我可以親自為您服務……噢，我倒不是說我手下那些年輕人無法把事情辦好。當然，好職員不像以往那麼容易找了。這年頭他們都自視甚高，以為自己是萬事通，不學就會。不過，也罷！總而言之，不能奢望找到做事穩重的年輕人了。白羅先生，本人在此敬謹聽候吩咐，或許我可以派去一兩個還像樣的小夥子。我想，還是老差事——蒐集情報吧？」

白羅一面詳細說明任務，格比一面洗耳恭聽，頻頻點頭。和格比先生談完，白羅又撥了通電話給蘇格蘭警場的一個朋友。電話很快就接通了。當他聽完白羅提出的要求，答道：「你要求還真不多，對不對？只想知道什麼地方有謀殺案，任何地方都行；時間、地點和被害者都不清楚。老兄，如果你問我，我會說這簡直是大海撈針，」他又以不以為然的口氣補上一句：「你自己根本什麼都還不知道嘛！」

§

那天下午四點十五分，白羅準時坐在奧利薇夫人的客廳裡。女主人才將一大杯上面加了一層厚厚鮮奶油的巧克力放在他身邊的一張小桌上，他便津津有味地啜飲起來。除此之外，她還準備了滿滿一小盤貓舌餅乾。

「親愛的夫人，你真是盛情周到。」

他帶著些許訝異，從自己的杯緣望著奧利薇夫人的髮型和牆上的新壁紙。這兩者對他而言都屬新奇。上一回見到奧利薇夫人時，她的髮型簡樸而嚴肅。而現在，滿頭的鬈髮做成了精心複雜的樣式。他覺得，這種極其華麗的髮型實在不太自然。他暗忖，奧利薇夫人常會突然激動起來，不知到時有多少綹假髮捲會出其不意掉下來。至於那壁紙……

「這些櫻桃壁……是新的嗎？」他揮了揮湯匙。

他有如置身在一座櫻桃園。

「你認為櫻桃太多了？」奧利薇夫人問，「壁紙這東西，事先很難預料貼上去的效果如何。你覺得舊壁紙比較好，是不是？」

白羅依稀憶起，舊壁紙的圖案是森林中許多色彩鮮明的熱帶鳥類。他很想說「Plus ça change, plus c'est la même chose[5]」，但終究忍住沒說出口。

他終於將杯子放回碟上，心滿意足地往座椅後背一靠，擦了擦八字鬍上殘留的奶油星點。

「好了，」奧利薇夫人說，「告訴我到底是怎麼回事？」

「我就長話短說吧。今天早上，一個女孩來找我。我告訴她另約個時間再來。凡事都有個程序，你該了解。而她回話說想立刻見我，因為她認為她可能犯了謀殺罪。」

「這話說得真奇怪。難道她自己不清楚？」

「正是如此！簡直聞所未聞！所以我吩咐喬治把她請了進來。而她站在那裡不肯坐下！就那麼站著盯著我看。她看來好像腦子有問題。我說了幾句話鼓勵她，結果她忽然說她改變主意了。她說，她不想失禮，不過，（你認為呢？）我實在太老了……」

奧利薇夫人趕緊安慰道：「哦，女孩子就是那樣。不管是誰，只要一過三十五，她們就認為是半截入土了。你一定明白，女孩子根本不懂事。」

「我聽了很傷心。」赫丘勒．白羅說。

「噢，如果我是你，我不會放在心上。唉，這話說得也太無禮了。」

「那倒無所謂。問題不只在『我的』感覺。我很擔心。是的，我很擔心。」

「噢，如果我是你，我會把這件事忘得一乾二淨。」奧利薇夫人建議道。

「你不明白。我是為這個女孩擔心。她來找我是為了求助。可是後來她認為我太老，老得幫不了她的忙……當然，她什麼都沒說就離去確實不對，可是我告訴你，那個女孩『需要幫忙』。」

「我認為，她其實並不需要幫忙，」奧利薇夫人安慰他說，「女孩子就喜歡大驚小怪。」

「不，你錯了，她『需要幫忙』。」

「你總不會認為她真的犯了謀殺罪吧？」

「怎麼不會呢？她說她殺了人。」

「是，不過——」奧利薇夫人頓了頓。「她是說她『可能』犯了謀殺罪，」她緩緩說道，「這是什麼意思呢？」

「正是，這話一點道理也沒有。」

「她到底殺了誰？或者說，她到底以為她殺了誰呢？」

5 法語，意思是「萬變不離其宗」。

白羅聳聳肩。

「她又為什麼要殺這個人呢？」

白羅又聳聳肩。

「當然，各種可能性都有。」奧利薇夫人豐富的想像力開始馳騁，整個人的面容也開始發光。「也許她開車撞到人卻沒有停車；也許有個男人在懸崖邊攻擊她，經過一番搏鬥，她把他推下崖去；也許她無意間拿錯了藥給某個人；也許她去參加那種嗑藥吸毒的聚會，和什麼人吵起來，清醒之後發現自己拿刀刺了人；也許她——」

「可以了，夫人，可以了！」

可是奧利薇夫人意猶未盡。

「也許她是手術室裡的護士，打錯了麻醉藥；或者——」她突然停住，急於了解更詳細的情況。「那女孩長得什麼模樣？」

白羅想了想。

「就像一位並不太漂亮的奧菲利婭[6]。」

「噢，老天，」奧利薇夫人說，「聽你這麼說，她彷彿就在我的眼前。怪了。」

「她不是個能幹的人，」白羅說，「我是這麼認為。她不是那種能夠應付困難的人，也不是大禍將至前能預知危險的人。她是那種會被別人當作犧牲品的人。」

但奧利薇夫人並未繼續聽下去，她雙手緊揪著滿頭髮捲，這個動作白羅可是非常熟悉。

「等一下，」她帶著狂喜大叫道，「等一下！」

白羅揚起眉毛，等著下文。

「你還沒把她的名字告訴我。」奧利薇夫人說。

「她沒有留下姓名。我知道你的看法，這真是遺憾。」

「等一下！」

奧利薇夫人以同樣的狂喜懇求道。她鬆開揪著髮捲的雙手，放出一聲長嘆。她的頭髮披落下來散在肩頭，一個特大的髮捲完全脫落掉到地上。白羅拾起它，小心翼翼地放到桌上。

「那麼，」奧利薇夫人突然恢復了冷靜。她別上一兩支髮夾，邊想邊點著頭說，「是什麼人對這個女孩提到你，白羅先生？」

「據我所知，沒有人向她提起過。毫無疑問，她當然聽說過我。」

奧利薇夫人心想，「當然」這個詞用得一點也不恰當。白羅深信任何人「當然」聽過他的大名，事實上，當有人提到赫丘勒·白羅這個名字，大多數人只會面面相覷，一臉茫然，尤其是年輕一輩。「可是，」奧利薇夫人想，「我該如何對他明說而不至於傷他的心呢？」

6 莎士比亞劇本《哈姆雷特》（*Hamlet*）中的人物，為哈姆雷特的未婚妻，後因哈姆雷特裝瘋，她不知內情，受到刺激而精神分裂，最後自殺而死。

「我想這倒未必，」她說，「女孩子——呃，女孩子和一般年輕人——對偵探這種事情所知不多。他們不會知道有哪些偵探。」

「誰都聽說過赫丘勒．白羅。」白羅說，一副志得意滿的模樣。

對赫丘勒．白羅來說，這是一個信條。

「可是，這年頭年輕人的教育十分糟糕，」奧利薇夫人說，「他們只知道流行歌手、樂團和廣播名人什麼的。如果你需要找個專業人士，我的意思是醫生、偵探或牙醫，那麼，你就會去請教某個人，問問該去找什麼人才好？這時候那個人就會說：『親愛的，你得去找住在安妮女王街的那個神醫，他動動你的腿，轉轉你的頭，你就藥到病除了。』或是：『我的鑽石被偷了，亨利要是知道包準火冒三丈，所以我不能報警，而有一位非常了不起的偵探，他細心周密之至，可以把那些鑽石全找回來，亨利壓根兒也不會知道。』——事情常常是這樣。一定有人介紹她去找你。」

「對此我深表懷疑。」

「不跟你說你是不會知道的。我正打算告訴你——我也剛想起來——是『我』叫那個女孩去找你的。」

白羅目瞪口呆。

「你？可是你為什麼不立刻告訴我？」

「因為我也是剛剛才想到，就在你提到她一頭溼漉漉的長髮、相貌平常時。這好像是在形容一個我曾經見過的人，而且是最近見到的。我這才想起那人是誰。」

「她是誰？」

「其實我也不知道她的名字，不過很容易查出來。我們曾經一起談論過私家偵探，我提到了你，和你一些了不起的豐功偉業。」

「所以你把我的地址給了她？」

「沒有，我當然沒給她。我根本不知道她要找偵探，我們只是閒聊而已。不過我提到你的名字好幾次，她輕易就可以在電話簿裡查到你的地址直接找上門去。」

「你們談到了謀殺嗎？」

「我記不得了。我甚至不記得我們怎麼會談起偵探來的，除非……沒錯，可能是她先起的頭……」

「那就告訴我吧，盡你所能地告訴我。雖然你連她的名字都不知道，還是請你將關於她的一切都告訴我。」

「噢，那是上個週末的事，我和洛禮默夫婦在一起。要不是為了把我和他們幾個朋友湊在一起喝點酒，他們一般是不常出現的。當時有好幾個人。我並不怎麼開心，因為你知道，我不喜歡喝酒，所以他們只好替我找來不含酒精的飲料，這對他們來說挺掃興的。後來大家對我說了一些話，說他們好喜歡我的書、多麼期望見到我之類的，這讓我滿臉發燙，覺得心煩又無聊。不過我還是多少應付了一下。他們說好喜歡我筆下那位了不起的偵探史文・

赫森。但願他們知道我是多麼討厭他！不過我的出版商總說我不該說出來。總而言之，我想，關於現實生活中的偵探這個話題就是這樣談起來的。我稍稍提到了你，這個女孩正好站在旁邊聽。所以當你說到相貌平常的奧菲利婭，我就覺得似曾相識。我在想，到底是什麼人讓我留下這樣的印象呢？然後我便想起來了。沒錯，就是那天聚會碰到的那個女孩。我很確定她那天在場，除非我把她和另外一個女孩弄混了。」

白羅嘆了口氣。和奧利薇夫人在一起談天，總是需要很大的耐性。

「和你一起喝酒的有哪些人？」

「我想想，有個叫崔富西斯的，要不然就是叫崔赫寧。反正就是那一類的名字。他是個商場大亨，很有錢，在倫敦是個知名人物，不過他大半生卻是在南非度過——」

「他有太太嗎？」

「有。非常漂亮的女人，比他年輕許多，一頭濃密的金髮。她是他第二任太太，他女兒則是元配生的。還有一位好老的舅父，耳聾得厲害。他的地位極其顯赫——名字後頭掛著一大堆頭銜，是個海軍上將還是空軍統帥之類的人物——我想，他還是個天文學家，因為他有一具可以伸出房頂的望遠鏡，不過，這或許只是一種業餘嗜好。在場的還有一個外國女孩，老跟在那個老頭後面轉。我猜她是跟他一起到倫敦來照顧他的，免得他被車子給撞了。長得相當漂亮。」

白羅的腦子將奧利薇夫人提供的情報做了分類歸納，覺得自己像個電腦。

「那麼，當時那幢房子裡住著崔富西斯先生和他的太太——」
「不是崔富西斯……我想起來了，他叫作雷斯特里。」
「這是兩種完全不一樣的名字。」
「我知道。那是康沃爾的一個姓氏，對不對？」
「所以，在那裡的有雷斯特里先生和太太，還有那位赫赫有名的老舅父。他也姓雷斯特里嗎？」
「他好像叫羅德瑞克爵士吧。」
「還有一個伴護什麼的，再就是他們的女兒。他們還有別的孩子嗎？」
「我想沒有。其實我也不清楚。對了，她女兒不住在家裡，只有週末才回去。我想，她和她繼母合不來。就我所知，她在倫敦有份工作，還找了個他們不怎麼喜歡的男朋友。」
「你對這家人知道得好像不少。」
「噢，都是道聽塗說來的。洛禮默家的人個個饒舌，老是東家長西家短地講個不停。你可以聽到很多他們親朋好友的流言蜚語，有時候根本分不清他們說的是誰。有可能我也被弄糊塗了。真希望我能想起那女孩的名字。好像跟一首歌有關係……叫托拉？讓我自己唸唸。托拉，托拉，托拉。有點像。還是邁拉？『邁拉，噢，邁拉，我的愛完全屬於你』。有點像。『我夢見我住進了大理石宮殿』。叫諾瑪嗎？還是瑪麗塔娜？諾瑪……諾瑪．雷斯特里。沒錯，我敢肯定。」隨後她又補上一句：「她是第三個女孩。」

「我想你才說過，你認為她是獨生女。」

「她是獨生女，我想她是。」

「那麼你說她是第三個女孩是什麼意思？」

「老天，難道你不知道什麼是第三個女孩？你不看《泰晤士報》嗎？」

「我看生死婚嫁的消息，還有一些我感興趣的文章。」

「不，我指的是頭版廣告。只不過它現在不刊在頭版了。所以，我正考慮要另訂一份報紙。不過，我拿給你看。」

她走到旁邊一張桌子前，抓起《泰晤士報》，翻了翻後遞給他。

「就在這兒——你瞧。『舒適的二樓公寓徵求第三個單身女郎。一人一間，暖氣供應。地點：伯爵巷』。『徵求第三個單身女郎合租公寓，一人一間，每週租金五基尼』。『徵求第四個單身女郎。攝政公園。一人一間。』現在的女孩子就是這麼租房子的。這比在私人家庭寄宿包伙或是住小旅館強。當二房東的女孩租下一間供應家具的房子，然後分租出去，和他人共同負擔租金。第二個女孩通常是她的朋友。如果她們不認識別人，就會登廣告徵求第三個女孩。而且，一如你所看到的，她們還千方百計騰出位置給第四個女孩。第一個女孩住最好的房間，第二個女孩付的錢就少多了，第三個女孩租金更少，住的有如斗室。她們自己會商定，一個星期當中哪天晚上誰可以占用整間房子。安排得非常合宜。」

「那個名字可能叫諾瑪的女孩住在倫敦什麼地方？」

「我已經告訴過你，我對她其實一無所知。」
「可是你能查到嗎？」
「噢，可以，我想這倒簡單。」
「你確定當初並沒有談到或提到任何意外的死亡事件？」
「你是指在倫敦發生的，還是在雷斯特里家裡的？」
「哪個都行。」
「我想沒有。要不要我去挖挖看？」
奧利薇夫人眼中閃著興奮的光芒。她現在已經非常投入，欲罷不能。
「我感激不盡。」
「那我得打個電話給洛禮默夫婦。事實上，現在打正是時候。」她朝電話機走去。「我得想個理由才行……或許我自己編一個吧？」
她望著白羅，下不了決心。
「當然了，這是可想而知。你是個很有想像力的女人，對你來說這絕非難事。不過……別太天馬行空，這你是明白的，要適可而止。」
奧利薇夫人心領神會地瞥了他一眼。
她撥了電話，要求接通一個號碼。她轉過頭來，小聲說道：「你有帶著鉛筆、紙或筆記本嗎？好把姓名、住址、地點都記下來？」

手邊早已備妥筆記本的白羅確定地對她點點頭。

奧利薇夫人轉向她手中的話筒開始講起來。白羅聚精會神地聽著她單方面的對話。

「喂，麻煩找……啊，是你，納米。我是阿蕊登．奧利薇。噢，是啊，人還真不少……噢，你是說那個老人家嗎……不，你知道我不……瞎了眼？我還以為他和那個外國女孩一起北上倫敦呢……是呀，有時候他們一定夠令人操心的……不過她似乎挺能治得住他……我打電話是想向你打聽那女孩的住址……不，我指的是雷斯特里家的女兒，她住在南肯區附近，對不對？還是在騎士橋？是這樣的，我答應要送她一本書，地址我記了下來，但我還是老毛病，把它給丟了。我連她的名字都記不得，是叫托拉還是諾瑪？……是，我也想她是叫諾瑪……你等等，我去拿枝筆……好了……鮑羅登大樓六十七號……我知道……就是那座看起來很像苦艾叢監獄的大樓……對，我相信那些房子很舒服，有中央暖氣，什麼都有……和她同住的另外兩個女孩是什麼人？是她的朋友？還是登廣告找來的？……克勞蒂亞．里斯－霍蘭，她父親是個國會議員，對吧？另一個是誰？是呀，我想你不會知道……我覺得她也不錯。她們都做些什麼工作？外表上看好像都是當祕書，是不是？……噢，另一個是室內裝潢設計師，你認為，要不然就在畫廊上班……不，納米，我其實不是真想知道，只是有點好奇，不知道現在的女孩子都做些什麼工作？噢，了解這些對我寫書會有幫助，一個人總得跟得上潮流……你告訴過我那個男朋友是怎麼回事來著……是，不過，你也愛莫能助，對不對？我是說，女孩子總是比較任性……他看來很邋遢嗎？是那種髒兮兮、不刮鬍子的人嗎？……噢，是那種穿著錦緞背心，栗色的鬈髮長得披肩……是呀，很難分辨是男是女……沒錯，如果他們長得好看，有時候就像是范戴克[7]作品裡的人物……你說什麼？安德魯．雷斯特里對他討厭極了？……沒錯，男人都是這樣……噢，我想，跟繼母衝突是常有的事吧？想來她一定很高興這女孩在倫敦找到了工作。別人在背後講閒話，什麼意思？……真的？難道他們不清楚她到底怎麼回事……誰說的？……他們怎麼滅火呢？噢，一個護士？……和詹納家的家庭女教師說過？你是說她的丈夫嗎？噢，原來如此，醫生也沒查出來……噢，太壞了。我同意。這種事情通常是空穴來風……哦，是腸胃出問題，對吧？……但多可笑啊。你的意思是說，有人提到他的名字，安德魯……你的意思是用除草劑最簡單……不過為什麼呢？……我的意思是，他又不是厭恨太太多年……她是第二任太太，比他小得多，而且長得很漂亮……是，我想那有可能……不過那個外國女孩為什麼也想這麼做呢？……你的意思是，雷斯特里太太對她說過一些話令她不滿……她是個相當有魅力的小姐，我相信安德魯可能迷戀過她……當然，這沒什麼大不了，不過這可能讓瑪麗感到氣惱，所以她去痛罵那女孩，然後——」

奧利薇夫人從眼角瞥見白羅正向她拚命打手勢。

7 范戴克（Anthony Vandyke, 1599-1641），旅居英國之法蘭德斯著名畫家。

「等一等，親愛的，」奧利薇夫人對著電話說，「麵包師傅來了。」白羅露出不悅的神色。「別掛斷。」

她放下話筒，匆匆走到房間這一頭，把白羅逼到房內用早餐的角落。

「什麼事？」她屏著呼吸問道。

「麵包師傅，」白羅帶著不屑說道，「我？」

「這個，我總得隨口說點什麼。你幹嘛猛打手勢？她說的你都明白了嗎——」

白羅打斷了她。

「我正等你告訴我。我了解得夠多了。我想請你做的是，運用你那敏捷的即興創作能力，找個可行的藉口，讓我上雷斯特里家走一趟……就說是你的一個老朋友，不久就要到這附近來。或者你可以說——」

「就交給我吧。我會想出藉口來的。你要不要換個假名？」

「當然不換。我們盡量讓事情保持單純。」

奧利薇夫人點點頭，匆匆回到被擱置的電話機旁。

「納米嗎？我不記得我們剛才談到哪裡了。為什麼每次正聊得起勁的時候，總會有別的事來打斷。我連一開始為什麼打電話給你都記不得了……噢，對了，是關於托拉那女孩的地址——我的意思是諾瑪——你把地址給我了。不過，我另外還有件事——噢，想起來了。我有個老朋友，一個非常有意思的矮個子男友。事實上那天在雷斯特里家我還提起過他。他的名字叫赫丘勒．白羅，他不久要去雷斯特里家附近小住。他很想見見羅德瑞克老爵士。他知道許多關於爵士的事蹟，對他在戰爭中一些了不起的發現——還是他所做的一些科學工作——非常仰慕。總而言之，白羅先生很想『前去拜訪，以表敬意』，他就是這麼說的。你看這樣可以嗎？是不是請你先跟他們打聲招呼？沒錯，他大概會突然去拜訪。告訴他們，要他講幾個精采的偵探故事。他……什麼？啊！你的割草機？噢，當然你得掛斷了。再見。」

她放下話筒，一屁股坐進一張扶手椅。

「老天，可真累人。還可以嗎？」

「還不壞。」白羅說。

「我剛才想，我最好把事情都推到那個老頭身上，這樣你就有機會見到那批人，我想這就是你的目的。女人談起科學總是可以含糊其辭，而你抵達之後可以想出一些比較具體、聽來比較像回事的話題。現在，你想聽聽她剛才都對我說了些什麼嗎？」

「據我猜想，都是些蜚短流長吧。是關於雷斯特里太太的健康嗎？」

「沒錯。她好像得了一種怪病，看起來是腸胃方面的疾病，可是醫生都一頭霧水。他們把她送進醫院，她就好了，可是解釋不出具體原因。於是她便出院回家，但這毛病又犯了，醫生還是一頭霧水。所以開始謠言四起。是個不負責任的護士先起的頭，她姐姐告訴了一個鄰居，這個鄰居每天都要出門工作，又把這話告訴了其他人，也真怪。後來大家就議論紛紛，說一定是她丈夫想毒死她——碰上這種事大家總是這麼說。不過就這件事而言，這實在沒道理。所以我和納米都對那個伴護起了疑心——她算是跟那老人家作伴的祕書——不過她實在沒什麼理由下除草劑給雷斯特里太太吃。」

「我聽到你還暗示了好幾個理由。」

「哦，總有這些可能……」

「意圖謀殺……」白羅若有所思地說道，「不過尚未完成。」

03

奧利薇夫人將車開進鮑羅登大樓的內庭。停車場上滿滿停著六部車。奧利薇夫人正猶豫不決，一部車退了出來，揚塵而去。奧利薇夫人急忙將車停進空位。

她邁出車外，將車門砰然帶上，站在那裡仰望高空。這座大樓落成未久，建在戰禍中被一枚地雷炸過的空地上。奧利薇夫人心想，這座大樓猶如從大西路整個移植過來，但類似「雲雀羽毛牌刮臉刀」那樣的花稍裝潢一概闕如，純粹被當作一座公寓大廈被安置在這裡。它看上去極為實用，而無論它的建築師是誰，顯然都不屑為它添加任何裝飾。

現在正是車水馬龍的時刻。一天的工作行將結束，庭院裡人車進進出出，川流不息。奧利薇夫人瞄了瞄腕錶，六點五十分。以她的判斷，這個時間最是恰當。有工作的女孩這時會返回住居重新梳妝打扮，換上外國緊身長褲或穿上她們喜愛的衣裝好再度出門；要不就是處理家務，洗洗小衣物和長筒襪。總而言之，這是值得一試的好時機。大樓的東西兩側全是一個模樣，正中間是個大旋轉門。奧利薇夫人先選了左側，立刻發覺不對。左側的房號是一〇〇至二〇〇號。她朝另一側走去。

六十七號在七樓。奧利薇夫人按下電梯鈕，電梯發出嚇人的聲響，電梯門隨即打開，像一張打著哈欠的嘴。奧利薇夫人走進那個打著哈欠的開口。乘坐現代化的電梯，她總覺得心驚膽戰。

嘎拉一聲，電梯門關上了，電梯開始上升。幾乎是轉眼的工夫，它就停住了（這也怪嚇人的），奧利薇夫人趕忙跑出來，像一隻受驚的兔子。

她抬頭望望牆面，沿著右手邊的走廊走去。她來到一扇門前，門的正中央釘著六十七號的金屬門牌。她才走到門前，那個「7」字就從門上掉落，打到她的腳。

「這地方不歡迎我。」

奧利薇夫人一邊自言自語，一邊疼得退後幾步，戰戰兢兢地拾起那個門牌號碼，把它釘回門上。

她按下門鈴，心想或許每個人都出門了。

可是，房門幾乎是應聲而開。一個身材頎長的漂亮女孩站在門口。她穿著一件剪裁合宜的深色外套，配上一條超級短裙和白色絲襯衫，連鞋也穿得整整齊齊。她的黑髮向上梳起，化妝得精心脫俗。不知何故，她對奧利薇夫人懷有幾分戒心。

「噢，」奧利薇夫人鼓起勇氣說出要說的話。「請問雷斯特里小姐在嗎？」

「不在，對不起，她出去了。需要我留話嗎？」

奧利薇夫人又「噢」了一聲，沒有接口。她裝模作樣地拿出一個包裝草率的牛皮紙袋。

「我答應要送她一本書，」她解釋道，「一本我寫的但她沒讀過的書。但願我沒記錯，就是這本書才對。我想，她不會馬上回來吧？」

「噢，我真的不知道。我不知道她今天晚上去哪裡了。」

「噢。你是霍蘭小姐嗎？」

那女孩現出些微訝異的表情。

「是，我就是。」

「我見過令尊，」奧利薇夫人說，「我是奧利薇夫人，是個作家。」她又露出在自我介紹時常出現的羞愧神態。

「請進來好嗎？」

奧利薇夫人接受了邀請，在克勞蒂亞．里斯－霍蘭的帶領下走進客廳。這間房子每個房間都貼著同樣的壁紙，是人造原木的花樣。如此一來，房客可以掛上他們的現代畫或飾以自己喜歡的裝飾。基本上它有一套固定的現代家具，碗櫥、書架等一應俱全，還有一張長沙發和一個可以拉出的桌子。房客可以添置一些私人的零星物品。房裡也有表現個性的東西：一面牆上貼著一張巨大的小丑畫像，另一面牆上懸著一幅蠟版畫，是一隻猴子在棕櫚枝葉間搖來盪去。

「奧利薇夫人，我相信諾瑪拿到你的書一定會很開心。想喝點什麼嗎？來杯雪利酒？琴酒？」

這女孩有一種精幹女祕書的俐落態度。奧利薇夫人婉謝了。

「你們這裡的景觀美極了。」她邊說邊望向窗外，落日的光芒直直射進她的雙眼，她不由得眨了眨。

「確實。不過電梯出毛病的時候可不好玩。」

「我倒沒想到這樣的電梯也會出毛病。它簡直……簡直壯得像個機器人。」

「是最近才裝設的，可是不見得更好，」克勞蒂亞說，「常常需要調整維修。」

另一個女孩走進來，口中一邊嚷著：「克勞蒂亞，你記得我放在——」

她停住話，望著奧利薇夫人。

克勞蒂亞為她們簡短做了介紹。

「法蘭西絲．卡莉，這位是奧利薇夫人。阿蕊登．奧利薇夫人。」

「噢，幸會。」法蘭西絲說。

這女孩高瘦而修長，蓄著一頭黑色長髮，臉龐因為化妝過濃而顯得死白，眉毛和睫毛微微上翹，是睫毛膏的強化效果。她穿著一條緊身天鵝絨長褲，一件厚毛衣。和俐落能幹的克勞蒂亞比起來，兩人截然不同。

「我帶來一本書，我答應過要送給諾瑪．雷斯特里。」奧利薇夫人說。

「噢！真可惜，她還在鄉下呢。」

「她不是回來了嗎？」

一時沒人答腔。奧利薇夫人感覺這兩個女孩互望了一眼。

「我以為她在倫敦有工作。」奧利薇夫人說，表露出天真的訝異神色。

「噢，沒錯，」克勞蒂亞說，「她在一家室內裝潢公司工作。有時候她會帶著設計圖到鄉下去出差，」她露出微笑。「我們這裡都是各過各的，」她解釋道，「來來去去很隨意，通常也懶得費事留什麼話。不過，我一定不會忘記在她回來後把你的書交給她。」

她這段隨口解釋輕鬆已極。

奧利薇夫人站起身子。

「那就多謝你了。」

克勞蒂亞陪她走到門口。

「我會告訴我父親，說我見到了你，」她說，「他很愛看偵探小說。」

關上門後，她走回客廳。

法蘭西絲斜倚在窗上。

「對不起，」她說，「我說錯話了嗎？」

「我剛才說諾瑪出去了。」

法蘭西絲聳聳肩。

「我真的不知道。克勞蒂亞，她到底在哪裡？怎麼星期一沒回來？她到哪裡去了？」

「我想不出來。」

「她沒有和家人在一起嗎？她是回家度週末的。」

「沒有。我已經打過電話找她了。」

「我想不會出什麼事吧……話說回來，她……呃，她這人有點怪。」

「其實也沒怪到哪裡去。」這句話的語氣並不確定。

「哦，沒有，她真的很怪，」法蘭西絲說，「有時候她讓我不寒而慄。你知道，她不太正常。」她突然笑起來。「諾瑪不正常！克勞蒂亞，你知道她不正常，但你不肯承認。我想，這算是你對雇主的忠誠吧。」

04

赫丘勒．白羅沿著隆貝辛的大街走著。如果你把一個地區唯一一條功能齊全的街道稱為「大街」的話，那麼隆貝辛這地方當之無愧。它是那種看上去只有長度而無寬度的小村落，村裡有一座壯觀的教堂，教堂的塔樓高聳，院子裡有一棵蒼勁雄健的老水松。村裡各式各樣的商店都有，種類五花八門。其中有兩家是古董店，一家淨是剝製的松木壁爐架，另一家則堆滿了各種古舊地圖、為數不少的瓷器，其中多半都有缺口、幾個蟲蛀了的陳年橡木箱、幾個玻璃器皿、幾件維多利亞時代的銀器，由於空間不夠，擺設有點礙手礙腳。村裡有兩家咖啡館，都汙髒地令人反胃，有一家籃子商店倒是賞心悅目，裡頭擺滿了各式各樣的家常用品。還有一家郵局兼蔬果店，一家以出售女帽為主的服裝店。還有一家兒童鞋店、能選購到各色商品的縫紉用品店、兼售報刊紙菸糖果的文具店。另有一家毛線店，儼然是這地方的貴族店鋪。兩位頭髮銀灰、表情嚴肅的女店員管理著一個接一個擺著各類針織原料的貨架。在一頭的藝術刺繡櫃檯上，陳列著許多衣服的剪裁樣式和編結花樣。就在不久前，當地的一家雜貨店已經擴張成了所謂的「超級市場」，一疊疊的金屬絲籃筐和令人眼花撩亂的紙箱，裡面裝著各種食品穀類和清潔用品。村裡還有一家小貿易公司，一面小櫥窗上用藝術字橫寫著「利來公司」的字樣，櫥窗裡陳列著一件流行樣式的法國罩衫，貼著「最新款式」的標籤；一條深藍裙子和一件貼著「可分開搭配」標籤的紫色條紋無袖套衫。那些時裝垂掛在櫥窗裡，像是漫不經心擺上去似的。

赫丘勒．白羅懷著一種超然的興趣觀察著這一切。在這個村子裡，有些小房子正對著這條街。這些房子樣式古老，有的還保存著喬治王朝的純正風格，而大多數經過改建後，都可看到維多利亞時代的影子，例如一座遊廊、一扇凸窗，或一間小溫室。有一兩幢房子的門面完全改變，顯示出求新之意，並以此沾沾自喜。這裡也有一些令人賞心悅目的古舊村舍，其中有些故意弄得比實際建築年代還要古老百來年，也有一些是名副其實的古老村舍，所有為了增加居家舒適而加設的管線工程都被精心遮蓋住，乍看之下真會瞞過人的眼睛。

白羅沿著街道閒閒走著，一面細細品味他所眼見的一切。如果他那急性子的朋友奧利薇夫人現在和他在一起，一定會劈頭質問他為什麼要浪費時間，因為他要去的那棟房子離村子的邊界還有四分之一英里之遙。那麼白羅便會告訴她，他正在細究這地方的氛圍；有時候這些事情是舉足輕重的。到了村子盡頭，景象陡然一變。在村子一側偏離街道的地方，是一排村鎮當局新建的房屋，房屋前面有一片草地，每個房子的前門都漆成不同顏色，營造出一種歡快的氣氛。這些房屋的遠方是一片田野和樹籬，間或有些被房屋仲介公司稱為「理想住宅」的房屋穿插其間，這些房子都有自己的花園和草木，呈現出一派寧靜、各自為政的景象。在他前方不遠處，白羅看到一幢與眾不同的圓拱頂結構的大宅。顯而易見，它的屋頂不出幾年前還曾附加著什麼東西。毫無疑問，這就是他要去朝拜的「麥加」聖地。他走到大門前，門上有塊寫著「橫籬居」的名牌。他仔細打量著它。這是一幢老式房宅，大約建於本世紀之初，既不美也不醜，或許用「平常」兩字來形容差可比擬。

花園倒比房子更吸引人，儘管它曾一度失修，但可以看出它目前正受到精心照顧。草坪依舊翠綠平整，有許多花壇和悉心種植的灌木叢，給人一種景色如畫的印象，一切都井井有條。白羅想，這個花園一定雇有園丁。這或許和個人興趣有關吧。他發現在房子近旁的一個角落，有個女人正俯身在花壇上。他想，是在種那些大理花吧。她的頭有如一個純金的明亮光環，身材高大、苗條，肩膀寬闊。他拉開大門的門閂，穿過它，朝房子走去。

那女人回過頭，直起腰，探詢似地將身子轉向他。

她就這麼站著，左手握著園丁用的細繩，等他開口說話。他注意到她臉上的困惑神色。

「有什麼事嗎？」

白羅異國情調十足地脫帽一揮，欠身鞠了個躬。她的眼眸出神般望著他的八字鬍。

「是雷斯特里夫人嗎？」

「是的。我——」

「但願沒有打擾你，夫人。」

一絲淺笑漾在她唇邊。

「一點也不打擾。閣下是——」

「本人登門拜訪，深感冒昧。我的一位朋友阿蕊登．奧利薇夫人——」

「啊，沒錯。我知道你是誰了。你是白瑞先生。」

「是白羅先生，」他強調最後一個音節，糾正了她。「在下赫丘勒．白羅。我正好從附近經過，冒昧前來拜訪，希望能有機會向羅德瑞克．霍斯菲爵士聊表敬意。」

「是的，納米．洛禮默告訴過我們，說你有可能來訪。」

「希望這並無不便之處？」

「哦，完全不會。阿蕊登．奧利薇夫人上個星期在這裡度週末，她是和洛禮默夫婦一起來的。她的書很有意思，對不對？不過，或許你不覺得偵探小說有趣，因為你自己就是偵探，是不是，一個貨真價實的偵探？」

「我確實是個如假包換的偵探。」赫丘勒．白羅說。

他發覺她強忍著笑意。他更仔細地觀察著她。她的漂亮有點人工的味道，一頭金髮梳得極為拘謹。他不知道她是內心深處對自己缺乏信心，還是對花園的草木過分專注，因而忽視了自己英國貴婦的身分？他對她過往的背景經歷感到有點好奇。

「你們的花園真漂亮。」他說。

「你喜歡花園？」

「不像英國人那樣喜歡。英國人對整理花園有特殊的天賦。也就是說，花園對你們的意義重大，對我們則不見得。」

「你是說，對法國人而言？」

「我不是法國人，我是比利時人。」

「噢，沒錯。我記得奧利薇夫人提過你曾在比利時警方任職？」

「確是如此。我，可以說是比利時的老警犬了，」他溫文爾雅地笑了兩聲，邊揮手邊說，「不過對於貴國的花園，我很佩服，佩服得五體投地！拉丁民族喜歡正式的花園，有如城堡式的花園、具體而微的凡爾賽宮花園，當然，他們也發明了potager[8]。菜園，是很重要的。在英國也有菜園，不過那是從法國人那裡移植來的，而你們對菜園的熱愛不及花草，是吧？是這樣吧？」

「是的，我認為你說得對，」瑪麗．雷斯特里說，「請進來屋裡坐吧。你是來見我舅父的。」

「一如你所說，我正是來向羅德瑞克爵士致敬的。我同時也要向你致敬，夫人。每當我

8　法語，意思是「菜園」。

遇到美人佳麗，總要致敬一番。」他欠身鞠躬。

她笑起來，有點不好意思。

「你別這麼恭維我。」

她穿過一道敞開著的落地窗，他尾隨在後。

「一九四四年，我曾和你舅父有過一面之交。」

「可憐的舅父，現在已經垂垂老矣。恐怕他耳朵不行了。」

「我和他見面是很久以前的事了，大概他已經不記得了，那是和諜報工作及某項科學發明有關。那項發明要歸功於羅德瑞克爵士獨具匠心的設計。我希望他會樂意接見我。」

「噢，我相信他會很高興見到你，」雷斯特里太太說，「現在他的日子過得有些乏味。我經常得到倫敦去，我們正準備在那裡物色一棟合適的房子，」她嘆了口氣，說道：「有時候，上了年紀的人很難應付。」

「我知道，」白羅說，「我也是個難應付的人。」

她笑了。

「噢，別這麼說，白羅先生，你可別裝老。」

「可是有人說我太老了，」白羅說，嘆了口氣。「是年輕女孩說的。」他悲哀地加上一句。

「她們未免太無禮了。我的女兒大概就會做這種事。」她補充道。

「啊，你有個女兒？」

「有，算是有。她是我的繼女。」

「希望我有這個榮幸見見她。」白羅彬彬有禮說道。

「噢，她不在這裡，她住倫敦，在那裡工作。」

「這年頭女孩子都有工作。」

「好像任何人都該有一份工作，」雷斯特里太太說道，不知意指為何。「就算結了婚，她們也會被勸回公司或是去教書。」

「夫人，是不是有人勸過你再回去工作？」

「沒有。我在南非長大，不久前才陪丈夫到這裡……對這裡的一切都還很陌生。」

她回頭四下望望，白羅覺得她的目光毫無熱情。這是一間精心裝潢成傳統風格的房間，沒什麼個性，牆上掛著兩幅大畫像，是唯一帶有個人色彩的東西。第一張畫像是個薄唇女子，身穿一襲灰色天鵝絨晚禮服。畫像對面的牆上是一位三十出頭的男子肖像，帶著一股被壓抑的神色。

「我想，你女兒覺得鄉下十分枯燥吧？」

「沒錯，對她來說，倫敦要好得多。她不喜歡這裡——」她突然頓住，最後一句話彷彿勉強從嘴裡擠出來似的。「她也不喜歡我。」

「不可能吧。」赫丘勒．白羅本著高盧人的禮貌本性說道。

「沒什麼不可能！噢，我想這種事常有。我想，女孩子都很難接受繼母。」

「你的女兒非常愛她的生母嗎？」

「我相信是。這女孩很不容易相處，我想，大部分的女孩都不好相處。」

白羅嘆息道：「這年頭，為人父母者對女兒的控制大不如前了。那種講究規矩的美好年代早已不再。」

「確實如此。」

「夫人，別人或許不敢說，不過我得承認，我感到非常遺憾，她們在選擇——我該怎麼說呢？在選擇男友方面似乎沒什麼判斷力。」

「諾瑪在這方面就很讓她父親擔心。不過，不高興也沒用。人總得親身體驗之後才會明白。噢，我得帶你去見羅迪舅父了，他的房間在樓上。」

她帶頭走出房間。白羅回頭望了望。一個沉悶的房間，毫無特色可言——或許那兩張畫像是例外。從那女人的服飾來看，白羅斷定那兩張畫已有多年了。如果那女人就是第一任雷斯特里太太，白羅覺得自己不會喜歡她。

「夫人，那些肖像畫得很不錯。」他說。

「確實，那是蘭斯伯格的作品。」

這是個眾所周知的名字，是二十年前一位行情極高的流行肖像畫家。他那種極度注意細節的自然主義畫風如今已過時，自他逝世之後，就鮮少有人提及他。有時候，大家會嗤之以鼻地將他的入畫者稱為「衣服架子」，不過白羅覺得不只如此。他認為蘭斯伯格那看似不費吹灰之力一揮而就的流暢平順背後，是一種精心掩蓋的嘲弄。瑪麗．雷斯特里在前領著他走上樓梯，一面說道：「那兩張畫才剛從庫房裡拿出來，已經清理乾淨，而且——」

她突然停下來，一動也不動，一隻手搭在樓梯扶手上。

在她前方，一個身影轉過樓梯拐角正待下樓。這個身影顯得怪異而格格不入，一身花稍的衣著，和這棟房子極不搭調。

如果在別的場合，白羅會覺得這種身影相當熟悉，譬如倫敦街道上，甚至在各種社交聚會中，這是常會碰到的人物，是當代年輕人的典型。他穿著黑色外套，精緻的天鵝絨背心和緊裹著大腿的長褲，鬈曲得厲害的栗色頭髮披在頸後。這人一身異國風味，相貌也算漂亮，只是一時看不出是男是女。

「大衛！」瑪麗．雷斯特里厲聲喊道，「你在這裡做什麼？」

年輕人絲毫不感意外。

「嚇著你了？」他問，「真是抱歉。」

「你在這裡……在這間屋子裡做什麼？你……你和諾瑪一起來的？」

「諾瑪？不是，我還希望在這裡能找到她呢。」

「在這裡能找到她？你這是什麼意思？她現在人在倫敦啊。」

「噢，親愛的伯母，她不在倫敦。至少她不在鮑羅登大樓六十七號。」

「你說什麼？她不在那裡？」

「她這個週末沒回倫敦，我想她或許回這裡和你們在一起。我來這裡就是要看看究竟怎麼回事。」

「她和平常一樣，星期日晚上離開這裡，」她說，聲音透著憤怒。「你為什麼不按門鈴，讓我們知道你來了？你在屋子裡晃來晃去做什麼？」

「老天，親愛的伯母，你好像以為我是來偷湯匙或什麼的。光天化日之下走進一棟房子有什麼好大驚小怪的？有什麼不對嗎？」

「我們是老派人物，不喜歡這樣。」

「老天，老天！」大衛嘆口氣。「真是少見多怪。好吧，要是我在這裡不受歡迎，而你又不知道你的繼女在哪裡，那我最好走吧。在我離開前，要不要翻開口袋讓你看看？」

「別胡鬧，大衛。」

「那麼，多謝了。」

年輕人擦肩而過，滿不在乎地揚揚手，走下樓梯，穿過敞開的前門逕自去了。

「怪胎，」瑪麗·雷斯特里語氣中的強烈憤怒讓白羅嚇了一跳。「我受不了他，真的受不了他。為什麼現在英國到處都是這種人？」

「啊，夫人，別自尋煩惱了，這完全是風氣問題，總是有各種流行的風氣。在鄉下，這種人還少，在倫敦那可就司空見慣了。」

「可怕，」瑪麗說，「太可怕了。陰陽怪氣，洋腔洋調。」

「倒有點像范戴克的畫像，夫人，你不覺得嗎？如果鑲上金色畫框，戴上蕾絲領結，你就不會說他陰陽怪氣或是洋腔洋調了。」

「竟然如此大膽，跑到這裡來。安德魯一定會火冒三丈。他都擔心死了。這女兒有時候真叫人操心。看來安德魯對諾瑪也不夠了解。他在她小時候就到國外去了，她完全是她母親養大的，現在，他一點都摸不透她。我何嘗不是如此。我忍不住要想，她就是那種特立獨行的女孩。這年頭，你對她們毫無權威可言。她們就喜歡那種其差無比的年輕人。她完全被這個大衛．貝克迷得暈頭轉向，你簡直毫無辦法。安德魯不准他到家裡來，可是你看，他不但來了，還臉不紅心不跳的。我想……我想我最好別告訴安德魯，我不想讓他過於操心。我相信她在倫敦一定會和他四處招搖，而且不僅是跟他。還有比他更糟的人呢，那種人不洗臉不刮鬍子，長著稀奇古怪的落腮鬍，還一身油膩膩的衣服。」

白羅輕快地說：「噢，夫人，別自尋煩惱了。這些年輕人雖不檢點，還是有些分寸。」

「但願如此。諾瑪是個非常難相處的女孩，有時候我覺得她腦筋有問題，她太乖僻了。有時候，她看上去整個人魂不守舍，有些莫名其妙。那些她尤其討厭的東西——」

「討厭？」

「她恨我，確確實實恨我。我不明白為什麼她會這樣。我想她對她母親很忠心，可是她父親再娶畢竟也是合情合理，對不對？」

「你認為她真的恨你嗎？」

「噢，我清楚得很。我有足夠的證據。她去倫敦工作後，我簡直無法形容我有多麼如釋重負。我不想惹麻煩——」

她突然收住話頭，彷彿頭一次意識到她是在跟一個陌生人談話。

白羅很能取信於人。別人和他談話時，幾乎意識不到他們在和誰談話。她短笑一聲。

「瞧我，」她說，「我真不明白為什麼我要跟你談這些。我想，家家有本難念的經。當繼母真可憐，日子不好過。啊，我們到了。」

她輕聲敲敲門。

「進來，進來。」

喊話的人聲如洪鐘。

「舅舅，有人來看你。」

瑪麗．雷斯特里一邊進房間一邊說。白羅跟在她身後。

一個肩膀寬闊、臉盤四方、面頰紅潤、看來脾氣暴躁的老人正來回踱著步子。他迎著他們蹣跚走來。在他身後的辦公桌旁，一個女孩正坐著分揀書信和文件。她低著頭，頭髮烏黑柔亮。

「羅迪舅舅，這位是赫丘勒．白羅先生。」瑪麗．雷斯特里說。

白羅優雅地向前跨出幾步，口中說道：「啊，羅德瑞克爵士，自從上回有幸見到您之後，已經過了許多年……許多年了。我們得從上回大戰說起。我想，我們最後一次見面是在諾曼第。我記得非常清楚，雷斯上校也在場，還有艾伯克龍比將軍、空軍中將埃德蒙・科林斯比爵士。那時我們做的決定非常重要！保安工作又十分困難！現在用不著再保密了。我想起那個被我們揭發的間諜，他不動聲色潛伏了那麼久——您該記得亨德森少校吧。」

「啊，確實是亨德森少校。天哪，那個該死的豬玀！終於被揭發了！」

「您大概不記得我了，我是赫丘勒・白羅。」

「不，不，我當然記得你。啊，那次真是千鈞一髮，九死一生哪。你當時是法國代表，對吧？法國代表有一兩位，有一個我和他處不來……我記不得他的名字了。噢，請坐，請坐，敘敘舊比什麼都開心。」

「我還擔心您記不得我和我的同事吉羅先生了。」

「不，不，兩位我都記得。那些日子可真痛快，真痛快。」

坐在桌旁的女孩站起身，禮貌地為白羅搬來一張椅子。

「很好，索尼雅，很好，」羅德瑞克爵士說，「容我為你介紹我這位嫵媚動人的小祕書。我有了她就大不相同了。你知道，她幫我整理所有的檔案。要是沒有她，我真不知道怎麼辦才好。」

白羅彬彬有禮地鞠了個躬。

「幸會，小姐。」他低聲說道。

那女孩輕聲答了幾句。她個頭嬌小，黑色鬈髮，看來很害羞，一雙湛藍的眼眸總是謙遜地朝下望，不過她會抬眼向主人羞怯地嫣然一笑。他輕輕拍了拍她的肩頭。

「沒有她，我真不知如何是好，」他說，「真的不知如何是好。」

「噢，別這樣說，」那女孩抗議道，「我其實沒那麼好。我打字的速度不夠快。」

「你打得夠快的了，親愛的。我記事情都得靠你，你就是我的耳目，而且遠遠不止於此。」

她又對他嫣然一笑。

「一個人，」白羅喃喃說道，「總會記得那些廣為人知的趣事。我不知道這是否言過其實。比如說，那天有人偷了您的車——」他繼續把故事編完。

羅德瑞克爵士笑得開懷。

「哈哈，當然，沒錯，可以說是有些言過其實，不過大體說來，事情倒也真是那樣。是啊，想不到過了那麼久，你還記得。不過，我可以告訴你一樁更有趣的事，」

他隨即講了另一個故事。白羅聆聽著，讚不絕口。終於他看看手錶，站起身子。

「我不能再耽誤您的時間了，」他說，「我看得出來，您正忙著重要的事情。我不過是湊巧來到附近，忍不住要上門來向您致意。歲月不饒人，可是依我看，您不但不失當年之勇，而且生活得悠遊快樂。」

「這個，或許你這麼說並不為過，但可別把我恭維得太過頭了……你一定得留下來喝點茶再走。我相信瑪麗會為你端茶來。」他四下望望。「噢，她走開了。她是個好女人。」

「確實如此，而且很漂亮。我想，這麼些年來她對您是個很大的慰藉吧。」

「啊！他們是不久前才結婚的。她是我外甥的第二任太太。不瞞你說，我從來就不喜歡我這個外甥，安德魯不是個踏實的人，總是不安分。我喜歡他哥哥西蒙，不過我對他也不很了解。至於安德魯，他對他的第一任妻子很壞。你知道，他拋妻棄子，把她孤零零地甩在一邊，跟一個騷貨私奔了。誰都知道她的底細，但他偏就迷戀她。他們前後也不過撐了一兩年，蠢人一個。他現在娶的這個女人似乎很不錯，就我所知，她沒什麼不好。西蒙是個穩重的人，儘管他乏味得要命。我妹妹嫁進這家族的時候，我並不十分高興。你知道，那可以說是拿婚姻做買賣。當然，他家很有錢，但錢並不是一切……通常我們都是和軍人結親家。我從來就不和雷斯特里那號人物多見面。」

「我想他們有個女兒吧？上星期我的一位朋友見過她。」

「噢，是諾瑪，笨女孩一個。穿著那種怪裡怪氣的衣服到處招搖，還找了個可怕透頂的年輕人。唉，這年頭他們都是半斤八兩。長髮青年，披頭族，披頭四，各式各樣的稱謂。我跟不上他們的腳步。說話好像雞同鴨講。可是老年人的批評，誰也聽不進去，而且也不在乎。我們也不過如此了。連瑪麗——我一直以為她是個明理、規矩的人，可是就我所見，她有時候簡直歇斯底里透了——尤其是對她自己的健康狀況。她總是大驚小怪，要去醫院觀察什麼的。要不要喝點什麼？威士忌？你不喝？你真的不多待一會兒，喝杯茶再走？」

「謝謝，我還得去見朋友。」

「好吧，我得說今天和你聊得真痛快。回憶往事真是太美了。索尼雅，親愛的，請你帶這位——對不起，貴姓大名我又忘了——啊，對，白羅，帶他下樓去找瑪麗，好嗎？」

「不用，不用，」赫丘勒．白羅趕忙謝絕了這個提議。「我不能再去打擾夫人了。沒問題，我沒問題，我一定可以自己找到路。這次見到您，真是愉快之至。」

他步出房門。

「這位老兄是誰，我一點概念也沒有，」白羅離開之後，羅德瑞克爵士說。

「你不知道他是誰？」索尼雅訝異地看著他，口中問道。

「就我個人而言，現在來跟我談話的人有一半我都記不得了。當然，我不得不費勁去猜。你知道，一個人是可以默默猜測而又不露出馬腳的。在宴會上也同樣如此。有人走上前來，說：『您大概不記得我了，我上回見到您是在一九三九年。』我就不得不說：『我當然記得。』其實我根本不記得。我幾乎又聾又瞎，簡直跟廢人一樣。戰爭快結束的時候，我們交了不少那樣的法國朋友，可是有一半我都想不起來了。噢，他一定是其中一個。他認識我，而他提到的許多人我都認識。那個關於我的車被竊的故事，也是如假包換。當然，是誇張了一些。想當年，他們都把這事說得活靈活現。噢，我想他並不知道我記不得他了。據我看，他是個聰明人，不過，仍是個不折不扣的法國人，對吧？你知道，喜歡裝斯文，愛跳舞，愛鞠躬，又小氣。好吧，我們看到哪兒了？」

索尼雅拿起一封信，遞給他。她正打算遞給他一副眼鏡，而他馬上就拒絕了。

「我不要那該死的玩意兒，我看得清楚。」

他瞇起雙眼，低頭開始讀手中的信。接著他頹然放棄，將它往她手裡一塞。

「嗯，不如你唸給我聽吧。」

她以清亮柔和的嗓音開始唸起信來。

05

赫丘勒．白羅在樓梯平台上佇立片刻。他微微側頭，一副傾聽的模樣。樓下什麼動靜也沒有。他走到平台窗口朝外望，瑪麗．雷斯特里在門前台階下面，再度專注在園藝上。白羅滿意地點點頭。他輕手輕腳沿著廊道往前走，將房門一一打開。一間浴室，一個放床單被套的衣櫥，一間空著的雙人房，一間有人住的單人臥室，一間放著雙人床的女人臥房（是瑪麗．雷斯特里的嗎？）。隔壁房間有內門與那間女人的臥房相連，他猜想是安德魯．雷斯特里的房間。他走到樓梯平台的另一側，打開的第一個門是一間單人臥室。他推斷目前這房間沒人住，不過週末的時候可能會有人用。梳妝台上放著化妝筆。他仔細聽了聽，接著躡手躡腳走進去。他打開衣櫥。沒錯，裡頭掛著一些衣服，都是些鄉居服裝。

房裡還有一張寫字檯，可是上面空空如也。他輕輕拉開抽屜，裡面有些零星物品，一兩封信，但都是無關緊要、過了時的信。他關上抽屜，走下樓梯，步出房子的時候向女主人道了再見。她留他喝茶，他婉謝，說他答應要回去，不一會就得趕火車回城裡。

「你不需要計程車嗎？我們可以幫你叫，要不，我開車送你回去。」

「不，不用，夫人，你真體貼。」

白羅走回小村落，彎進教堂旁邊的小巷。他走過一條跨溪小橋，隨即來到一部大型轎車前。車子謹慎地停在一棵山毛櫸樹下，有個司機在裡頭等著。司機打開車門，白羅跨進去坐下，脫下他的漆皮鞋，鬆了一口氣。

「現在，我們回倫敦。」他說。

司機關上門，坐回駕駛座上，汽車輕輕顫動，靜靜地開走了。這年頭看到年輕人站在路邊努力豎著大拇指要求搭便車，是司空見慣的景象。白羅的視線漠然地落在這個服裝鮮豔、異國風味濃重的長髮年輕「兄弟」身上。這種人所在多有，可是經過某人身邊時，白羅突然直起身子對司機說：「請停車。對，請往後退一點……有人要搭便車。」

司機回過頭來，一副不可置信的表情。這實在大出他的意料之外。可是看到白羅緩緩點頭，他便遵命照辦。

那個叫作大衛的年輕人走到車門前。

「我還以為你們不會停車呢，」他高興地說，「真是太感謝了。」

他坐進車內，從肩頭上卸下一個小背包，任它滑落到腳邊，隨即順了順他栗色的鬈髮。

「原來你認得我。」他說。

「或許是因為你的穿著有些引人注目吧。」

「噢，你這麼認為嗎？其實也沒怎樣。我只是追隨某種格調罷了。」

「范戴克派的。時髦之至。」

「噢，我從來沒這麼想過。確實，你的話有點道理。」

「如果要我建議，你應該戴一頂騎士帽，再加上蕾絲領結。」白羅說。

「噢，我想我們還不至於那麼過分，」年輕人笑了起來。「雷斯特里太太一見到我就討厭。其實我也一樣討厭她。我也不大喜歡雷斯特里。那些功成名就的大亨身上總有些東西特別令人討厭，你覺不覺得？」

「這要看從什麼角度來說。據我所知，你對他們的女兒可是大獻殷勤。」

「這個字眼用得真好，」大衛說，「對他們的女兒大獻殷勤。我想這麼說並不為過。不過你知道，這是一個巴掌打不響的，她對我也挺垂青的呢。」

「那位小姐現在在哪裡？」

大衛猛然轉過頭來。

「你為什麼問這個？」

「我想見見她。」他聳聳肩。

「我相信她跟你不會合得來，不會比我和你更合得來。諾瑪在倫敦。」

「可是你對她的繼母說——」

「噢！我們對她繼母是什麼都不說的。」

「她在倫敦什麼地方？」

「她在切爾西區國王路上一家室內裝潢公司工作。我一時想不起那家公司的名字。好像叫作蘇珊·費普斯。」

「不過我相信她不住那兒吧。你有她的地址嗎？」

「噢，有，是一座公寓大樓。我真不懂你為什麼這麼感興趣。」

「我感興趣的事情多著呢。」

「你這是什麼意思？」

「你今天去那棟房子做什麼……那房子叫什麼名字來著？橫籬居？為什麼要偷偷溜進去，又偷偷上樓呢？」

「我承認，我是從後門進去的。」

「你去樓上找什麼？」

「那是我的事。我不想失禮……不過，你是不是太多管閒事了？」

「確實，我好像太好奇了。我想明確知道那位小姐的下落。」

「我懂了。你是可愛的安德魯和可愛的瑪麗——該死的東西——雇來的，對不對？他們想找她？」

「到目前為止，」白羅說，「我不認為他們知道她失蹤了。」

「一定有人雇用你。」

「你想得太多了。」白羅說道，一邊往後一靠。

「我不知道你的目的是什麼，」大衛說，「所以我才會招手搭你的便車。我希望你會停下來，透點口風給我。她是我的女朋友，我想你該知道吧？」

「據我所知是這樣吧，」白羅謹慎說道，「既然如此，你應該知道她在哪裡，對吧……對不起，我只知道你的大名叫大衛，不知道貴姓是？」

「貝克。」

「貝克先生，你們大概吵架了吧？」

「沒有，我們沒吵架。為什麼你會認為我們吵架了？」

「諾瑪小姐平常離開橫籬居是在星期日晚上，還是星期一早晨？」

「這要看情況。這裡有一班早班公車，十點多一點就可以到達倫敦。如果她坐這班車，上班會遲到一些，不過遲到不多。她通常是星期日晚上回去。」

「她星期日晚上離開，可是並沒有回到鮑羅登大樓。」

「顯然如此，克勞蒂亞是這麼說的。」

「就是霍蘭小姐，那是她的名字，對吧？她覺得奇怪嗎？還是擔心？」

「老天，才不呢，她為什麼要擔心？這些女孩子不會互相監視。」

「可是你本來認為她會回去？」

「她也沒去上班。我可以告訴你，她們對公司裡的工作都煩透了。」
「貝克先生，『你』擔心嗎？」
「不，當然不擔心，我是說，嗯，媽的，我不知道啦！我看不出我有什麼理由要擔心，但時間一天天過去了。今天星期幾……星期四嗎？」
「她沒跟你吵架？」
「沒有，我們不吵架。」
「可是你在為她擔心吧，貝克先生？」
「這關你什麼事？」
「是不關我的事，不過，我聽說她家裡有糾紛。她不喜歡她繼母。」
「一點也沒錯。那女人是條母狗，冷酷無情。她也不喜歡諾瑪。」
「她生病了，對不對？不得不送到醫院去。」
「你說的是誰，諾瑪嗎？」
「不，我說的不是雷斯特里小姐，是雷斯特里太太。」
「我相信她確實去過醫院。只是無病呻吟，我說，她壯得像匹馬。」
「雷斯特里小姐很恨她的繼母？」
「諾瑪有時候情緒不太平衡。你知道，她常常大發脾氣。我告訴你，女孩子都恨她們的繼母。」

「恨到會讓繼母生病，甚至需要上醫院？」

「你到底想說什麼？」

「或許利用園藝用品……或是用除草劑。」

「你說除草劑是什麼意思？你是不是在暗示諾瑪，她想要，那個——」

「人有嘴巴，」白羅說，「鄰居都議論紛紛。」

「你的意思是，有人說諾瑪想毒死她的繼母？真可笑，真是荒唐透頂。」

「我同意，這不大可能，」白羅說，「事實上，大家並沒有那麼說。」

「噢，對不起。我誤會了。不過……那你剛才那句話是什麼意思呢？」

「親愛的小老弟，」白羅說，「你一定知道到處都有流言蜚語，而這些流言幾乎都集中在一個人身上……那個丈夫。」

「什麼？可憐的老安德魯？要我說，這絕無可能。」

「沒錯，就我看來似乎也不可能。」

「那，你去他家做什麼呢？你是個偵探，對不對？」

「對。」

「所以呢？」

「我們彼此都誤解對方了，」白羅說，「我上他家並不是去調查什麼可疑的下毒案件。請原諒，我不能回答你的問題。你知道，這一切都是非常機密的。」

「你這到底是什麼意思？」

「我去他家，」白羅說，「是去拜望羅德瑞克．霍斯菲爵士。」

「什麼，那個老傢伙嗎？他差不多是老糊塗了，對吧？」

「這個人，」白羅說，「是個身繫眾多機密的人。我倒不是說他現在還參與這些事情，不過他所知甚多。他和二次大戰中的許多事件都有牽連。他『認識』好些人。」

「但這都是陳年舊事了。」

「沒錯，沒錯，他參與其事已是多年前的舊事了。只是難道你不覺得，知道某些事是有好處的嗎？」

「哪些事情？」

「相貌，」白羅說，「或許某個知名人士的相貌，羅德瑞克爵士能夠認得出來。某張臉、某種神態、某種說話的方式、走路的樣子、某種手勢。你知道，人是有記性的。上了年紀的人記不得上星期、上個月或是去年發生的事，但他們能記得，比如說，大約二十年前發生的事。他們也許會記得某個不希望被別人記得的人。因此他們能告訴你關於某個男人或女人的事情，或是他們曾經參與其中的事情……我說得非常含糊，你該明白為什麼。我去見他是為了蒐集情報。」

「你去見他是為了蒐集情報，是嗎？那個老傢伙？老糊塗？他給你情報了嗎？」

「我不妨這麼說，我非常滿意。」

大衛目不轉睛地瞪著他。

「我現在倒是好奇了，」他說，「你是去看那個老傢伙，還是去看那個女孩子？你是想知道她在那個家做什麼吧？有那麼一兩次，我自己也覺得納悶。你是不是認為，她擔任那個職位是為了從那老傢伙嘴裡套出一些過去的情報？」

「我想，」白羅說。「討論這些事情並無任何益處。她似乎忠心耿耿，照顧他也很盡心。我該怎麼稱呼她呢……祕書？」

「她是醫護、祕書、侍伴、伴護、舅公的助手，什麼都沾一點。確實，她可以有各式各樣的稱謂，對不對？他很迷她，你注意到了吧？」

「在那種情況下，這是很自然的事。」白羅一本正經答道。

「我可以告訴你，有人不喜歡她，那就是我們的瑪麗。」

「而她大概也不喜歡瑪麗．雷斯特里。」

「原來你是這麼想，是吧？」大衛說，「你認為索尼雅不喜歡瑪麗．雷斯特里。你可能甚至懷疑，她曾經問過除草劑放在什麼地方？哈，」他接著說：「這一切都夠荒唐的。好了，謝謝你送我一程。我想我就在這裡下車了。」

「啊哈。這就是你要去的地方？我們離倫敦還有七英里遠呢。」

「我要在這裡下車。再會，白羅先生。」

「再會。」

大衛砰然關上車門。白羅往椅背一靠。

§

奧利薇夫人在客廳來回徘徊，她感到十分焦躁。一個鐘頭前，她將剛訂正完畢的打字稿件包好，準備寄給出版商。他正心焦如焚地等著這份稿件，每隔三、四天就來催一次。

「拿去吧，」奧利薇夫人對著空盪盪的屋子，向想像中的出版商說道，「拿去吧，希望你喜歡它！我可不喜歡，我認為它寫得糟透了！我不相信你懂得分辨我的作品到底是好是壞。不管怎麼說，我警告過你了。我告訴過你，它糟透了。而你說：『噢！不會，不會，我一點也不相信。』你等著瞧吧，」奧利薇夫人以報復似的語氣說道，「你就等著瞧吧。」

她推開門，喊來女僕愛蒂絲，把包裹交給她，吩咐她馬上送到郵局去。

「現在，」奧利薇夫人說，「我該做什麼好呢？」

她又開始在屋內來回踱步。「唉，」奧利薇夫人想，「真希望當初我沒把牆上的熱帶鳥圖案換成這些白癡櫻桃。我向來喜歡熱帶叢林的東西，獅子、老虎、花豹或獵豹多好！而今在這一片櫻桃園裡，除了自覺像個稻草人，我還能有什麼感覺？」她又四下望望。「我該像隻嘰嘰喳喳的小鳥才對，」她鬱鬱地說，「吃吃櫻桃……但願現在是櫻桃的季節。我真想吃點櫻桃。不知道現在這個時候——」

她向電話走去。

「夫人，我去看看。」喬治的聲音從話筒裡傳來，回答她的問題。

不一會兒，另一個聲音說道。

「赫丘勒．白羅在此，夫人。」他說。

「你到哪裡去了？」奧利薇夫人說，「一整天都不在。我猜你到雷斯特里府上去了，對不對？你見到羅德瑞克爵士了嗎？有什麼發現嗎？」

「一無所獲。」白羅說。

「簡直太無趣了。」奧利薇夫人說。

「不，我不認為無趣。我竟然什麼都沒發現，這倒挺令人訝異的。」

「這有什麼好訝異的呢？我不明白。」

「因為，」白羅說，「這意味著根本沒有必須發現的事，我不妨告訴你，這和事實不符；要不然就是某些事情被巧妙地遮掩住了。你看，這就很有意思了。順帶一提，雷斯特里太太還不知道那女孩失蹤了。」

「你是說，她和那女孩的失蹤毫無關係？」

「看似如此。我在那裡見到了那個年輕人。」

「你是說那個人人討厭、叫人看不順眼的年輕人嗎？」

「沒錯。正是那個叫人看不順眼的年輕人。」

「你認為他叫人看不順眼嗎？」
「從誰的觀點來看？」
「總不會是從那女孩的觀點來看。」
「我敢肯定，那個來見我的女孩非常樂意和他在一起。」
「他長相很嚇人嗎？」
「他長得很帥。」白羅說。
「很帥？」奧利薇夫人說，「我不知道我會不會喜歡長得帥的男生。」
「女孩子喜歡。」白羅說。
「確實，你說得沒錯，她們是喜歡長得帥的男生。我指的不是那種眉清目秀或是一臉聰明相或是衣冠楚楚或是乾乾淨淨的男生。我的意思是，她們喜歡的若不是那種彷彿要去演復辟時期[9]喜劇的小白臉，就是好似要去做什麼邋遢差事的髒小子。」
「他好像並不知道那女孩目前的下落——」
「或者他刻意隱瞞。」
「有可能。他到鄉下去，為什麼？事實上他已經進了屋子，還大費周章地趁著沒人看見的時候溜進去。這又是為什麼？原因何在？他是去找那個女孩的嗎？還是去找別的東西？」

9　一六六〇年英國查理二世王政復辟，復辟時期一般是指查理二世統治時期。

「你認為他是去找什麼東西？」

「他在那女孩的房間裡找某樣東西。」白羅說。

「你怎麼知道？你看見他在房間裡？」

「沒有，我只看見他走下樓來，不過我在諾瑪的房裡發現一小塊溼泥巴，可能是從他的鞋子上掉下來的。也可能是她要他從房間裡把什麼東西帶給她……各種可能都有。雷家另外還有一個女孩，一個很漂亮的女孩，他去雷家也許是為了見她。確實，可能性極多。」

「下一步你打算怎麼辦？」奧利薇夫人問。

「毫無打算。」白羅答。

「這太無趣了。」奧利薇夫人以不以為然的口氣說道。

「或許我能從我雇來的包打聽那裡獲得一點情報；當然也很可能什麼收穫都沒有。」

「可是，你不打算採取什麼行動嗎？」

「要等到恰當的時機才行。」白羅說。

「噢，我可是要做點事情。」奧利薇夫人說。

「請務必小心謹慎。」白羅懇求道。

「什麼話！我會出什麼事呢？」

「有謀殺的地方，什麼事都可能發生。在下白羅在此慎重告訴你。」

06

格比先生坐在椅子上。他是個乾癟的小矮個，個頭小得無以名狀，彷彿並不存在似的。

他出神地望著那張古董桌的爪型腿，對著它講話。他從來不直接對人講話。

「白羅先生，很高興你提供我這些姓名，」他說，「要不然，你知道，可能要費很多時間查。從現在的情況看，我已經掌握到一些重要事實，還有一些傳言……這些東西總是有用的。我打算從鮑羅登大樓開始，你看如何？」

白羅優雅地點點頭。

「那裡有不少門房，」格比先生對著壁爐架上的鐘說道，「我已經從那方面著手，用了一兩個不同的年輕人。費用很高，但是值得。我不想讓別人以為有什麼人特地去調查！我該用姓名字首稱呼呢，還是直呼其名？」

「在這四面牆內，你可以直呼其名。」白羅說。

「據說克勞蒂亞・里斯—霍蘭是個很不錯的小姐。父親是國會議員，一個有抱負的人，是新聞熱門人物。她是獨生女，擔任祕書工作。是個嚴肅認真的女孩，不參加狂野的舞會，不喝酒，不做披頭族。她和另外兩個女孩合租一間公寓。第二個女孩在龐德街韋德伯恩藝廊工作，雅好藝術，和切爾西區那群人過從甚密。她常四處奔波，安排各種展覽和藝術表演。

「第三個女孩就是『您』那位。她才住進去不久，一般的看法是她有點『失神』，頭腦少根筋，但這些說法都有些含糊其辭。有個門房是個好嚼舌根的人，只要請他喝一杯，他就會告訴你一些讓你目瞪口呆的事！誰酗酒、誰吸毒、誰為所得稅苦惱、誰把現款藏在水箱後面之類的。當然，他的話不能全信。話說回來，聽說某天夜裡有人聽到左輪槍的響聲。」

「左輪槍的響聲？有人受傷嗎？」

「這一點還有些疑問。他是這麼說的，一天晚上，他聽見一聲槍響，於是跑出來看，而那位女孩——就是『您』那位——站在那裡，手上拿著一把左輪槍。她看上去有些迷亂。這時候另一個女孩跑過來……事實上，也可能是她們兩個都跑來。卡莉小姐（就是雅好藝術的那個）說：『諾瑪，你做了什麼事？』而霍蘭小姐厲聲說道：『法蘭西絲，你少說兩句好不好，別傻了！』她將手槍從您那個女孩手上取下，口中說道：『這個給我。』她立刻把手槍扔進自己的手提包，接著她注意到這位叫作米基的老兄。她走到他面前，笑吟吟地說：『一定嚇著你了吧，是不是？』米基說他確實嚇了一大跳。她說：『不用擔心。我們沒想到槍裡有子彈，我們只是鬧著玩。』她接著說：『不管怎麼樣，如果有人問你，你就告訴他們什麼事也沒有。』她又說：『來吧，諾瑪。』便挽著她手臂進入電梯，三個人就上樓去了。可是米基說，他還是有點疑惑，就跑到院子裡，仔仔細細四處看了一遍。」

格比先生垂下眼睛，唸出他筆記本中的記錄。

「『我告訴你，我發現了一些東西，真的！我發現了一些黏黏稠稠的血塊，千真萬確，是好幾滴血漬。我用手指摸過。我告訴你我怎麼想。有人被擊中了，在逃跑時被擊中的……我上樓去，要求和霍蘭小姐談談。我對她說：「小姐，我認為有人可能被擊中。院子裡有血滴。」「老天，」她說，「太可笑了。我相信，那一定是一隻鴿子的血。」接著她說：「很抱歉這件事嚇著了你。忘了它吧。」她塞給我一張五鎊的鈔票。整整五鎊的鈔票呢！當然，從那以後我就絕口沒提過。』

「片刻後，又一杯威士忌下肚，他又吐出一些話。『如果你問我，我會說，她給了那個來看她的小混混一槍。我想，是她和他吵起架來，於是她便使出全力朝他開了槍。這是我的看法。不過，話少說為妙，所以我不打算再提了。要是有人問我，我就裝糊塗，說不知道他們在問什麼。』」格比先生頓了頓。

「有意思。」白羅說。

「是呀，不過這些話又像是一堆謊話。好像沒有其他人知道這回事。據說某天晚上一幫小太保闖進院子裡打鬥，彈簧刀這些東西全亮了出來。」

「原來如此，」白羅說，「這是院子裡有血漬的另一個可能原因。」

「也可能那女孩確實曾和那年輕人爭吵，還威脅要打死他。米基無意中聽到了，把這些事全聯想在一起——尤其那時候正好有一輛車爆胎的話。」

「是啊，」白羅說著，還嘆口氣。「這樣解釋也很合理。」

格比先生將筆記本翻過一頁，再度選定他交談的對象。這次他選中了電暖爐。

「喬舒亞雷斯特里有限公司，家族企業，有百餘年歷史。在倫敦信譽不錯，一直穩健可靠，沒什麼驚世作為。一八五〇年由喬舒亞．雷斯特里創建，第一次世界大戰後開始向海外拓展，國外投資大量增加，多半在南非、西非和澳大利亞。西蒙和安德魯是雷斯特里家族最後的兩個人，哥哥西蒙大約於一年前逝世，沒有子嗣。他的妻子比他早幾年過世。安德魯．雷斯特里似乎是個不安分的人，儘管人人都說他能幹，不過他的心思從來不曾真正放在事業上。他最後跟某個女人私奔了，丟下妻子和五歲的女兒不管。他去過南非、肯亞以及其他許多地方，仍沒有離婚。他的妻子病了一段時間，兩年前去世了。他到處旅行，而無論到什麼地方，似乎都能賺到錢。多半是租礦山開採礦石。他可說是擅長點石成金。

「他哥哥死後，他似乎決定安定下來。他又結了婚，而且認為他應該回來為他的女兒安置個家。目前他們正和舅舅羅德瑞克．霍斯菲同住——這舅舅算是姻親。現在他們只是暫住在那裡，他太太正在倫敦到處物色房子，他們不在乎花錢，他們有的是錢。」

白羅嘆息道：「我知道，你為我勾勒出的是個功成名就的成功故事！人人都賺錢！人人都出身良好，受人尊敬！親戚個個顯赫，在商界都信譽卓著。

「晴空裡只有一朵烏雲。那就是一個據說是『有點失神』的女孩，一個和可疑男友——他被處緩刑不止一次——糾纏不清的女孩。這個女孩有可能企圖毒死她的繼母，而且她若不是受幻覺所苦，就是已經犯了罪行！我不妨告訴你，這一切和你說的成功故事毫不符合。」

格比先生憂傷地搖搖頭，語焉不詳說道：「每個家庭都有這樣的人。」

「這個雷斯特里太太相當年輕。我想，她並不是當初和他私奔的那個女人吧？」

「噢，不是，他們沒多久就分手了。誰都說她是壞女人，還是個潑婦。他竟然中了她的圈套，真蠢。」格比先生闔上筆記本，探詢的目光望向白羅。「還有什麼事要我做嗎？」

「有的。我想多知道一些已故安德魯．雷斯特里太太的事情。她是個病號，常常進出醫院。是什麼樣的醫院呢？精神病院嗎？」

「我懂你的意思，白羅先生。」

「這個家族是否有過精神病史，無論男方或女方。」

「我會調查清楚，白羅先生。」格比先生站起身。「那我告辭了，白羅先生。晚安。」

格比先生離開後，白羅依然若有所思。他的眉毛不時挑起，又放開；他茫然不解，如墜五里霧中。接著，他撥了電話給奧利薇夫人。

「我告訴過你，要小心，」他說，「我要再說一遍，務必小心。」

「小心什麼呢？」奧利薇夫人說。

「小心你自己。我認為可能會有危險。任何人想探聽人家不希望被探知的事情時，都有危險。我嗅到謀殺的味道……我不希望它落到你頭上。」

「你說過你也許會獲知一些情報，你到手了嗎？」

「到手了，」白羅說，「我得到了一點點情報，多半是流言和道聽塗說，不過鮑羅登大樓似乎出過事情。」

「哪一類的事情？」

「庭院喋血。」白羅說。

「真的？」奧利薇夫人說，「這真像是老派偵探小說的標題——『樓梯上的血』。我的意思是，現代偵探小說就會用『她自找死路』這種標題。」

「或許庭院其實並未喋血，或許只是出於想像，一個愛爾蘭門房的想像。」

「也許是一瓶牛奶打翻在地，」奧利薇夫人說，「是晚上，所以他沒有看清楚。出了什麼事？」

白羅沒有直接回答。

「那女孩以為自己『可能犯了謀殺罪』。她所謂的謀殺是不是指的就是這件事呢？」

「你的意思是，她確實開槍射殺了什麼人？」

「我們或許可以假設她確實向某人開了槍，但其實完全沒射中，只有幾滴血……如此而已，也沒有屍體。」

「老天，」奧利薇夫人說，「這更令人糊塗了。如果這人還能跑出院子，你應該不會認為你殺死了他，對不對？」

「這很難說。」

白羅說完，隨即掛上電話。

§

「我很擔心。」克勞蒂亞·里斯—霍蘭說。

她拿起咖啡濾壺，將自己的杯子再度斟滿。法蘭西絲·卡莉打了個大哈欠。這兩個女孩正在小廚房裡進早餐。克勞蒂亞已經穿戴整齊，準備動身去上班。法蘭西絲還穿著睡衣睡褲，黑髮飄覆在眼前。

「我為諾瑪擔心。」克勞蒂亞又說。

法蘭西絲打著哈欠。

「如果我是你，我就不擔心。我想，遲早她會打電話回來或出現的。」

「她會嗎？你知道，法蘭，我總忍不住要多想——」

「我不懂你為什麼要多想，」法蘭西絲一面說，一面替自己多倒了些咖啡。她猶豫地啜了一口。「我的意思是……其實諾瑪怎麼樣並不干我們的事，對不對？我是說，我們又沒有義務照顧她或養活她什麼的，我們不過就是合租這間房子罷了，何必婆婆媽媽的牽腸掛肚呢？我真的不擔心。」

「我想你也不會擔心，你從來就沒擔過什麼心。可是這件事對你和對我不一樣。」

「有什麼不一樣？你是說，這是因為你是這間公寓的承租人或什麼嗎？」

「哦，你不妨這麼說，我的立場有些特別。」

法蘭西絲又打了個大哈欠。

「昨天晚上我在巴茲爾的宴會上玩得太晚了，」她說，「覺得很不舒服。好吧，我想，喝點純咖啡會有幫助。你還要來點嗎？免得被我喝光。巴茲爾逼我們試了一些新藥丸，叫作『翠綠夢境』。我不覺得這些笨玩意兒全都值得一試。」

「你去藝廊要遲到了。」克勞蒂亞說。

「噢，沒什麼要緊的，沒人會注意，也沒人會在乎。」

「昨天晚上我看見大衛了，」她又說，「他盛裝打扮，看起來帥得很。」

「可別跟我說你也愛上他了，法蘭。他這人太可怕了。」

「噢，我就知道你會這麼想。克勞蒂亞，你真是老古板。」

「我才不古板。不過，我不能說我對你們那幫藝術家個個都喜歡。什麼毒品都要試，然後不是昏死過去，就是打起架來不要命似的。」

法蘭西絲露出有趣的表情。

「親愛的，我可不是個有毒癮的人。我只想知道這些玩意兒是怎麼回事。這幫人有幾個很不錯。你知道，大衛能畫畫的，如果他有心去畫的話。」

「這麼說，大衛沒把心放在畫畫上，對不對？」

「你提起他總是話中帶把刀似的，克勞蒂亞……你不喜歡他到這裡來看諾瑪。說到刀子……」

「噢，說到刀子？」

「我一直在煩惱，」法蘭西絲緩緩說道，「有件事是不是該告訴你。」

克勞蒂亞瞄了瞄手錶。

「我現在沒時間，」她說，「如果你想告訴我什麼事，今天晚上說給我聽。反正我現在也沒心情聽。噢，老天，」她嘆了一口氣。「真希望我知道怎麼辦才好。」

「你是說諾瑪的事嗎？」

「沒錯。我不知道是不是該讓她父母知道，我們不曉得她去哪裡了……」

「那就太不上道了。可憐的諾瑪，如果她想一個人溜走，為什麼不讓她如願呢？」

「諾瑪其實不是溜走的——」克勞蒂亞話沒說完。

「對，她不是溜走的，對不對？Non compos mentis[10]。你的意思就是這樣。你有沒有

10 法語，意思是「所以不構成欺騙」。

打電話給她工作的那個可怕地方？那地方叫霍姆伯茲還是什麼？噢，你當然打過電話去，我想起來了。」

「那她到底人在哪裡？」克勞蒂亞問，「昨天晚上大衛說了什麼沒有？」

「大衛好像也不知道。說真的，克勞蒂亞，我不認為這有什麼大不了的。」

「對我來說有，」克勞蒂亞說。「因為我的老闆正好是她爸爸。要是她出了什麼事，他們遲早會問我為什麼我沒提過她沒回來。」

「確實，我想他們大概會找你麻煩。可是為什麼諾瑪每次離開這裡一兩天甚至好幾天，就得向我們報告呢？毫無道理，不是嗎？我的意思是，她又不是付費的客人什麼的。那女孩不歸你負責。」

「沒錯，不過雷斯特里先生曾經提過，他很高興她在這裡租了個房間跟我們一起住。」

「所以，這就給了你權力，只要她不打聲招呼而又沒回來的時候，你就去打小報告？也許她又迷上了別的男人。」

「她對大衛癡得很，」克勞蒂亞說，「你確定她沒躲在他那裡嗎？」

「噢，我想不會。你知道，他其實並不喜歡她。」

「你巴不得如此，」克勞蒂亞說，「你自己對大衛也挺有意思的。」

「才沒有，」法蘭西絲立刻說，「完全沒那回事。」

「大衛對她很認真，」克勞蒂亞說，「否則他那天為什麼要到這裡來找她？」

「他才來沒幾分鐘，你就又把他趕走了，」法蘭西絲說，「我想，」她站起身，一邊對著廚房那面並不能使她增色的小鏡看著自己的臉龐，一邊說道：「我想，說不定他其實是來看我的。」

「你別傻了！他是來找諾瑪的。」

「那女孩有精神病。」法蘭西絲說。

「有時候我也這麼想！」

「我可是確定得很。聽著，克勞蒂亞，我現在就要告訴你那件事，你應該知道。那天我的胸罩帶子斷了，可是當時我急著出門。我知道你不喜歡別人亂動你的東西——」

「沒錯。」克勞蒂亞說。

「可是諾瑪從來不在意這個，要不就是她沒注意。總而言之，我走進她的房間，翻了翻她的抽屜，我……呃，發現了一樣東西，是一把刀。」

「一把刀！」克勞蒂亞驚訝地說，「什麼樣的刀？」

「你記得那次院子裡的打架事件吧？一群不長進的青少年闖進來，用彈簧刀之類的東西打了一架，而諾瑪剛好在他們打完架之後回來。」

「沒錯，我記得。」

「一名記者告訴我，其中有個男孩被捅了一刀，跑掉了。呃，諾瑪抽屜裡的刀就是一把彈簧刀，上面有汙漬，看起來像是凝固的血。」

「法蘭西絲！你太誇張了，真荒唐。」

「也許吧，不過我敢肯定有那把刀。我倒想知道，那東西怎麼會藏在諾瑪的抽屜裡？」

「我想，也許是她撿回來的。」

「什麼！當紀念品嗎？她把它藏起來，卻完全沒告訴我們？」

「你怎麼處理它？」

「我把它放了回去，」法蘭西絲緩緩說道，「我……我不知道還能怎麼辦……我很猶豫，不知道要不要告訴你。後來，就是昨天，我又去看了一下，刀不見了。克勞蒂亞，那刀子已經無影無蹤了。」

「你認為是她叫大衛來把它取走的嗎？」

「這有可能……我告訴你，克勞蒂亞，從今以後我夜裡要鎖房門了。」

／07

奧利薇夫人醒過來，覺得很不開心。她知道展現在她面前的是無事可做的一天。懷著虔誠的感情將完成的手稿打包寄出後，工作便結束了。一如以往，現在的她只有去放鬆、去找樂子、去蟄伏的份，直等到創作慾望再度活躍起來。她漫無目的地在自己的房子裡四處走動，東摸西摸，拿上拿下。她看看寫字檯的抽屜，發覺裡面有不少該處理的信件，可是她也覺得在當前才剛完成某件大事的情況下，當然不能去處理這類令人厭倦的事務。她要做些「有意思」的事。她要……她要做什麼呢？

她回想起自己和赫丘勒．白羅的那次談話，回想著他給她的警告。太可笑了！再怎麼說，她為什麼不能參與這樁她和白羅都有份的難題呢？白羅或許喜歡坐在椅子上，十個指尖併攏一處，身子舒舒服服地在四壁之內往後一靠，只讓腦細胞轉個不停。阿蕊登．奧利薇可不喜歡這樣辦事情。她說過，她至少要「做」一點事情。她要去打聽這個神祕女郎的更多底細。諾瑪．雷斯特里人在哪裡？正在做什麼？而她，阿蕊登．奧利薇，對這女孩還能多發掘出什麼？

奧利薇夫人走來走去，感到愈來愈鬱悶。她能怎麼做呢？這不容易決定。是不是該到什麼地方去問問呢？她是不是該去隆貝辛一趟？可是白羅已經去過，照理說，該發現的都已經發現。而她能找什麼藉口當個不速之客，跑到羅德瑞克．霍斯菲爵士府上去呢？

她又想到要去鮑羅登大樓再跑一趟。或許，在那裡可以多發現什麼？她得再想個理由去一趟。她一時難以決定該用什麼理由，不過不管怎麼說，那裡似乎是唯一探得了較多情報的地方。幾點鐘了？上午十點。某些可能性還是有的……

在路上，她想好了一個藉口，一個並不很別出心裁的藉口。奧利薇夫人本來希望能找個更吸引人的藉口。不過，她謹慎地想到，最好找個稀鬆平常、合情合理的藉口。她來到氣派壯觀但稍嫌冷漠的鮑羅登大樓，一邊在庭院慢慢蹓躂，心頭一邊琢磨著。

門房正和一輛家具搬運卡車裡的人說著話，送牛奶的推著牛奶車向站在送貨電梯旁的奧利薇夫人走來。

他把牛奶瓶子弄得嘩嘩作響，一面愉快地吹著口哨。奧利薇夫人依然出神地注視著那輛搬運卡車。

「七十六號搬走了。」送奶人誤解了奧利薇夫人的專注，對她解釋道。他從車上將一箱牛奶搬進電梯。

「不妨說她已經搬進天堂了。」他又冒出頭來，加上一句。看來他是個快樂的送貨員。他豎起大拇指，朝上指了指。「她從窗口跳下來……八樓，就在一個星期前。凌晨五點，選的時辰還真好笑。」

奧利薇夫人可不覺得這有什麼好笑。

「為什麼？」

「你是說她為什麼要跳樓？誰也不知道。他們說，她神經不正常。」

「她……很年輕嗎？」

「才不！人老珠黃了，起碼有五十歲。」

兩個搬家具的工人正使出吃奶的力氣，要把一個五斗櫃搬下車。可是五斗櫃文風不動，兩個桃花心木的抽屜摔到了地上，一張掉出來的紙片朝奧利薇夫人飄來，她抓住了它。

「查理，別摔壞東西，」那個快樂的送奶人帶著責備的口氣說完，便帶著他的牛奶瓶乘電梯上樓去了。

兩個搬家工人吵了起來，奧利薇夫人將那張紙片遞還給他們，可是他們一揚手，就把它揮到一旁去了。

奧利薇夫人下定了決心。她走進大樓，直奔六十七號。裡面傳來叮噹一聲，一個拿著拖把的中年婦女隨即開了門。她顯然在整理房間。

「噢，」奧利薇夫人以自己最喜歡的單音節字彙說道，「早安。有……我想，有人在家吧？」

「沒有，夫人，恐怕是沒有。她們都出門了，去上班了。」

「當然，當然……事情是這樣的，上回來的時候，我把一個小筆記本忘在這裡了。真煩人，它一定掉在客廳什麼地方了。」

「這個，夫人，我還沒有撿到這樣的東西。當然，我不可能知道那是您的東西。請進來吧。」

她殷勤地打開門，將剛才用來拖廚房地板的拖把放到一旁，陪著奧利薇夫人走進客廳。

「對，」奧利薇夫人說，決定要攀攀交情。「沒錯，我看到了，這是我留給雷斯特里小姐，也就是諾瑪小姐的書。她從鄉下回來了嗎？」

「我想她現在不住在這裡，她的床都沒睡過，大概還在鄉下和家人在一起。我知道她上個週末回去的。」

「是，我想也是，」奧利薇夫人說，「這本書是我送來給她的，是我的著作。」

奧利薇夫人寫的書似乎沒有引起清潔婦絲毫的興趣。

「那時候我就坐在這裡，」奧利薇夫人一面拍著一張扶手椅，一面說道，「至少我想是這裡。後來我走到窗邊，也可能走到沙發那邊。」

她在椅墊後面起勁地掏探著，那清潔婦也有樣學樣，對著沙發椅墊掏了起來。

「你不知道，這種東西丟了多令人心煩，」奧利薇夫人閒話家常似的接著說道，「所有的約會都記在上頭。我非常肯定，今天我要和某個重要人物一起吃午飯，可是我就是記不得是什麼人，也記不得約在什麼地方。當然，也可能是約在明天。如果是這樣，那我就是和另一個人吃午飯了，老天。」

「夫人，我敢說這一定挺惱人的。」清潔婦語帶同情說道。

「這些房子真漂亮。」奧利薇邊說邊四下張望。

「蓋得很高。」

「噢，登高就能望遠，景色很好，不是嗎？」

「沒錯，不過，如果這些房子朝東，冬天就會灌進冷風。冷風都從那些金屬窗框裡透進來。有些人就加蓋了雙層窗。沒錯，冬天我可不喜歡住在朝這個方向的房子。不管怎麼說，我只要一間不錯的一樓房子就行了。如果你有小孩，那樣也方便得多；你知道，像推個嬰兒車什麼的。沒錯，我就喜歡一樓。想想看，要是碰上火災——」

「確實，當然，那一定可怕極了，」奧利薇夫人說，「我想，這裡該有逃生門吧？」

「到時候你不一定能走到安全門。一見到火，我就魂不附體，向來如此。再說，這些房子貴得要命，房租之高簡直讓你不敢相信！這就是為什麼霍蘭小姐要找另外兩個女孩和她一起住。」

「對，我想她們兩位我都見過。卡莉小姐是個藝術家，對吧？」

「她在一間藝廊工作。不過，我看她在那兒工作並不認真。她能畫幾筆，母牛、樹木之類的，你永遠弄不清她畫的東西到底是什麼意思。這小姐很邋遢。瞧她房間那副模樣，你簡直無法相信！而霍蘭小姐，什麼東西都永遠乾乾淨淨，井井有條。她在煤炭局做過一段時間的祕書，目前在城裡當私人祕書。她說，她更喜歡這個工作。她給一位剛從南美還是什麼地方回來的先生當祕書。那人非常有錢，是諾瑪小姐的父親。自從前一個房客結婚搬走之後，就是他要求霍蘭小姐收她女兒分租的；霍蘭小姐那時候提到她正想另找一個女客同住。這個，她當然不好拒絕，對吧？畢竟他是她的老闆啊。」

「她想拒絕嗎？」

那女人吸了吸鼻子。

「我想，她本來會拒絕……如果她早知道的話。」

「早知道什麼呢？」這問題好像太過開門見山。

「我想，我實在不該說什麼，這不關我的事——」

奧利薇夫人帶著探詢的目光望著她。清潔婦上了鉤。

「倒不是這位年輕小姐不正派。只是她有點瘋瘋癲癲，話說回來，她們全都有點瘋瘋癲癲。不過，我想她應該找醫生看看。有好幾回了，她好像不知道自己在做什麼，或是身在何處。有時候她真能把你嚇壞，就跟我丈夫的侄子發病時一模一樣（他發作起來可厲害了，簡直難以想像）。但我從來就不知道她也會發病。可能是什麼東西吃太多了。」

「我知道，她還有個家裡反對的男朋友。」

「沒錯，我也聽說過。他到這裡來看過她一兩回，不過我從未碰到過。大家都說他也是個愛時髦的人。霍蘭小姐不喜歡這種事……可是這年頭，你有什麼辦法？女孩子們根本就我行我素。」

「這年頭，女孩子有時候真令人不敢領教。」奧利薇夫人說著，竭力表現出認真、有責任感的模樣。

「要我說，那是家教不得法。」

「恐怕是這樣，確實，恐怕是這樣。我真覺得像諾瑪・雷斯特里這樣的女孩，與其獨自到倫敦來當個室內裝潢師，不如在家裡待著。」

「她不喜歡在家待著。」

「真的？」

「她有個繼母，女孩子都不喜歡繼母。我聽說那個繼母很盡心，努力讓她振作，又盡量不讓那個華而不實的男朋友進門。她知道女孩子挑錯男友，會招來不少麻煩。有時候……」清潔婦加強語氣說道，「謝天謝地，我一個女兒也沒養。」

「你有兒子嗎？」

「我有兩個兒子。一個還在學校念書，成績不錯，另一個在一家印刷廠，也做得還行。沒錯，都是很好的孩子。當然，男孩子也會給你添麻煩，不過，我想女孩子更令人操心。你總覺得你得替她們操煩。」

「對啊，」奧利薇夫人若有所思說道，「確實有這種感覺。」

她看出那個清潔婦露出想回去繼續清掃的神態。

「真不知道我那個筆記本跑到哪裡去了，」她說，「非常謝謝你，希望我沒浪費你的時間。」

「噢，希望你能找到你的筆記本，一定找得到的。」那女人附和似地說道。

奧利薇夫人走出大樓，思忖著下一步該怎麼做。這一天剩下的時間還能做什麼，她心裡一點譜也沒有，不過，明天的計畫倒是在腦海裡慢慢成形。

回到家，奧利薇夫人慎重其事地拿出筆記本，在「我得知的事實」的標題下，迅速記下有關的各種事項。大體而言，這些事實並沒有多重要，不過奧利薇夫人並未辜負她的專業，盡其所能地充分利用了它。或許克勞蒂亞·里斯—霍蘭受諾瑪父親雇用是最為突出的一項事實。之前她並不知道這件事，她也懷疑赫丘勒·白羅是否知情。她想打個電話告知他這件事，不過考慮到明天的計畫安排，她決定暫且按下不表。事實上，如果說現在的奧利薇夫人自覺像個偵探小說家，不如說更像一隻躍躍欲試的獵犬。她找到了蹤跡，俯鼻嗅著氣味，而明天早上……噢，明天早上我們就會知道了。

奧利薇夫人按照計畫，一大早就起身，喝了兩杯茶，吃了個白煮蛋，便出門調查追蹤去了。她再次來到鮑羅登大樓附近。她擔心有人認出她來，所以這回並未進入庭院，反而躲躲閃閃地在那兩個旋轉門邊繞來繞去，打量著各式各樣從門裡奔進晨雨匆忙趕去上班的人。多半是女孩子，都長得真像，令人難以辨別。奧利薇夫人心想，當你這麼打量他們的時候，人類顯得多麼不同於尋常；他們各懷目的，從這些高大的建築物裡冒出，就像從一堆堆的蟻丘裡湧出。她認為，人對蟻丘從未給予它應有的評價。當一個人用鞋尖擾動了它，它總是顯得茫然不知所措。那些小東西嘴裡銜著小草四處衝撞，勤勤懇懇地排成一條線，憂慮而焦灼地走著，看上去彷彿在來回奔忙卻不知所往，可是再想一想，牠們不也和這裡的人一樣有條有理？就拿剛從她身旁擦肩而過的男人來說吧，他一路飛奔，嘴裡還不斷自言自語。「真不知道什麼讓你這麼惱火。」奧利薇夫人想。她又流連了片刻，接著突然往後退。

克勞蒂亞・里斯—霍蘭邁著輕快有致的步伐從入口走出來。她和往常一樣，一身精心入時的打扮。奧利薇夫人轉過身去，以免被認出。等到克勞蒂亞在她前面走出相當距離後，她才轉回身子，尾隨在後。克勞蒂亞・里斯—霍蘭來到街頭，一個右彎，走進一條大街。她走到公車站前，開始排隊。依然緊跟不捨的奧利薇夫人一時覺得不安起來。要是克勞蒂亞轉過頭來看到她、認出她來怎麼辦？奧利薇夫人唯一能想到的，就是不出聲地慢慢擤鼻子。可是克勞蒂亞・里斯—霍蘭似乎一心想著自己的事，對於和她一起等車的人瞧都沒瞧一眼。奧利薇夫人排進隊裡，大約是克勞蒂亞後面兩三個人的間隔。要等的公車終於來了，大家一擁而上。克勞蒂亞上了車，逕自往頂層走去。奧利薇夫人也跟上去，因為是第三個上車的人，只好在靠近車門的地方找了個座位。售票員走過來收費，奧利薇夫人想也沒想就把一先令六便士塞到了他的手裡。畢竟，她既不知道這輛公車走的路線，也不知道那清潔婦含糊提到「聖保羅大教堂旁邊的一座新大廈」到底有多遠。當那令人肅然起敬的拱頂終於在望時，她警覺起來，心理有了準備。就在眼前了，她自言自語道，一面目不轉睛盯著從頂層下來的人。啊，沒錯，克勞蒂亞下來了，一身出色的服飾整潔而俐落。她走下公車。奧利薇夫人適時尾隨而下，和她保持著一段適當的距離。

「真有趣，」奧利薇夫人心想，「現在，我真的盯起梢來了！就像我書中描寫的一樣。而且，我的跟蹤工夫一定很出色，因為她一點也沒察覺。」

確實，克勞蒂亞．里斯－霍蘭似乎心無旁騖，專心想著自己的心事。「這女孩看來精明能幹，」奧利薇夫人發現她以前也這麼想過。「如果要我猜凶手，一個精明能幹的凶手，我會挑一個和她極其類似的人。」

遺憾的是，根本還沒有人被謀殺，換句話說，除非諾瑪那女孩認為自己犯了謀殺罪是確有其事。

近年來，倫敦這個地區興建起大批建築物，不知是福是禍。高聳的摩天大樓火柴盒似的直入雲霄，奧利薇夫人認為它們多半面目可憎。

克勞蒂亞走進一棟大樓。「現在我要看仔細了，」奧利薇夫人一面想，一面跟著她走進大樓。四個電梯不停上上下下，似乎都忙得不可開交，奧利薇夫人心想，這下可不好辦了。不過，那些電梯非常之大，因此奧利薇夫人得以在最後一刻鑽進克勞蒂亞乘坐的電梯，讓一群高大男人擠在她和她所尾隨的女孩之間。克勞蒂亞要到三樓去。她沿著廊道走著，奧利薇夫人則在兩個男人的背後磨蹭著，記住了她走進的那扇門……從廊道盡頭數過來的第三個門。奧利薇夫人及時趕到那扇門前，看見門上的字牌寫著：「喬舒亞雷斯特里有限公司」。

雖然已經到了這一步，奧利薇夫人卻不知道下一步棋該怎麼走。她找到了諾瑪父親的公司和克勞蒂亞的工作地點，可是現在她似乎才領悟到，這個發現並不如她當初想像的那麼重要。坦白說，這個發現有用嗎？恐怕沒有。

她在附近等了一陣，從廊道一頭走到另一頭，想看看是否有其他耐人尋味的人物走進雷斯特里公司的門。有兩三個女孩走進去，只是她們並不顯得特別有問題。奧利薇夫人又乘電梯下了樓，快快不樂地走出外頭。她實在想不出下一步該怎麼辦。她在鄰近的街道上信步走著，盤算著要到聖保羅大教堂去參觀。

「我不妨到低音廊[11]去低語一番，」奧利薇夫人想，「不知道低音廊充當謀殺場景會是什麼效果？」

「不，」她打定主意。「恐怕太褻瀆神明了。不，這樣做不合適。」她沉思著向美人魚劇場走去。她想，那裡有謀殺案的可能性大得多。

她朝著許多新建大樓的方向往回走。這時她想到今天的早餐不似一般豐盛，於是轉進

11　低音廊是指在一定位置上低聲說話而在相離較遠的一端還能聽見的長廊，

一家咖啡館。咖啡館裡人不多不少，正吃著或可稱為「特晚早餐」或過早的「十一點鐘茶點」。奧利薇夫人隨意四望，想找一張合適的桌子，忽然倒吸了一口氣，那個叫諾瑪的女孩正坐在靠牆的一張桌子旁，對面是個年輕人，濃密的栗色鬈髮披在肩上，穿著一件紅色天鵝絨背心和十分花稍的短外套。

「大衛，」奧利薇夫人悄然說道，「那一定是大衛。」

他正和那個叫諾瑪的女孩激動地談著什麼。

奧利薇夫人想到一個行動計畫，主意既定，她滿意地點點頭。她穿過咖啡館，朝一扇標有「女士化妝室」的隱祕小門走去。

奧利薇夫人不知道諾瑪會不會認出她來。事實上，長相最無特徵的人不見得最難辨認。不過此時此刻，諾瑪似乎只看著大衛一個人，對別人都像是視若無睹，可是，誰知道呢？

「我想，無論如何得在自己身上動點手腳。」奧利薇夫人心想。她在一面有蠅屎沾汙的小鏡子前左顧右盼，仔細端詳著她認為是女人外貌的焦點：頭髮。這一點沒有人比奧利薇夫人更清楚。多少次她因為改變髮型，而讓許多朋友認不出她來。仔細打量過她的腦袋之後，她便動起手來。她拔下幾根髮夾，拿掉幾個髮捲，用手絹包起塞入手提包內，接著將頭髮從中分開，一絲不茍地梳到腦杓後，在頸項後面盤成一個保守樣式的髮髻。她又拿出一副眼鏡，架到鼻梁上。現在，她確實顯出一副認真嚴肅的模樣！「像個知識分子，」奧利薇夫人欣慰地想。她用口紅改變了嘴型，再度回到咖啡館內。她小心翼翼地移步，因為那副眼鏡平常只在閱讀時使用，因此眼前的景象變得模糊不清。她穿過咖啡館，朝著諾瑪和大衛桌子旁邊的一張空桌走過去。她坐下去，面對著大衛，近旁的諾瑪則背向著她。這麼一來，除非諾瑪轉過頭來，否則不會看見她。女侍走過來，奧利薇夫人點了一杯咖啡和一個巴斯麵包，毫不起眼地安坐在那裡。

諾瑪和大衛絲毫沒有注意到她，他們正熱烈地談論著。奧利薇夫人因此沒多久就聽出他們在說什麼。

「可是這些只是你在胡思亂想，」大衛說，「是你想像出來的。親愛的，這些全是不折不扣的胡說八道。」

「我不知道，我分不出來。」諾瑪的嗓音裡沒有她慣有的那種附和語氣。

奧利薇夫人聽她的話不如聽大衛的清楚，因為諾瑪背對著她，不過那女孩呆滯沉悶的語調讓她感到很不舒服。她想，一定有什麼不對勁的事，非常不對勁。她想起白羅最初告訴她的那件事。「她認為她可能犯了謀殺罪」。這女孩到底怎麼回事？是幻覺嗎？難道她腦子真有毛病，還是這事千真萬確，因而讓她受到嚴重驚嚇？

「依我看，這全是瑪麗在大驚小怪！不管怎麼說，她這女人蠢透了，所以她會想像自己生病這一類的事情。」

「她真的病了。」

「好吧，就算她真的生病，但任何一個清醒的女人這時都會請醫生給她一些抗生素什麼的，而不是只在那邊煩惱得要命。」
「她認為是我動的手腳。我爸也這麼想。」
「告訴你，諾瑪，這些全是你的想像。」
「你只是口頭這樣說，大衛。你說這些是為了要讓我高興。如果我真的下藥給她吃了呢？」
「你說『如果』，那是什麼意思？你一定知道自己到底有沒有下藥。諾瑪，你不可能這麼白癡吧？」
「我不知道。」
「你總是這麼說。你老是轉來轉去、一遍又一遍地說『我不知道』、『我不知道』。」
「你不懂？你一點也不懂什麼叫作恨，我第一眼見到她就恨她。」
「我知道，你告訴過我。」
「這就是奇怪的地方。我告訴過你，可是我根本想不起來我告訴過你。你懂嗎？我……我常常跟別人說起什麼事，告訴別人我想做什麼、我做了什麼或是我打算做什麼，可是我根本不記得我告訴過他們。就好像我腦子裡在想這些事情，而它們就不知不覺流露出來，我就把它們告訴了別人。我真的告訴過你這些事，是不是？」
「這個……我的意思是……喂，我們別再原地打轉了吧。」
「可是我確實告訴過你，是不是？」

「好吧！你常愛說這樣的話：『我恨她，我真想殺了她，我想要毒死她！』但那不過是孩子氣的話，如果你明白我的意思；就好像你還沒長大似的。這是很自然的，小孩子常常這麼說。『我恨誰誰誰，我要砍掉他的腦袋！』在學校裡，小孩子如果特別討厭某個老師，他們就會這麼說。」

「你認為只是這樣？可是……這話聽起來就好像我還沒長大似的。」

「呃，從某些角度看，你是沒長大。只要你振作起來，你就會明白這一切是多麼愚蠢。就算你真恨她，那又怎麼樣？你已經離開家，不用再和她住在一起。」

「我為什麼不能住在自己的家裡……和自己的父親住在一起？」諾瑪說，「這不公平，不公平。當初他遺棄我母親出走，現在好不容易回到我身邊，卻馬上就和瑪麗結了婚。我當然恨她，而她也恨我。我常想著要殺死她，想過各種下手的辦法，這樣想讓我感到很痛快。可是後來……當她真的病了以後……」

大衛不安地說：「你不會以為你是女巫吧？你不會做個蠟人然後拿針去刺，對吧？」

「才不會，那樣做太無聊。我做的事都很真實，真真實實的。」

「聽我說，諾瑪，你說『真實』，指的是什麼？」

「那個瓶子還在，在我的抽屜裡。沒錯，我打開抽屜，發現了那個瓶子。」

「什麼瓶子？」

「『飛龍滅蟲劑』、『特選除草劑』，標籤上就是這樣寫。它裝在一個深綠色瓶子裡，可以噴到東西上。它上頭還標示著『小心有毒』的字樣。」

「是你買的嗎？還是你只是發現了它？」

「我不知道我是從哪裡弄來的，但它就在那裡，在我的抽屜裡，而且已經用了一半。」

「然後，你……你……就記起來了——」

「對，」諾瑪說，「對……」她的聲音空空洞洞，像是作夢一般。「對……我想，就是那時候，我記起了一切。大衛，你也這麼想，對不對？」

「我真不知道該拿你怎麼辦，諾瑪，真的不知道。我認為你是在編故事，而且逼迫自己相信。」

「可是她到醫院去接受觀察，他們說不清楚是怎麼回事。他們說，查不出什麼毛病，於是她就回家了，但後來她又病了，我就害怕起來了。我父親開始用一種奇怪的眼神看我，後來醫生來了，他們關在父親的書房裡談話。我從外面繞過去，偷偷爬到窗邊仔細聽，想知道他們談什麼。他們正在一起策畫，要把我送到一個地方關起來！一個我可以接受『治療』的地方。你知道，他們認為我瘋了。我很害怕……因為，因為我不敢確定我到底做了沒有。」

「所以你就逃跑了？」

「不，那是後來——」

「告訴我詳情。」

「我不想再提它了。」

「你遲早得讓他們知道你現在身在何處——」

「絕不！我恨他們！我恨瑪麗，也恨父親。我巴不得他們死掉，巴不得他們兩個都死掉。然後……然後，我想我才會再快樂起來。」

「別那麼激動！聽著，諾瑪——」他頓了頓，有點難以啟齒的樣子。「我並不急著結婚，不急著做這種無聊的事……我是說，我本來不打算這樣做，至少好幾年內不會。我不願意把自己綁起來……不過，你知道，我認為這是我們能採取的最佳對策。我們去結婚，到結婚登記所或什麼地方去結婚。你得說你二十一歲了。把你的頭髮盤起來，戴上眼鏡什麼的，讓你顯得成熟一些。一旦我們結了婚，你父親就無計可施了！他不能把你送到你說的那個『地方』去，他沒那個權力。」

「我恨他。」

「你好像恨所有人。」

「我只恨父親和瑪麗。」

「話說回來，男人再娶是很自然的事。」

「瞧瞧他是怎麼對我母親的。」

「那是很久以前的事了吧？」

「沒錯，那時我還是個孩子，但我全都記得。他離家出走，拋棄了我們。每逢聖誕節，他都會寄禮物給我，可是自己從不回家。在他回來之前，我就算在大街上碰到他也認不出，那時候，他對我來說是無足輕重的。我想，他也把我母親關起來過。她發病的時候，她也常常離家。我不知道她去哪裡，不知道她是怎麼回事。有時候，我會想……我想不通，大衛，我猜你知道，我頭腦有毛病，總有一天我會做出非常可怕的事來。就像那把刀子。」

「什麼刀子？」

「沒什麼，就是一把刀子。」

「唉，你就不能告訴我你在說什麼嗎？」

「我想，那刀子上面有血跡，它藏在那裡……在我的長絲襪下面。」

「你記得你曾藏了一把刀在那裡嗎？」

「我想我記得，可是我想不起之前我拿它做什麼用，也記不得我去過什麼地方……那天晚上我出去了整整一個鐘頭，可是我不知道那段時間自己都去了哪裡。我去過某個地方，還做過一些事。」

「噓，」女侍走近他們的桌子，他立刻要她噤聲。「你不會有事的。我會照顧你。我們再吃點東西吧，」他抓起菜單，高聲對女侍說道：「來兩份吐司加烤豆。」

08

赫丘勒·白羅正在向他的祕書萊蒙小姐口授一封信：「本人對閣下所賦予的榮譽至為感激，然而本人不得不以遺憾的心情告知閣下……」

電話鈴聲響起。萊蒙小姐伸出一隻手去接電話。

「喂？您說您是哪位？」她用手捂住話筒，對白羅說：「是奧利薇夫人。」

「啊，奧利薇夫人。」白羅說。此時此刻他雖不願意被人打斷，但還是從萊蒙小姐手中接過話筒。「喂，」他說，「我是赫丘勒·白羅。」

「噢，白羅先生，找到你太高興了！我已經替你找到她了！」

「你說什麼？」

「我已經替你找到她了，就是『你』那個女孩！你知道，就是那個殺了人或是她認為自己殺了人的女孩。她也在談這件事呢，談得很多。我想她腦子出了毛病，不過現在先別管這個。你要不要過來找她？」

「你在哪裡呢，親愛的夫人？」

「在聖保羅教堂和美人魚劇場之間的某個地方，卡爾索普街，」奧利薇夫人突然從她的電話亭向外望，說道，「你能不能盡快趕到這裡來？他們在一家咖啡館裡。」

「他們？」

「噢，她和一個男生在一起，我想就是那個很不適合她的男朋友。他長得確實漂亮，而且好像很喜歡她。我想不通為什麼，人是很奇怪的。噢，我不講了，因為我要回餐館了。你知道，我在跟蹤他們。我走進那家餐館，看見他們在裡面。」

「啊哈！夫人，你真聰明。」

「不，其實不是我聰明，純粹是湊巧。我是說，我走進一家小咖啡館，而那女孩恰巧坐在裡面。」

「啊，這麼說你是運氣好。好運氣也很重要。」

「我一直坐在他們旁邊的桌子，只是她背對著我。我想她不會認出我。我已經把頭髮改了樣式。反正他們談得很起勁，好像世界上別無旁人似的。趁著他們又點了一道菜，是烤豆……我受不了烤豆，竟然有人會點這道菜，真是笑死人——」

「別管烤豆了。繼續說。你離開他們，到外面來打電話。對不對？」

「沒錯，因為這道烤豆給了我時間。現在我要回去了，或者我會在外面晃。無論如何，盡快到這裡來。」

「那家咖啡館叫什麼？」

「叫『快活酢漿草』……但它看起來一點也不快活。事實上，它髒兮兮的，不過咖啡很不錯。」

「別再說了，回去吧。我會及時趕到。」

「好極了。」奧利薇夫人說完，便掛了電話。

§

一向很有效率的萊蒙小姐已經先他一步趕到那條街，現正站在一輛計程車旁等候著。她既未提出任何問題，也未顯示絲毫好奇之心。她沒告訴白羅他不在的時候她要如何安排時間。她無須告訴他。她一向清楚自己要做什麼，也做得十分得體。

白羅及時趕到卡爾索普街的轉角。他走下車，付過車資，四下張望。他看見「快活酢漿草」咖啡館，可是看不到附近有什麼人像奧利薇夫人。他走到街頭，又折回來，還是不見奧利薇夫人的蹤影。這麼說，他們感興趣的那一對情人已經離開咖啡館，而奧利薇夫人又開始了盯梢的歷險，要不然就是……為了得到這個「要不然就是」的答案，他朝咖啡館走去。由於蒸氣的緣故，他從外面看不清裡面的情況。於是他輕輕推開門，走了進去。他用眼神整個掃視了一遍。

他立刻看到那個曾在早餐時分去拜訪過他的女孩，正獨自坐在一張靠牆的桌子邊，抽著菸，呆呆望著前方，似乎深陷於沉思之中。不，白羅想，並非如此，她似乎什麼也沒想，而是沉浸在茫然之中，心在千里之外。

他靜靜穿過房間，在她對面的椅子坐下。這時她抬起眼，認出了他，他不禁感到欣慰。

「小姐，我們又見面了，」他以愉快的語氣說道，「我相信你認得我。」

「對，對，我認得你。」

「被一位只見過一面而且是極短暫一面的小姐認出來，實在令人欣慰。」

她依然望著他，一語不發。

「請容許我問一聲，你是怎麼知道我的？你怎麼會認得我？」

「你的八字鬍，」諾瑪立刻回答，「別人不可能有。」

這句話令他很滿意。他帶著驕傲和得意撫摸著自己的八字鬍，這是他在這種場合常有的動作。

「啊，是啊，對極了。沒錯，像我這樣的鬍子是不多。它很漂亮吧，啊？」

「是……是吧，我想是吧。」

「噢，對於八字鬍你大概不是行家，不過我可以告訴你，雷斯特里小姐……諾瑪・雷斯特里小姐，沒錯吧？這是個非常漂亮的八字鬍。」

他刻意詳細道出了她的名字。先前她似乎完全無視於周遭發生的一切，十分心不在焉，他不知道她是否會注意到。可是她不但注意到，而且還吃了一驚。

「你怎麼知道我的名字？」她問。

「確實，那天早上你來見我的時候，並未把你的名字告訴我的管家。」

「那你怎麼知道的？你怎麼會知道我的名字？是誰告訴你的？」

他看到了警覺和恐懼。

「一位朋友告訴我的，」他說，「朋友有時候很有用。」

「是誰？」

「小姐，你對我保守你小小的祕密，我也一樣，想保守我小小的祕密。」

「我不懂你怎麼可能知道我是誰。」

「我可是赫丘勒．白羅啊。」白羅帶著一貫的得意說道。之後他便坐在那裡帶著微笑望著她，將說話的主動權留給她。

「我……」她欲言又止。「想要……」她又頓住了。

「我知道，那天早上我們談得不多，」赫丘勒．白羅說，「你只告訴我你犯了謀殺罪。」

「噢，你說那個！」

「沒錯，小姐，那個。」

「可是……我當然不是那個意思。我根本不是那個意思。我是說，那只是個玩笑。」

「真的嗎？那天一大早你就來見我，還是早餐時分。你說事關緊急，而之所以緊急，是因為你可能犯了謀殺罪。這就是你所謂的開玩笑嗎，呃？」

一個在白羅身旁盤旋已久、不斷盯著他的女侍突然朝他走來，遞給他一個像是做給小孩子在澡盆裡玩的小紙船。

「這是給您的吧？」她說，「您是白羅先生嗎？這是一位女士留下來的。」

「啊，沒錯，」白羅說，「你怎麼知道我是誰呢？」

「那位女士說，我可以憑著您的八字鬍認出來。她說我一定沒見過這樣的八字鬍，她說得真對。」她目不轉睛望著他的鬍子，加上一句。

「那麼，謝謝你了。」

白羅從她手裡接過紙船，將它打開撫平。他讀著紙條上用鉛筆草草寫下的字：「他剛離開。她留在這裡，所以我把她交給你，我去跟蹤他。」簽的名字是「阿蕊登」。

「噢，對了，」赫丘勒．白羅邊說邊將紙條摺起放進口袋。「我們剛才在談什麼？我想，在談你的幽默感吧，雷斯特里小姐。」

「你是只知道我的名字，還是是……還是對我的一切一清二楚？」

「我知道一些你的事情。你是諾瑪．雷斯特里小姐，在倫敦的住址是鮑羅登大樓六十七號。你的戶籍地址是在隆貝辛的『橫籬居』。你和你父親、繼母、舅公住在那裡……噢，對了，還有個當伴護的女孩。你瞧，我的情報相當靈通。」

「你一直找人跟蹤我。」

「沒有，沒有，」白羅說，「根本沒有，我以我的名譽向你保證。」

「你不是警察，對不對？你沒說過你是警察。」

「不，我不是警察。」

她的懷疑和排拒頓然消解。

「我不知道怎麼辦才好。」她說。

「我不打算慫恿你雇用我，」白羅說，「因為你說過我太老了。或許你說得對。不過，既然我知道你是誰，也知道你的一些事情，我們未嘗不能友好地談談令你苦惱的難題。請記住，儘管老年人常被認為缺乏行動力，不過他們有十分豐富的經驗可以汲取。」

諾瑪依然半信半疑地望著他，仍然是那種瞪大眼睛讓白羅十分不安的眼神。不過她多少像是上了鉤，或者一如白羅的判斷，此時此刻她很想談心。不知何故，白羅總是很容易讓人打開話匣子。

「他們認為我發瘋了，」她直言不諱。「而……而我也認為我發瘋了，瘋了。」

「真有意思，」白羅說，語氣很輕快。「這種事情有許多不同的名稱，很冠冕堂皇的名稱。是精神病學者、心理學家這些人輕輕鬆鬆隨便就能脫口而出的名稱。不過，當你說發瘋時，這對每天都能碰到的一般人來說，倒是個經常使用的形容詞。好，你發瘋了，或者說，你看似發瘋，你認為自己發瘋了，也可能你真的瘋了。儘管如此，情況並不一定很嚴重。

這是人常犯的一種病態，很容易經由適當的治療而痊癒。它之所以發作，是因為有人精神過於緊張、憂慮太多、為準備考試太用功、對自己感情太鑽牛角尖、信仰太深或可悲地缺乏信仰，甚或不得不恨他們的父親或母親！當然，也可能純粹是因為不幸的愛情糾葛。」

「我有個繼母，我恨她，而我也認為我恨父親。這似乎夠嚴重了，對不對？」

「恨父親或母親更為常見。」白羅說，「我想，你非常愛你的親生母親吧。她離婚了，還是死了？」

「死了，兩三年前死的。」

「你非常愛她嗎？」

「沒錯，我想是。我是說，我當然愛她。你知道，她是個病人，常常得去醫院。」

「你父親呢？」

「早在那之前他就出國去了。在我五、六歲的時候，他去了南非。我想，他希望母親和他離婚，可是她不肯。他到了南非以後，在那裡從事採礦之類的工作。每逢聖誕節他總會寫信給我，送我聖誕禮物，或是安排什麼人來看我。大概就這些了。所以對我來說，他似乎並不是那麼真實。大約一年前他回來了，因為他不得不處理我伯父的事務和各種財務方面的事情。他回家，他……他把新娶的太太一起帶了回來。」

「而你對此很氣憤？」

「沒錯，我很氣。」

「可是那時候你母親已經死了。你知道，一個男人再娶並非不尋常，尤其是在夫妻疏離多年的情況下。他帶回來的這個太太，是他當初要求和你母親離婚時打算娶的那位嗎？」

「噢，不是，這個相當年輕，長得也很漂亮。而她的一舉一動就好像我父親是只屬於她似的！」

停頓片刻後，她用一種大不相同的童稚嗓音說道：「我本來想，這次他回家後會喜歡我、注意我……可是，她不願意。她跟我做對，把我排擠出去。」

「不過你都這麼大了，這也無所謂了，這是好事，你現在不需要任何人照顧。你可以獨立自主、享受人生、選擇自己的朋友——」

「你無法想像他們在家裡是怎麼管我的！噢，我指的是，選擇自己的朋友。」

「現在大部分的女孩子都得為她們的朋友忍受批評。」白羅說。

「完全不是這麼回事，」諾瑪說，「我父親跟我五歲時完全不一樣了。我記得那時候他常跟我玩，一直跟我玩，而且好快樂。現在的他不快樂，還憂心忡忡、很嚴厲，而且……噢，大不相同了。」

「我想，那勢必是十五年前的事了，人總是會變的。」

「可是，非得變得這麼厲害嗎？」

「他外表可有改變？」

「噢，沒有，外表沒變。噢，真的沒變！那張掛在椅子上頭的畫像，跟他現在簡直一模一樣，雖然那是他非常年輕的時候畫的。可是他的人，和我記憶中的完全不一樣了。」

「不過，親愛的，你要知道，」白羅說，語氣很是溫柔。「人不會永遠如你所記憶的一般。隨著歲月流逝，你會把他們想成你所希望的那樣，把他們想成你認為你記得的模樣。如果你心目中認為他們和藹可親、快樂又漂亮，你會一直這樣認為，但事實往往遠非如此。」

「你這麼想嗎？你真是這麼想嗎？」她頓了頓，然後突兀地說道，「可是，你認為我為什麼要殺人呢？」

這個問題來得十分自然，它一直就在他們之間流連。白羅覺得，關鍵時刻終於來到。

「這問題很有意思，」白羅說，「原因也可能很有意思。能夠給你答案的大概只有醫生了，那種懂得這類事情的醫生。」

「我不要去找醫生，我連走近醫生都不要！他們想把我送去看醫生，然後我就會被關在瘋人院裡，不會讓我再出來。我不要。」

她掙扎著想站起來。

「我並不能把你送到醫生那裡，你用不著慌張。如果你願意，完全可以自己去看醫生。你可以把你告訴我的事說給他聽，問他為什麼會這樣，也許他會告訴你箇中原因。」

「大衛就是這麼說的。大衛說，我應該這麼做，可是，我覺得……我覺得他不懂。我必須告訴醫生，說我，我可能曾經企圖……」

「你為什麼會認為你有這樣的企圖呢？」

「因為我不一定記得我做過什麼，或是去過什麼地方。我會有一個鐘頭還是兩個鐘頭完全記不起來。我曾經在一條走廊上，一扇門外的走廊……是她的門，我手上拿著什麼東西，我不知道為什麼會在我手上。她朝我走來……可是當她走近我，她的臉孔變了，根本不是她，她變成了另外一個人。」

「或許你記得的是一場噩夢。在夢中，人確實會變成另外一個人。」

「不是噩夢。我撿起一把左輪手槍，它正好在我腳下——」

「在走廊上嗎？」

「不，在庭院裡。她走過來，把手槍從我手上拿走。」

「那是誰？」

「克勞蒂亞。她把我帶到樓上，給我喝了一點好苦的東西。」

「那時候你繼母在哪裡？」

「她也在那裡……不，她不在，她在『橫籬居』，要不就在醫院裡。就是在那裡，他們發現她被人下了毒……而那人就是我。」

「不一定是你，也可能是別人。」

「還會有誰呢？」

「也許，是她的丈夫。」

「我父親？我父親為什麼要毒死瑪麗？他很愛她，都愛到傻了！」

「屋子裡還有別人，對不對？」

「老羅德瑞克舅公嗎？胡說八道！」

「誰知道呢，」白羅說，「也許他精神有毛病。也許他在想，毒死一個女人是他的責任，因為她可能是個漂亮的間諜。諸如此類的原因。」

「那就太有意思了，」諾瑪說，一時開始興奮起來，說話的神態也完全自然了。「第二次世界大戰，羅德瑞克舅公和諜報系統頗有淵源。還有誰呢？索尼雅？我想她有可能是個漂亮的間諜，不過跟我想像的間諜大不相同。」

「確實，而且她似乎也沒什麼理由要毒死你的繼母。我想，那裡還有僕人、園丁吧？」

「不，他們只在白天來。我不認為……噢，他們沒有理由下毒。」

「也可能是她自己下的手。」

「你是說，自殺？就像我媽一樣？」

「有這個可能。」

「我無法想像瑪麗會自殺，她太理智了。而且，她為什麼要自殺？」

「你會覺得如果她想自殺，她會把頭對著煤氣爐，或是躺在精心鋪好的床上服下過量的安眠藥，對不對？」

「噢，那樣比較自然一點。所以，你知道，」諾瑪說道，一副認真的表情。「那一定是我做的。」

「啊哈，」白羅說，「這讓我覺得很有意思。你似乎『希望』那人是你。你樂於想像是你親手放了什麼致命的東西。沒錯，你喜歡這個想法。」

「你怎麼這麼說！你怎麼可以這麼說？」

「因為我認為那是事實，」白羅說，「殺了人的念頭為什麼會讓你興奮、高興呢？」

「那不是事實。」

「我懷疑。」白羅說。

她一把抓起手提包，用顫抖的手指在那裡摸索著。

「我不要待在這裡聽你跟我講這些可怕的事。」

她朝正走過來的女侍打了個手勢。女侍在記帳本上草草寫了幾個字，撕下來放在諾瑪盤子旁邊。

「讓我來吧。」白羅說。

他靈巧地將那張紙拿過來，準備伸手往口袋裡掏錢包。那女孩把紙片一把抓回去。

「不，我不要你替我付帳。」

「那就悉聽尊便吧。」白羅說。

他已經看到了他想看的東西。那份帳單是兩個人的。看來那位衣著花稍的大衛並不反對讓一個迷上他的女孩替他付帳。

「這麼說，你剛才招待一位朋友吃了十一點的茶點。」

「你怎麼知道剛才有人和我在一起？」

「我告訴你，我知道很多事情。」

她放了幾個硬幣在桌上，站起身子。

「我要走了，」她說，「不許你跟著我。」

「我還懷疑跟不跟得上呢，」白羅說，「你可別忘了我一把年紀了。要是你順著大街跑起來，我一定跟不上你。」

她站起來，向門口走去。

「你聽見了嗎？『不許』跟著我。」

「至少讓我為你開門吧。」他打開門，動作帶著誇張。「再見，小姐。」

她懷疑的眼神瞄了他一眼，快步走下街道，還不時回過頭來張望。白羅留在門旁注視著她，並沒有走上人行道，也毫無追趕之意。等她消失在視線外之後，他轉身走回咖啡館。

「這一切意味著什麼呢？」白羅自言自語道。

女侍朝他走過來，臉上流露出不悅。白羅再度在桌邊的座位上坐下，點了一杯咖啡好讓她消消氣。

「這其中有一點非常奇怪，」他喃喃自語道，「確實，真是非常奇怪。」

一杯淡褐色的液體放到他的面前。他抿了一口，做了個鬼臉。

他不知道，此時此刻奥利薇夫人在什麼地方。

09

奧利薇夫人正坐在一輛公車上。儘管她對於跟蹤盯梢熱中有加，卻也有點上氣不接下氣了。那個被她在心裡稱為「孔雀」的人，腳步甚是輕快。而奧利薇夫人是個走不快的人。她跟在他身後約莫二十碼的地方，沿著堤岸往前走。在查令十字廣場他走進地鐵，奧利薇夫人跟著走進去；他在史隆廣場走出地鐵，奧利薇夫人也走出來。排隊等公車的時候，她站在他後面，中間隔著三、四個人。他上車，她也上車；他在沃爾德區下車，奧利薇夫人也下車。他走進國王路和泰晤士河之間一片迷宮似的街道，拐進一個看似建築工寮的庭院。奧利薇夫人站在一道門的陰影下觀望著。他彎進一條巷道，奧利薇夫人等了片刻，隨即跟了上去，但他不見了。奧利薇夫人對周遭環境大致瀏覽了一下。這整個地方顯得有點殘敗。她往巷道更深處走去，巷道又岔出好幾條小巷，其中有幾條是死巷。當她再次回到建築工寮，她已完全迷失了方向。這時一個聲音在她背後響起，讓她著實嚇了一跳。那聲音很有禮貌。

「希望我沒有走得太快，讓你跟不上腳步。」

她猛然轉過身來。頃刻間，剛才那種近乎嬉戲、輕鬆而又興致勃勃的追蹤心情消失得無影無蹤。現在她只感到一陣突如其來、意想不到的恐懼的戰慄。沒錯，她很害怕。周圍的氣氛立時變得威脅重重。但那個聲音既悅耳又有禮貌；不過她知道，那聲音背後藏著憤怒。這股突然的憤怒令她慌亂地想起報上看過的一切：上了年紀的婦女遭到一群年輕人攻擊，那些年輕人殘酷、無情，在仇恨的驅使下只想傷害別人。眼前這人就是她剛才跟蹤的年輕人。他早就知道她在跟蹤他，故意放下釣餌，把她引進了這條巷道。而現在，他就站在那裡，擋住她的去路。倫敦就是這樣不安全，上一刻你正置身於人群之中，下一刻連個人影都看不見。隔壁街上一定有人，附近住家一定有人，可是比他們更近的卻是這個專橫的人，一個有著粗壯、殘酷雙手的人。她感到此時此刻他正在考慮使用這雙手……那隻孔雀，驕傲的孔雀。他穿著天鵝絨背心，緊身衣和考究的黑長褲，說話的聲音帶著平靜、嘲弄、取樂的口吻，而它的背後卻藏著憤怒……奧利薇夫人連喘了三口大氣。接著她靈光一閃，迅速想到了一個防衛的辦法。她立刻重重地在她近旁一個靠牆的垃圾箱上坐下。

「老天，你嚇了我好大一跳，」她說，「我根本不知道你在這裡。希望你別生氣。」

「這麼說，你是在跟蹤我了？」

「是的，恐怕我是在跟蹤你。我想你一定非常生氣。你知道，我認為這是個大好機會。我相信你一定怒火中燒，不過，你大可不必，真的不必。你知道——」奧利薇夫人動了動，讓自己在垃圾箱上坐得更穩。「你知道，我是個作家，我寫偵探小說。今天早晨我非常煩惱，走進咖啡館去喝咖啡，就是為了想尋找靈感。我的書正好寫到我正在跟蹤某個人。我是說，我書中的主角正在跟蹤某個人，我心裡就想：『關於跟蹤，我確實知道得太少了。』我的意思是，我經常在書裡用這個詞，而我也讀過許多有跟蹤情節的書，可是，我不知道跟蹤是不是一如書裡寫的那樣容易，或者根本是不可能的任務。所以我就想：『噢，唯一的辦法就是親自去試試。』因為只有親身試過，才能體會那是怎麼一回事。我的意思是，你不知道當你跟丟一個人的時候感覺如何，會不會很懊惱。事情就是這樣。我抬起頭來，你正好坐在那家咖啡館我身邊的桌旁，我就想──希望你不要再生氣了──我想你是個特別適合跟蹤的對象。」

他那對怪異、冷然的藍眼睛依舊凝視著她，不過她覺得他眼眸中的緊張已經消逝。

「為什麼我是個特別適合跟蹤的對象？」

「噢，你穿得很花稍，」奧利薇夫人解釋，「你穿的衣服真是絢麗，幾乎像是攝政王朝時代的風格。你知道，我當時想，噢，你穿的這身衣服可以讓我輕而易舉辨別出來。所以，當你走出咖啡館，我也走出來。其實跟蹤人一點也不容易。」她抬眼望著他。「你介不介意告訴我，你是不是從頭到尾都知道我在跟蹤你？」

「不是，我不是一開始就知道。」

「原來如此，」奧利薇夫人若有所思說道，「不過，我當然不像你那麼突出。我是說，你不會輕易把我和其他上了年紀的女人區別出來。我不太顯眼，對不對？」
「你寫的書出版過嗎？我看過嗎？」
「噢，我不知道，你可能看過。目前為止，我已經寫了四十三本。我姓奧利薇。」
「阿蕊登．奧利薇嗎？」
「這麼說你知道我的名字？」奧利薇夫人說，「真令人開心，不過我敢說，你不會喜歡我的書。也許你覺得那些書太保守了，不夠聳動。」
「你以前並不認識我這個人吧？」
奧利薇夫人搖搖頭。
「不認識，我確定我不認識你……我是說，以前不認識你。」
「那個跟我在一起的女孩呢？」
「你是指在咖啡館裡和你一起吃——烤豆，沒錯吧——的那個女孩嗎？不認識，我想我不認識。當然，我只看到她的後腦勺。在我眼裡，她好像……噢，我的意思是，女孩子看上去都很像，對不對？」
「她認識你。」年輕人突然說。一時之間，他的語調忽然變得尖刻。「她曾經提到不久前見過你。我相信大約是一個星期以前。」
「在什麼地方呢？是在一次聚會上嗎？我想或許我見過她。她叫什麼名字？說不定我知道。」

她想，他在考慮要不要把名字告訴她，不過他還是決定告訴她。在他道出那個名字的時候，他緊盯著她的臉。

「她叫諾瑪．雷斯特里。」

「諾瑪．雷斯特里。噢，沒錯，是在一次鄉間的聚會上。那地方叫——等一下——叫隆諾頓，是不是？我不記得那宅邸的名字了。我是跟幾個朋友一起去的。不過我想我不可能認出她，雖然我相信她一定談起過我的書。我甚至答應給她一本書。說來真怪，是吧？我竟然下定決心去跟蹤一個人，而且那個人竟和我有點認識的人曾坐在一起。太妙了。我想，我的書絕不能這麼寫，否則會顯得過於巧合，你說對不對？」奧利薇夫人從她的座位上站起來。「老天，我坐到什麼地方去了？垃圾箱！真是的！而且還是個不怎麼樣的垃圾箱，」她嗤之以鼻。「我這是到了什麼地方？」

大衛望著她，她突然覺得她先前所想的一切都錯了。

「我真可笑，」奧利薇夫人心想，「真可笑。居然會認為他是個危險人物，會對我做出什麼事來。」

他正帶著極其迷人的魅力向她微笑著。他微微晃了晃腦袋，滿頭的栗色鬈髮在他的肩頭跳動。這個世代的年輕人是些多麼奇怪的生物啊！

「我想，」他說，「至少我可以告訴你，你被帶到什麼地方來了。跟我來吧，來，上樓梯。」

他指指一截搖搖欲墜的戶外樓梯，它通往一個看來像是閣樓的地方。

「要爬那個樓梯？」奧利薇夫人心裡很猶豫。也許他想用他的魅力把她騙上去，然後敲昏她的頭。「沒有用的，阿蕊登，」奧利薇夫人自忖。「你自作自受跑到這個地方來，現在你騎虎難下，不得不周旋下去看個究竟了。」

「你覺得它經得起我的重量嗎？」她說，「它看上去搖晃得很厲害。」

「沒問題。我先上，」他說，「為你帶路。」

奧利薇夫人跟在他身後，攀上那梯子一般的樓梯。完了，她內心十分害怕，她害怕這隻孔雀，更怕孔雀要帶她去的地方。唉，很快她就會知道怎麼回事了。他推開樓梯頂上的門，走進一個房間。這是一個偌大、空盪的房間，一個藝術家的工作室，臨時搭湊成的工作室。地板上隨意放著幾張褥墊，畫布堆在牆邊，還有幾個畫架。屋子裡有一股油彩味。房間裡有兩個人。一個蓄著落腮鬍的年輕人站在畫架旁作畫。他們走進去的時候，他轉過頭來。

「嗨，大衛，」他說，「你帶了客人來？」

奧利薇夫人心想，她從沒看過這麼骯髒的年輕人。油膩膩的黑髮紮成圓弧的髮束懸在頸後，也覆蓋在前額，一臉落腮鬍都沒刮，身上好像除了一身油膩的黑色皮衣和高筒靴外，別無其他。奧利薇夫人的目光從他身上轉向一個正在當模特兒的女孩。她半躺在高台處一把木椅上，頭向後仰，黑髮從頭上垂落下來。奧利薇夫人立刻認出了她。她就是鮑羅登公寓那三個女孩中的第二個女郎。奧利薇夫人想不起她的姓氏，可是她記得名字。她就是極愛裝模作樣、狀似慵懶的法蘭西絲。

「這是彼得，」大衛指著那位看來噁心的藝術家說，「是我們一位初露頭角的天才；而法蘭西絲擺的姿勢，是個要求墮胎、走投無路的女孩。」

「閉嘴，你這個大猩猩。」彼得說。

「我想我認識你，對吧？」奧利薇夫人毫不遲疑，興匆匆說道，「我一定在什麼地方見過你！而且是不久以前。」

「你是奧利薇夫人，對吧？」法蘭西絲說。

「她剛才也是這麼說的，」大衛說，「千真萬確，對吧？」

「唉，我是在什麼地方見過你呢？」奧利薇夫人繼續說道，「在某次聚會上嗎？不對。讓我想想。我知道了，是鮑羅登大樓。」

法蘭西絲在椅子上坐直，用疲倦但優雅的語氣講起話來。彼得發出好大一聲慘叫。

「你破壞那個姿勢了！你非得這麼亂扭不行嗎？你就不能不動嗎？」

「不能，我再也撐不住了。這個姿勢太不自然了，我的肩膀麻得要命。」

「我剛才正在做跟蹤人的實驗，」奧利薇夫人說，「比我想像的困難多了。這是藝術家的工作室吧？」她一面說，一面興致勃勃地四下張望。

「他們就喜歡這種地方，什麼閣樓的，不從地板上掉下去算你運氣。」彼得說。

「你需要的東西這裡應有盡有，」大衛說，「北面採光、充裕的空間、睡覺的褥墊、玩路牌[12]三缺一的時候，樓下還有個湊數的——還有差強人意的炊事用具、一兩瓶酒，」他隨即轉向奧利薇夫人，以截然不同、極為文雅的語氣說道，「我們可以請你喝點酒嗎？」

「我不喝酒的。」奧利薇夫人說。

「這位女士不喝酒，」大衛說，「誰想得到呢！」

「你這麼說很沒禮貌，不過說得也對，」奧利薇夫人說，「好多人都對我說：『我一直以為你酒量很大。』」

她打開手提包，三個灰色髮捲立時落到地板上。大衛拾起遞還給她。

「噢！謝謝。」奧利薇夫人接過髮捲。「今天早上我沒時間整理頭髮。不知道我還有沒有多餘的髮夾。」她在提包裡摸索一陣，開始把髮捲別到頭上。

彼得放聲大笑。

「幹得好。」他說。

「真奇怪，」奧利薇夫人心想，「剛才我居然以為身處危境，真是蠢透了。這些人會危險嗎？不管他們外表如何，其實都很和善。別人說得還真對，我的想像力實在太豐富了。」

過了一會兒，她說她該告辭了。大衛以攝政王朝時期的殷勤風度，扶她走下那顫巍巍的樓梯，並且清清楚楚告訴她如何最快走到國王路。

「然後，」他說，「你就可以搭公車。或是你喜歡，搭計程車也可以。」

「我要搭計程車，」奧利薇夫人說，「我的腳都麻木了，愈早坐進計程車愈好。謝謝你，」她又說：「我以這麼怪異的方式跟蹤你，你還對我這麼好。我想那些私家偵探或什麼探子……不管他們怎麼稱呼，絕對不會像我這樣。」

「大概吧，」大衛煞有其事說道，「從這裡左轉，接著右轉，再往左，等你看到泰晤士河就朝河的方向走去，接著馬上右彎，直走就行了。」

奇怪的是，當她走過那個頹敗的院落，適才那種惶惶不安和提心吊膽的感覺又向她襲來。「我不能再讓想像力不停地發揮。」她回頭望望那截樓梯和工作室的窗戶。大衛的身影依然站在那裡，望著她的背影。「三個挺好的年輕人，」奧利薇夫人自言自語道，「真不錯，而且非常和氣。從這兒左轉，接著右轉。只因為他們的外表看來奇怪，大家就心生反感，以為他們是危險人物。又該右轉了嗎？還是左轉？我想是左轉……噢，老天，我的腳。而且快下雨了。」

這段路似乎走也走不完，國王路遙遙無望。現在，她幾乎聽不見交通的嘈雜聲。那條河在哪裡呢？她開始懷疑自己走錯了方向。

「噢，好吧，」奧利薇夫人心想，「我一定很快就會走到某個地方，泰晤士河也好，普特尼或旺德沃思都好。」她詢問一個路過的男人國王路怎麼走，那人說他是外國人，不會說

12　一種古代的紙牌遊戲。

英語。

奧利薇夫人拖著疲累的腳步轉過另一個街角，眼前出現了粼粼水光。她急忙順著一條窄巷朝水面走去，聽到背後有腳步聲，才剛轉過半身，背後便挨了一記。她兩眼冒出金星，暈了過去。

／10

一個聲音說道：「把這個喝下去。」

諾瑪渾身發抖，兩眼一片昏花。她在椅子上往後縮了縮。那命令又重複了一遍。

「把這個喝下去。」

這一回她聽話喝了，隨即嗆了幾聲。

「好……好烈。」她喘著氣說。

「這會讓你恢復精神，等一下你就會覺得好多了。乖乖坐在那裡等吧。」

那陣讓她慌亂的噁心和暈眩過去了。她的臉頰恢復一點血色，顫抖也緩和下來。她這才頭一回舉目四望，打量著周遭。剛才她被一種害怕恐懼的感覺所征服，現在一切似乎都恢復了正常。房間中等大小，裡面的陳設隱隱約約似曾相識。一張書桌，一個長沙發，一把扶手椅，還有一張普通的椅子，靠牆的桌几上放著一個聽診器，以及一些她認為和眼科有關的儀器。接著，她的注意力從泛泛觀察轉向具體的目標——剛才要她喝藥的人。

她看見一個約莫三十出頭的紅髮男人，相貌醜陋，卻很引人注目，一張臉儘管坑疤不平，但頗為有趣。他帶著安撫的語氣向她點點頭。

「慢慢恢復過來了吧？」

「我……我想是吧。我……你……到底怎麼回事？」

「你不記得了嗎？」

「是車子。我……它衝著我開過來，它……」她望著他。「我被車撞了。」

「噢，沒有，你沒被車撞到，」他搖搖頭。「我保證。」

「你——」

「噢，你當時正在馬路當中，一輛轎車向你衝過來，我及時把你拉開了。你那時候在想什麼？怎麼會莽莽撞撞跑到馬路上？」

「我記不得了。我——對了，我想，我一定是在想別的事。」

「那輛捷豹開得很快，而且馬路另一側還有一輛公車正疾駛而來。那輛汽車不是想把你撞倒吧？」

「我……不，不，我相信不是。我是說，我——」

「這個我很懷疑……它別有企圖，可不可能？」

「什麼意思？」

「噢，你知道，它也許是故意的。」

「你說『故意』是什麼意思？」

「我只是在想，你是不是打算自殺？」他漫不經心說道，「是嗎？」

「我——不，呃，不，當然不是。」

「如果你打算自殺，那你就太傻了。」他的語調有了些微改變。「別這樣，你一定記得當時一些事情。」

她又開始發抖。

「我當時在想……我想，這樣可以一了百了。我在想……」

「所以你打算自殺，對不對？怎麼回事？你可以告訴我。是因為男朋友？你可能被傷得很深。你或許抱持希望，認為他會因為你的自殺而傷心後悔。你可千萬別信這一套。沒有人願意傷心後悔，也不願意覺得自己有什麼過錯。那些男朋友可能都會這麼說：『我一直認為她心理不平衡。這樣反而好。』下回你想衝向捷豹時，別忘了這句話；還有即使捷豹也是有感覺的。你有什麼煩惱？被男朋友甩了？」

「不是，」諾瑪說，「噢，不是。正好相反。」她突然加上一句：「他要跟我結婚。」

「這可不是奔向捷豹輪下的好理由。」

「它就是。我這樣做，是因為——」她沒再說下去。

「你最好告訴我，好不好？」

「我是怎麼到這裡來的？」諾瑪問。

「我用計程車把你帶來的。你看起來沒有受傷……我想，只有幾處擦傷。你只是被嚇呆了，處於休克狀態。我問過你的住址，可是你瞪著我，好像不知道我在說什麼。一群人圍過來，於是我招了一輛計程車，把你帶回這裡。」

「這是……是醫生的手術房嗎？」

「這是醫生的診所，我就是醫生。我叫史蒂林弗利。」

「我不要看醫生！我不要跟醫生說話！我不要——」

「鎮靜，鎮靜，你已經跟一個醫生談了十分鐘了。再說，醫生有什麼不好呢？」

「我害怕，我怕醫生會說——」

「別這樣，親愛的小姐，你不是在找我看病。就把我當成一個愛管閒事的外人吧，一個把你從死亡邊緣，甚或從斷手斷腿、撞破腦袋或是使你終生殘廢的情況中拉回來的人。壞處還不止這些呢。在以前，如果你是存心自殺，你可能會被告上法院。如果你簽有自殺合約，還是可能吃上官司。你看，你可不能說我對你不夠坦白吧。那你也可以對我坦白，作為回報。告訴我，你為什麼怕醫生？醫生對你做了什麼壞事嗎？」

「沒有。他們從沒對我做過什麼事。不過，我怕他們會——」

「會怎麼樣？」

「把我關起來。」

史蒂林弗利醫生揚起他沙色的眉毛，望著她。

「啊，」他說。「你好像對醫生抱有莫名的成見。為什麼我要把你關起來呢？要不要喝杯茶？」他又說。「還是來點紫心片[13]或鎮靜劑。這是你們這種年紀最喜歡的玩意兒。你自己也試過這些東西吧？」

她搖搖頭。

「沒有，沒有真的試過。」

「我不信。不管怎麼說，你為什麼如此驚慌而消沉？你的精神沒什麼毛病，對吧？本來我是不該這麼說的。我們醫生根本就不想把人關起來，精神病院早就人滿為患，很難再多塞一個人進去。事實上，他們最近還迫不得已放了一大批出來，你可以說他們是被推出去的。這些人其實最好一直被關在裡面。這個國家哪裡都太擁擠了。

「好吧，」他接著說，「什麼比較對你胃口？來點藥櫥裡的藥，還是按照英國的老傳統，來一杯好茶？」

「我……我喝茶。」諾瑪說。

「印度茶還是中國茶？這也得問一問，對吧？提醒你，我還不確定我有沒有中國茶。」

13 紫心片（purple heart）是一種迷幻藥的俗名，成分是苯異丙胺和巴比士酸鹽的混合物，因藥片的外形和顏色而得名。

「我比較喜歡印度茶。」

「那好。」

他朝門口走去，推開門喊道：「安妮，給我們兩人來壺茶。」

他走回來，邊坐下邊說：「現在，把話說清楚吧，小姐。對了，你的芳名是——」

「諾瑪．雷斯——」她停住沒說完。

「什麼？」

「諾瑪．韋斯特。」

「哦，韋斯特小姐，我們把話說清楚。我不是在治療你，你也不是來找我看病的。你是街上一次意外事故的受害者——我們不妨就這麼稱呼吧，我想你當初也希望它看來像是意外，而這對開捷豹的那個人來說很不好受。」

「我本來打算從橋上跳下去的。」

「是嗎？你會發現那不大容易。現在造橋的人都很小心。我是說，你得爬上欄杆，那可不簡單，有人會攔住你。噢，還是讓我繼續說完吧。因為你驚嚇過度，無法把你的住址告訴我，於是我就把你帶到我家來了。順便問一下，你的住址是——」

「我沒有住址。我……我哪裡都不住。」

「有意思，」史蒂林弗利醫生說，「正是警察所謂的『居無定所者』。那你平常怎麼辦？整夜坐在河堤上嗎？」

她不安地望著他。

「這起意外事故我本來可以報警的，不過我沒有義務這麼做。我寧願相信你是在穿越馬路之前沒有先往左看，因為你當時正沉湎於你的少女夢幻中。」

「你跟我想像中的醫生完全不一樣。」諾瑪說。

「真的嗎？唉，在這個國家，我對我職業的幻想已經逐漸破滅。事實上，我打算放棄在這裡行醫，大約兩週後到澳洲去。所以我對你不會造成危險，要是你願意，你不妨告訴我，你是如何看到粉紅色大象從牆裡走出來、樹木如何伸出枝幹來纏繞你讓你窒息、你又怎麼知道魔鬼何時會從人的眼睛裡探出頭來，或是其他令人開心的幻想。我絕對不會輕舉妄動。要我說，你看來很正常。」

「我不認為我正常。」

「噢，或許你說得對，」史蒂林弗利寬厚地說，「讓我聽聽你的理由。」

「我做了一些事情卻記不起來……我把自己做過的事說給別人聽，可是我不記得告訴過他們……」

「聽起來好像你的記性很差。」

「你不懂。那些都是……壞事。」

「是宗教狂熱嗎？那倒很有意思。」

「和宗教無關。只是……只是仇恨。」

去。

叩門聲輕輕傳來，一個有點年紀的女人端著茶盤走進來。她把茶盤放在書桌上，走了出

「要加糖嗎？」

「要，謝謝。」

「聰明的女孩。休克之後，糖對你很有好處。」他倒了兩杯茶，將她那杯放到她手邊，又將糖罐放到杯子旁邊。「現在，」他坐下。「我們剛才談到什麼……噢，對，仇恨。」

「你對某個人恨之入骨，恨到你真想殺了他，這有可能，對不對？」

「噢，對，」史蒂林弗利醫生的語氣依舊輕快。「完全有可能，事實上，這非常自然。不過，你知道，就算你真想那麼做，也不見得有勇氣做到。人類天生具備剎車系統，會在關鍵時刻踩下剎車。」

「你怎麼能把這種事說得那麼平淡。」諾瑪說，聲音明顯帶著惱怒。

「噢，因為這很自然。小孩子幾乎每天都會有這樣的想法。他們亂發脾氣，對爸爸或媽媽說：『你好壞，我恨你，我希望你死掉。』做母親的有時候很聰明，根本不把這些話放在心上。等你長大成人，你還是會恨這恨那，不過那時你已不會那麼大費周章想去殺人。或者你依然想殺人，那你就得進監獄了，也就是，如果你真做出這種既齷齪又麻煩的事。順便問一聲，這些都不是你編的吧？」他隨口問道。

「當然不是，」諾瑪坐直身子，兩眼閃著憤怒的光芒。「當然不是。如果這不是真的，

我會講這種可怕的事嗎？」

「噢，這我又要說了，」史蒂林弗利說，「有些人就會。他們大談特談自己的邪惡，而且以此為樂。」他從她手中將空杯取過來。「現在，」他說，「你最好一五一十告訴我。你恨誰，為什麼恨他們，你打算對他們怎麼樣。」

「愛可以轉變為恨。」

「聽起來像是一句通俗鬧劇的台詞。不過別忘了，恨也可以轉變為愛，兩者是互通的。你說不是因為男朋友，那麼是你的丈夫，他辜負了你？不是因為那種事情吧，嗯？」

「不，不是，根本不是這種事。是……是因為我的繼母。」

「又是狠心的繼母。不過這是胡說八道。以你的年紀，你大可以離開你的繼母。她除了嫁給你爸爸之外，還對你做了什麼嗎？你也恨你爸爸嗎？還是說，你很愛他，不願意跟別人一起分享他？」

「完全不是這麼回事，完全不是。我曾經愛過他，非常愛他。他……他……我覺得他好棒。」

「那麼，」史蒂林弗利醫生說，「聽好，我要給你一些建議。你看到那扇門了嗎？」

諾瑪轉過頭去，茫然不解地望著那扇門。

「非常普通的門，對吧？沒有上鎖，開和關也很普通。請你自己過去試一試。剛才你看見我的女管家從這扇門走進來，然後又走出去，對吧？這不是幻覺。來，站起來，照著我的話做。」

諾瑪從椅子上站起身，猶猶豫豫地向那扇門走去，打開了它。她站在打開的門縫邊，回頭以探詢的眼神望著他。

「好，你看見什麼？一個極為普通的走道，需要裝修了，不過，我就要到澳洲去，所以不值得這麼做。現在，請你走到前門，把門打開，那道門同樣也沒有什麼花樣。你走到外面的人行道去，那樣你就會相信，我完全沒有把你關起來的意圖。等你滿意了，確信你什麼時候想出去都可以出去之後，請你再回來，在那邊那張椅子上舒舒服服地坐下來，把你的事一一講給我聽。然後我會給你一些我寶貴的忠告。而你未必非聽不可，」他以安慰的口吻加上一句。「人是很難接受忠告的，不過聽聽也無妨。你明白嗎？同意嗎？」

諾瑪慢慢站起身，有點步履不穩地走出房間，踏入那個一如醫生所說極為普通的走道。她打開安著簡單把手的前門，向下走了四步台階，人便站在大街的人行道上了。街上的房子蓋得方方正正，但十分缺乏情趣。她在那裡佇立片刻，並沒有覺察到史蒂林弗利醫生正透過百葉窗縫在看著她。她站了約莫兩分鐘，接著以果決的動作轉過身來，走上台階關上前門，回到房間。

「沒問題吧？」史蒂林弗利醫生說，「我沒有偷偷搞什麼名堂，你滿意了吧？什麼都一清二楚，光明正大。」

女孩點點頭。

「那好。坐下吧，坐得舒服點。你抽菸嗎？」

「呃，我——」

「只吸大麻或這類的東西？沒關係，你不必告訴我。」

「我當然不吸那種東西。」

「我不該說這方面哪有什麼當不當然的問題，不過病人說的話就得信。好吧，談談你自己。」

「我……我不知道怎麼說，其實也沒什麼可說的。你不要我在長沙發上躺下嗎？」

「噢，你是指要你回憶夢境這類事情？不，我不會特別要你這麼做。我只想了解你的出生背景，你知道，就是你生長在鄉下還是城市、有兄弟姐妹還是獨生女，諸如此類。你母親去世，一定讓你很難過吧？」

「我當然難過，」諾瑪的語氣帶著憤怒。

「你太愛說『當然』了，韋斯特小姐。對了，韋斯特不是你的真名，對吧？噢，別擔心，我並不想知道你任何名字，隨你喜歡說自己姓什麼，東西南北都好[14]。總而言之，你母親去世後，事情變得如何了呢？」

14　韋斯特的英文為West，「西方」之意。

「她是病了很久才去世的，常常住在醫院裡。我在德文郡和一個姨媽──一個老姨媽──住在一起。其實她不是我的親姨媽，她是我母親的大表姐。後來，大約六個月以前，父親回家了。這……這當然非常好。」她的臉龐突然亮起來。她沒有發現這位看似隨意的年輕男子對她投來迅速而銳利的一瞥。「你知道，我幾乎不記得他了。他是在我五歲左右就離家了。我其實沒想過還會見到他。我媽不常談起他。我想，她一開始也曾希望他會離開那個女人回家來。」

「那個女人？」

「對，他是和一個女人私奔的。我媽說那女人壞透了。我媽提起她就咬牙切齒，對爸爸也一樣。不過我常想，也許……也許爸爸並不如她想像的那麼壞，其實只是那女人不好。」

「他們結婚了嗎？」

「沒有。我媽說，她絕不和爸爸離婚。她屬於──是叫聖公會吧──你知道，她是非常虔誠的高教會派[15]信徒。很像羅馬天主教，不主張離婚。」

「他們一直住在一起嗎？那個女人叫什麼名字？還是這也要保密？」

「我不記得她姓什麼。」諾瑪搖搖頭。「沒有，我想他們並沒有在一起生活多久，不過，你知道，我對這些所知不多。他們到南非去了，但我想他們發生了爭吵，很快就分手了，因為就是那時候我媽說，她希望爸爸會回來。可是他沒回來，信也不寫，連對我都不寫。只是聖誕節的時候他會寄禮物給我。總會寄禮物來。」

「他喜歡你嗎？」

「我不知道。我怎麼會知道呢？沒有人談起過他，只有西蒙伯父……你知道，他是我父親的哥哥。他以前在倫敦城裡做生意，他對父親拋棄一切的做法非常生氣。他說他向來這樣，永遠不會安分，不過他說他其實人並不壞，只是軟弱而已。我不常見到西蒙伯父。我見到的都是我媽的朋友，大部分都乏味透頂。我的生活一直都很乏味……

「所以，我爸爸真的要回來了，這彷彿是喜從天降。你知道，我拚命回憶一些他的事情，例如他說過的話、他和我一起玩的遊戲。他以前常常逗我笑，我想看看能不能找到他一些舊相片，但好像全扔掉了。我想，一定是我媽把它們都撕了。」

「這麼說，她一直心懷報復。」

「我想，她想報復的人其實是露薏絲。」

「露薏絲？」

他看到那女孩有點不自然。

「我不確定……我告訴過你，我什麼名字都記不得。」

「沒關係。你指的是和你父親私奔的那個女人，是吧？」

15 高教會派（High Church）是聖公會的一派，與「低教會派」對立，主張保持天主教的傳統。

「是的。我媽說她酗酒又吸毒，最後一定不會有好下場。」

「可是你不知道她是否真是這樣？」

「我什麼都不知道。」她的情緒又來了。「拜託你別問我問題！我對她根本一無所知！我後來再也沒聽過她的消息！要不是你提起她，我早就把她忘了。我告訴你，我什麼都不知道。」

「好，好，」史蒂林弗利醫生說，「別這麼生氣。你犯不著為過去的事情懊惱。我們想想將來吧。下一步你打算怎麼做？」

諾瑪深深嘆了口氣。

「我不知道。我無處可去。如果能一了百了——可是我不能——其實一了百了倒好，我相信那樣要好得多，只是……」

「只是你不能再試第二次了，對吧？告訴你，小姐，你若是那樣做，就太蠢了。好吧，你無處可去，也沒有可信任的人。你有錢嗎？」

「有，我在銀行裡有戶頭，我爸爸每一季都在裡頭存好多錢，不過我不敢肯定……我想，現在他們大概正在找我。我不願意讓他們找到。」

「你不會被找到的，我會替你妥善安排。有個叫作肯威園的地方，名字聽起來不錯，其實沒那麼好。那是一家供人休養兼治療的療養院，既沒有醫生也沒有長沙發，你不會被關起來，我可以向你保證。只要你高興，隨時可以出來。你可以在床上用早餐，高興的話整天躺在床上也可以。你好好休息休息，到時候我會去那裡和你談談，一起解決一些問題。你覺得好嗎？願意去嗎？」

諾瑪望著他。她坐在那裡，一無表情地瞪著他，緩緩地點點頭。

§

那天晚上，史蒂林弗利醫生撥了一通電話。

「誘拐行動很成功，」他說，「她到肯威園去了，像隻小綿羊似的。還不能告訴你太多。這女孩一肚子都是毒品。我敢說，她一直在吃紫心片、夢炸彈，大概還吃了迷幻藥。她嗑藥已經一段時間了。她說她沒有吸毒，不過她的話我不大相信。」

他聽了一陣。

「別問我！去那裡可得小心。她很容易受驚……沒錯，她被什麼東西嚇壞了，要不就是假裝嚇壞了……

「我還不知道，沒法告訴你。記住，吸毒的人詭計多端，他們說的話你不能盡信。我們並沒有匆忙行事，我不想嚇到她……

「從小就有戀父情結。我敢說她不怎麼愛她的母親，她母親從任何角度看都是個嚴厲的女人，那種自命清高、殉道者類型的女人。我想她父親是個喜好尋歡作樂的人，無法忍受平淡無味的婚姻生活！你認識一個名叫露薏絲的女人嗎？這個名字似乎把她嚇壞了。看來她是這女孩最恨的人。女孩五歲的時候，她就把她父親帶走了。那種年齡的孩子懵懵懂懂，不過他們對那些他們認為是罪魁禍首的人，很容易就懷恨在心。她顯然是幾個月前才又見到她父親。她滿懷的夢想，盼望成為父親的掌上明珠，和父親相依為命。但她的美夢顯然破滅了，她爸爸帶著妻子回來，一個新婚燕爾的年輕太太。她不是那個露薏絲，對吧……噢，我只是問問。我告訴你的只是一個大概，一個事情的概貌。」

電話另一頭的聲音急急說道：「你說什麼？再說一遍。」

「我說，我告訴你的只是一個大概。」

片刻的靜默。

「對了，有件小事你或許有興趣。那女孩曾經笨手笨腳想自殺。你感到吃驚嗎……噢，不是……不，她沒有吞下一大瓶阿斯匹靈，也沒有把頭放進煤氣爐裡。她在街上朝著一輛超速行駛的捷豹衝過去……我可以告訴你，我剛巧及時趕到……是的，我得說那是一股心底的衝動，她也承認。套句老詞——她想『一了百了』。」

他聽完一大串連珠炮似的話，接著說道：「我不知道。目前這個階段，我不敢保證。情況很清楚，一個過敏、神經質的女孩，服用了多種毒品，精神過度興奮。不，我無法明確告訴你她服用的是什麼毒品。這種東西不下幾十種，效果都有差別，精神紊亂、記憶喪失、侵略行為、茫然恍惚、或是十足的癡呆，都有可能。困難在於辨別哪些是毒品的效果，哪些是她真正的反應。你知道，這有兩種可能。她也許是個想吸引他人注意的女孩，把自己偽裝成精神耗弱、神經兮兮，有自殺的傾向。事實上是有這個可能。要不然，這一切就是漫天大謊。我不否認，這也可能是出於一些隱晦的理由而杜撰出來的故事，她想藉此給人一種全然相反的印象。果真如此，那她做得也太漂亮了。她講的故事三不五時就有不大對勁的地方。她是個冰雪聰明、正在扮演某個角色的小演員；還是一個白癡般企圖自殺的受害者？兩者都有可能……你說什麼……啊，那部捷豹！沒錯，它開得飛快。你認為這可能不是意圖自殺？那部捷豹是故意想把她撞倒？」

他想了一會兒。

「我不敢說，」他緩緩說道，「是有可能。確實，是有這種可能，不過我先前沒往這方面想。問題是，任何可能性都有，對吧？無論如何，我必須在短時間內從她嘴裡套出更多事情。她現在已經願意信任我一半，只要我不追根究柢、操之過急，不引起她的懷疑就行了。不久她會更信任我，告訴我更多事情。只要她不是作假，她會把她的事和盤托出，到頭來還會逼著我聽。目前，某樣東西令她害怕……」

「當然，如果她是在唬弄我，我們就得找出箇中原委。她現在人在肯威園，我想她會在那裡待下去。我建議你找個人在那裡盯一兩天，看她是不是打算離開。最好找個她不認識的人跟蹤她。」

／11

安德魯·雷斯特里正在開一張支票，一邊寫一邊微微扮了個怪臉。

他的辦公室寬大開敞，裝飾得十分漂亮，儼然是大亨傳統、典型的辦公室；家具擺設都是西蒙·雷斯特里的，安德魯·雷斯特里毫無熱情地接收下來。除了取下兩三幅畫，代以一幅泰伯·蒙頓的水彩畫和一幅他從鄉下帶來的自己的肖像畫外，幾乎別無任何改動。

安德魯·雷斯特里是個中年人，身軀開始發福，而奇怪的是，他和掛在他頭頂上那張十五年前的肖畫像相比，幾乎完全沒變；同樣突出的下頷，緊抿的雙唇，眉毛有如帶著疑問輕輕揚起。他不是個引人注目的男人，只是一個平平凡凡、目前並不快樂的人。他的祕書走進房間。他抬起頭，她朝他的辦公桌走來。

「有一位赫丘勒·白羅先生來訪。他硬要說和你有約……可是，我完全不記得有這樣一個約會。」

「赫丘勒・白羅先生？」這名字似曾相識，不過他記不得是在什麼情況下聽過。他搖搖頭。「我一點也不記得這個人，雖然我好像聽過這個名字。他長什麼樣？」

「個頭很矮，外國人……我看是法國人，留著一大撇八字鬍……」

「對了！我記得瑪麗提過他。他去看過老羅迪。但他說和我有約，這是怎麼回事？」

「他說，你寫過一封信給他。」

「就算寫過我也記不得了。也許瑪麗……噢，好吧，無所謂，請他進來吧。我想，我最好弄清楚怎麼回事。」

片刻之後，克勞蒂亞・里斯—霍蘭又進了門，帶來一個矮個頭的男人，蛋型腦袋、濃密的八字鬍，尖頭的漆皮鞋，一副自鳴得意的模樣，和他太太形容的完全一樣。

「這位就是赫丘勒・白羅先生。」克勞蒂亞・里斯—霍蘭說。

赫丘勒・白羅朝辦公桌走去，她又轉身走出房門。雷斯特里站起身。

「閣下是雷斯特里先生吧？我是赫丘勒・白羅，打擾了。」

「噢，是的。我太太提到你來看過我們，或者說來看望我的舅父。請問有何貴幹？」

「本人是應你信中提出的要求前來的。」

「信？我沒寫過信給你，白羅先生。」

白羅凝視著他，接著從口袋裡掏出一封信，打開看了一眼，躬身隔桌遞給了他。

「你自己看吧，雷斯特里先生。」

雷斯特里怔怔地望著那封信。信是用他辦公室的信箋打的，落款是他的鋼筆簽名。

親愛的白羅先生：

閣下如能按信首地址盡早來敝處一訪，本人將不勝感激。據內人所言以及本人在倫敦察訪所得，承攬一項需要審慎進行的任務，閣下是個足可信賴的人。

安德魯．雷斯特里敬上

他立刻說道：「你是什麼時候接到這封信的？」

「今天早上。我手邊正巧沒事，所以我就來了。」

「這件事情很離奇，白羅先生。這封信不是我寫的。」

「不是你寫的？」

「不是，我的簽名和這個大不相同……你自己看。」

他伸出一隻手，準備找出一個筆跡的例證。他沒來得及細想，便把剛簽過名的支票轉向白羅，讓他看個清楚。

「看到了嗎？這封信上的簽名和我的完全不一樣。」

「這就太離奇了，」白羅說，「實在太離奇了。這封信會是誰寫的呢？」

「這正是我的疑問。」

「會不會——請見諒——是尊夫人寫的呢？」

「不，不會，瑪麗絕不會做這種事。而且話說回來，她為什麼要用我的名字簽署這封信呢？哦，不會的，如果是她，她一定會告訴我，好讓我對你的來訪有個準備。」

「那麼，為什麼有人會寄這封信給我，而你一點也不知情？」

「對，我確實不知情。」

「這封信顯然想聘請我去做什麼事，雷斯特里先生，難道你不知道那是什麼事？」

「我怎麼可能知道。」

「對不起，」白羅說，「你還沒看完這封信呢。你會注意到，在第一頁下方的簽名之後，有一行『見背面』的小字。」

雷斯特里把信翻過來。第二頁的最上頭，還有幾行以打字機打出的字。

我想請教閣下的，是有關我女兒諾瑪的事。

雷斯特里神色驟變，臉上蒙上陰霾。

「原來如此！可是，什麼人會知道……什麼人可能插手這件事呢？誰知道這件事呢？」

「這會不會是一種促使你我見面商量的計策呢？是某個用心良苦的朋友嗎？你真的一點也不知道什麼人可能寫這封信嗎？」

「我一無所知。」

「而你也沒有為你的女兒——一個叫諾瑪的女兒——傷腦筋嗎？」

雷斯特里緩緩說道：「我是有個叫諾瑪的女兒，是我的獨生女。」當他說到最後那幾個字，語調微微一變。

「她遇到什麼麻煩、困難了嗎？」

「據我所知，並沒有。」然而他說這話的語氣有些猶豫。

白羅身體前傾。

「雷斯特里先生，我想這不是實情吧。我認為，你的女兒碰到了麻煩、困難。」

「為什麼你會這樣認為？是不是有人對你提過這件事？」

「雷斯特里先生，我完全是從你的語氣判斷出來。這年頭，」白羅接著說，「很多人都為女兒大傷腦筋。年輕女孩有自陷於各種麻煩和困境的本事。或許府上的情形也一樣。」

雷斯特里沉默半晌，手指輕敲著辦公桌。

「沒錯，我為諾瑪擔心，」他終於說出口。「她是個很難相處的女孩。神經過敏，有歇斯底里的傾向。我……很遺憾，我不太了解她。」

「毫無疑問，她的麻煩來自一個年輕人？」

「從某種角度來說，確實如此，不過我擔心的不完全是這個。我——」他打量著白羅。

「我能不能把你看作是個審慎的人呢？」

「如果我做不到這一點，就吃不了這行飯了。」
「你知道，我想找回我女兒。」
「啊？」
「上週末，她和往常一樣回到我們鄉下的住所。星期日晚上，她假裝返回她和另外兩個女孩同住的房子，但我發現她並沒有回去。她一定是跑了，跑到別的地方去了。」
「事實上，她失蹤了，是不是？」
「這話聽起來有點誇張，不過和事實相去不遠。我希望對此她有個非常自然的解釋，不過……唉，我想每個做父親的都會擔心。你知道，她既沒打電話，也沒有對和她同住的女孩做任何說明。」
「她們也擔心嗎？」
「不，大概不會吧。我想，呃，她們把這種事看得很平常。現在的女孩子很獨立，比我十五年前離開英國時獨立多了。」
「你說你不滿意的那個年輕人呢？她會不會和他一起跑了？」
「我由衷希望不是。這有可能，但是我……我太太不這麼想。我相信你見過他，就在你到我們家去看我舅父的那天——」
「啊，是的，我想我認識你說的這個年輕人。一個很帥的年輕人，不過——希望我這樣說不冒昧——不是個能讓女朋友父親感到滿意的人。我發覺尊夫人也很不高興。」

「我太太非常肯定，那天他來我家是偷偷摸摸來的。」

「或許他知道自己在那裡不受歡迎吧？」

「他非常清楚。」雷斯特里狠狠說道。

「那麼，你不認為你女兒很可能是跟他一起跑了？」

「我不知道該怎麼想，真的不知道。」

「你報警了嗎？」

「沒有。」

「有人失蹤，報警總是好些。警察也很謹慎，而且他們有許多我所欠缺的資源可用。」

「我不想報警。這是我的女兒，老兄，你懂嗎？是『我的』女兒。要是她決定……決定出走一段日子，而且不想讓我們知道，那就隨她吧。沒有道理要認為她身處危險什麼的。我……我只想知道她在什麼地方，那我也就心滿意足了。」

「先生，可不可能——我希望這麼說不會冒犯——這不是你擔心女兒的唯一理由？」

「你為什麼認為還有其他原因？」

「因為，一個女孩子外出好幾天，既不把自己的行蹤告訴父母，也不告訴和她同住的朋友，這種事如今已非罕見。我想，一定還有其他什麼原因，才會讓你如此驚慌。」

「呃，或許你說得對。這——」他帶著猶疑望著白羅。「這些事很難對陌生人啟齒。」

「未必吧，」白羅說，「對陌生人說這種事要比對朋友或熟人容易得多。這一點你勢必會同意吧？」

「也許，也許吧。我明白你的意思。好吧，我承認我女兒讓我傷透腦筋。你知道，她……她和其他女孩不太一樣，而且發生了一些讓我……我們夫婦極為擔心的事。」

「或許你的女兒正處於青春期的尷尬年齡，坦白說，她們在這種感情用事的青少年時期，很可能做出一些自己都很難負責的事。我想不揣冒昧猜測一番，請勿見怪——你的女兒對自己有個繼母大概心懷怨恨吧？」

「很不幸，確實如此。可是她這種怨恨毫無道理，白羅先生。我並非最近才和我第一任妻子離異，我們許多年前就分手了。」他頓了頓，接著說道：「我乾脆跟你明說了吧，反正我對這件事從來就沒隱瞞過。我和我前妻貌合神離。這種事我沒有必要吞吞吐吐，我遇到另一個女人，一個讓我非常著迷的人。我離開英國，和這個女人去了南非。我的妻子不同意離婚，而我也沒有要求她離婚。我為她和孩子……她那時才五歲，在經濟上做了妥善的安排。」他頓了頓，繼續往下說：「回首往事，我察覺到有一段日子，我很不滿意自己的生活，我渴望去旅行。那段時期，我痛恨被綁在辦公桌上。我哥哥曾經數度責備我，說我對家族事業漠不關心，而現在，我步上了他的後塵……說我沒有盡到我的本分。可是，那時候我就是不願意過這種生活。我很不安分，想過冒險刺激的生活。我想去見識世界，想去看看曠野奇……」

他突然打住。

「你不會喜歡聽我的生活經歷。我到南非去了，露薏絲和我一起去。坦白說，過程並不順利。我愛她，可是我們經常吵架。她討厭南非的生活，想回到倫敦、巴黎那些繁華的地方。我們到南非大約一年後就分手了。」他嘆了一口氣。「或許那時候我就該回來，回到我一想到就痛恨的平淡生活。可是我沒回來。我不知道我的妻子是否歡迎我回來，怕她會認為這只是她應盡的義務。她是一個盡職守分、了不起的女人。」

白羅注意到說這些話時，他透出淡淡的苦澀。

「不過，我想我當初應該多為諾瑪想想。唉，事情就是這樣。這孩子和她母親在一起很安全，經濟上也有安排。我偶爾會寫信給她、送她禮物，但我從未想過要回英國去看她。這不能全怪我。我選擇了一種完全不同的生活方式，我想一個來來去去的父親只會讓她不安，擾亂她內心的平靜。無論如何，我不妨這麼說，我認為我的所作所為已是竭盡所能了。」

現在，雷斯特里講話速度快了起來。對一個富有同情心的傾聽者傾訴心曲，似乎令他感到慰藉。這種反應白羅常常見到，他鼓勵他說下去。

「就你自己而言，你從來沒有想過要回家嗎？」

雷斯特里堅定地搖搖頭。

「沒有。你知道，我過著我喜歡的生活，我覺得有意義的生活。我從南非去了東非。我的事業經營得有聲有色，經手的每一項生意都很成功；我參與的計畫——有時與人合夥，有時單槍匹馬——無不進展順利。我常出門到叢林去，做艱苦的跋涉，那是我一直嚮往的生活。我生來就是個以四海為家的人。或許這就是我在和第一任妻子結婚後感到如墜陷阱、綁手綁腳的原因吧。是，我很享受我的自由，完全不想回到這裡來過那種凡俗的生活。」

「可是，你終究還是回來了？」

雷斯特里嘆道：「沒錯，我終究回來了。唉，我想，人是會老的。另外，也因為我和某人的一次成功出擊，獲得了一項極為有利可圖的特許權，需要回倫敦來談判。本來我是可以找我哥出面處理，可是我哥去世了，而我當時還是這家公司的合夥人，如果我願意親自回來處理這些事，我就可以回來。那是我頭一回有這個念頭。我指的是回到倫敦，重返都市生活。」

「或許你的太太，你的第二任太太——」

「是的，對此你或許有些疑問。我哥去世的時候，我和瑪麗才結婚一兩個月。瑪麗出生在南非，但她來過英國好幾次，也喜歡這裡的生活。她尤其嚮往擁有一座英國式的莊園！而我呢？呃，或許這是我頭一回覺得我可能也喜歡英國的生活。而且我也想到諾瑪。她母親在兩年前去世了。我和瑪麗商量，她很樂意幫忙，要為我女兒建立一個完整的家。前景似乎一切看好，所以——」他笑了。「所以我回家了。」

白羅望著那張掛在雷斯特里頭頂上的畫像。這裡的採光要比鄉村那幢房子裡的充分，他非常清楚看到，肖像中所畫的就是坐在辦公桌旁的這個人。頑強的下巴，帶著疑問的眉毛，頭部的姿態，都是鮮明的特徵。然而，畫中人身上有種東西是此刻坐在它下面的人所欠缺的：青春！

白羅心中又興起一個念頭。安德魯．雷斯特里為什麼要把這張肖像從鄉間移到倫敦的辦公室來呢？這張畫像和他妻子那張是成對的，不但同時繪成，也都出自當年那個以肖像畫見長、炙手可熱的藝術家之手。白羅想，讓兩張畫一本初衷放在一起，勿寧更自然些。可是，雷斯特里把其中一張——他自己那張——移到辦公室來。難道這是出於他的虛榮心，想要顯示自己是個城市人、在倫敦是個重要人物？然而他在荒原曠野住過多年，口口聲聲說自己喜歡荒野生活，他這麼做，是為了時時提醒自己的城市性格嗎？他感覺有強化的必要嗎？

「或者，當然，單純是虛榮心罷了！連我……」白羅心想，他難得有謙虛的時候。「連我自己偶爾也會有虛榮心呢。」

這時，兩人都沒有意識到的短暫沉默被打破了，雷斯特里帶著歉意說道：「白羅先生，你一定要原諒我，我一直在說自己的人生經歷，恐怕讓你厭煩了。」

「沒什麼好原諒的，雷斯特里先生。其實你剛才之所以述說自己的經歷，是因為它可能影響到你女兒的生活。你為你女兒真是煞費苦心。不過，我並不認為你把真正的原因告訴了我。你說，你希望找到她？」

「是的，我希望找到她。」

「你希望找到她，沒錯，但你希望『我』找到她嗎？啊，不要猶豫。La politesse[16]在生活中是極其必需，不過在這裡並無必要。聽著，我跟你說，如果你想找到女兒，我建議你，我赫丘勒・白羅建議你去報警，因為他們有便利的條件。就我所知，他們會謹慎行事。」

「我不願報警，除非……呃，除非我走投無路。」

「你寧願找私家偵探？」

「是的，不過你知道，我對私家偵探一無所知。我不知道什麼人……能靠什麼人去辦這件事。我不知道誰——」

「關於我，你有何了解呢？」

「我確實對你有些了解，比如說，我知道大戰期間你在情報機構擔任過要職，因為事實上我舅父就可以為你背書。這是個無可否認的事實。」

白羅臉上露出揶揄之色，但雷斯特里並未發覺。白羅心知肚明，這無可否認的事實純屬子虛烏有——雖然雷斯特里一定清楚，羅德瑞克爵士在記憶和眼力方面都不可靠。他輕信了白羅自述的來歷，把白羅撒下的魚鉤、魚線和鉛錘一股腦兒全吞了下去。白羅並沒有讓他的希望破滅。這使得他長久以來秉持的一種信念更為強化：不先驗證一番，絕對不要相信任何人所說的任何事。多年來，甚或說他有生以來，「懷疑每個人」一直是他首要的座右銘。

「我再次向你保證，」白羅說，「我在專業領域內一向極為成功。許多方面，確實很少

16 法語，意思是「客氣」。

人能出我其右。」

雷斯特里似乎不比剛才放心。確實，就英國人來看，一個如此大言不慚吹噓自己的人，是會引起某種疑慮的。

「白羅先生，你覺得自己怎麼樣？你有信心能找到我女兒嗎？」他說。

「可能不如警方來得快，不過我能找到的，我會找到她的。」

「那麼，如果你——」

「不過，雷斯特里先生，如果你希望我找到她，就必須把所有的情況都告訴我。」

「我已經告訴你了。時間、地點、她應該在什麼地方。關於她的朋友，我可以列張單子給你……」

白羅用力搖搖頭。

「不，不，我要你把真相告訴我。」

「你是說，我沒把真相告訴你？」

「你沒有全告訴我，這點我敢確定。你在怕什麼呢？那些我尚不知情的真相是什麼……如果你希望我達成任務，我就必須了解這些真相。你女兒討厭她的繼母，而且毫不掩飾。這點並不奇怪，這是一種非常自然的反應。你別忘了，這麼多年來，她可能一直暗自將你理想化；有可能你的婚姻破裂，讓這孩子的感情受到了沉重的打擊。我知道我在說什麼。你會說，小孩子會忘記的，這是事實，當她再度見到你，或許記不得你的面容或聲音，從這個意義上來說，她是把你忘了。但她自己會製造出你的形象。你出走了，她希望你回來。毫無疑問，她母親不准她談論你，所以她反倒更想你、更在乎你。既然不能和自己的母親談論你，她就產生一種孩子們很自然會有的反應，即替雙親中出走而不在身邊的那位抱不平，把怨恨歸於身邊的這一位。她會有『爸爸喜歡我，他不喜歡的是媽媽』這樣的想法，並且從中衍生出理想的你，讓你和她之間產生一種神祕的聯繫。所有發生的事都不是爸爸的錯。她不相信是他的錯！

「啊，真的，我向你保證，這種事常有。我還懂一點心理學。所以當她得知你要回家，你和她就要再度團聚，許多被她置諸腦後、多年不曾勾起的記憶又回來了。她的父親要回家了！他和她會快樂幸福地住在一起！她不曾想到會有一個繼母存在，會有繼母出現眼前。於是她感受到強烈的嫉妒。我向你保證，這非常自然。她之所以會強烈嫉妒，一方面是因為你太太是個漂亮的女人，成熟穩重又自信，這是女孩子常會感到憤恨的對象，因為她們往往缺乏自信。她自己可能不善交際，或許還有一種自卑心理。所以，當她面對一個能幹、漂亮的繼母，很可能就會怨恨她；不過，那是一種少女的、半帶孩子氣的恨。」

「這個……」雷斯特里躊躇著。「我們去請教醫生的時候，他也是這麼說的。我的意思是——」

「啊哈，」白羅說，「這麼說來，你們去找過醫生囉？你們去找醫生，料想事出有因，對吧？」

「其實沒什麼原因。」

「啊，不，你不能對赫丘勒．白羅說這種話。並不是『毫無原因』。一定是很嚴重的事情，你最好告訴我。因為，如果我了解這女孩腦裡在想什麼，我會更有概念。事情的發展也就更快。」

雷斯特里沉默半晌，這才下定決心。

「白羅先生，你絕對能守口如瓶嗎？我可以信任你，你保證不會對別人洩密嗎？」

「當然可以。怎麼回事？」

「我不能……不能確定。」

「你女兒對你的妻子採取了敵對行動？不只是孩子氣的無禮或說些不入耳的話，而是比那些更糟糕、更嚴重的行為？也許她對繼母採取了人身攻擊？」

「不，不是攻擊，不是人身攻擊，可是，什麼都無法證實。」

「確實。我們不妨承認這點。」

「我妻子的健康急轉直下——」

「啊，」白羅說，「原來如此……她得的是哪一種病？大概是消化方面的疾病吧？某種腸胃炎？」

「白羅先生，你很聰明，非常聰明。沒錯，就是消化方面的毛病。我太太的病痛令人一頭霧水，因為她身體一向極好。最後他們把她送到醫院進行所謂的『觀察』，做健康檢查。」

「結果呢？」

「我認為他們對結果並不十分滿意。她似乎完全恢復了健康，於是被送回家。可是，不久又再度發作。我們在她的飲食和烹調方面已經倍加小心。她好像毫無來由就得了某種腸胃中毒的毛病，所以醫院更進一步對她吃進去的食物進行檢驗。取樣檢查的結果明確證實，好幾道菜裡都放了某種物質。只要是只有我太太吃的菜，裡面都有。」

「說得淺白些，就是有人給她下了砒霜。對吧？」

「正是。一次放少少的量，最終會產生一種累積效果。」

「你懷疑是你女兒放的嗎？」

「不。」

「我認為你懷疑。不然還有誰會做這種事呢？你懷疑你的女兒。」

雷斯特里深深嘆了口氣。

「老實說，我懷疑她。」

§

白羅回到家中，喬治正等著他。

「主人，一個叫作愛蒂絲的女人來過電話——」

「愛蒂絲？」白羅蹙起眉頭。

「她是奧利薇夫人的女傭。她要我通知您，奧利薇夫人現在人在聖蓋爾醫院。」

「她出了什麼事嗎？」

「據我所知，她被……呃，被棍棒擊傷了。」喬治並沒有把那通電話的後半段內容說出來。那段內容是：「你告訴他，這都是他的錯。」

白羅咂著嘴說：「我警告過她的，昨天晚上我打電話給她的時候就感到忐忑不安，可是沒人接。Les Femmes[17]！」

17　法語，意思是「女人啊」。

／12

「我們去買隻孔雀吧。」奧利薇夫人突然冒出一句令人意外的話。她說這話的時候並沒有睜開眼睛，聲音雖然微弱，卻滿是憤慨。

三人驚訝的目光不約而同向她投去。她又冒了一句：「頭部被襲。」

她睜開失焦的雙眼，努力想看清自己身在何處。

她首先看到一張全然陌生的面孔。是個年輕人，正在記事本上寫著什麼，他那隻拿著鉛筆的手猶豫地懸在半空中。

「警察。」奧利薇夫人斷然說道。

「你說什麼，夫人？」

「我說，你是警察，」奧利薇夫人說，「對吧？」

「對，夫人。」

「襲擊罪。」

奧利薇夫人說完，帶著滿意的神色闔上眼睛。當她再度睜開眼睛時，周圍的東西看得更清楚了。她躺在床上，判定這是一張看來很衛生的醫院高床，是那種可以升降、轉彎、四處推動的床。她不在自己家中。她四下張望，打量著周遭的環境。

「是醫院，要不就是一家私人診所。」她說。

護士長帶著權威的神態站在門旁，一個護士站在她床邊。她認出了第四個人。

「沒人……」奧利薇夫人說，「會認不出那撇八字鬍。你在這裡做什麼，白羅先生？」

赫丘勒．白羅趨前走到床邊。

「夫人，我告訴過你要多加小心。」他說。

「任何人都會迷路，」奧利薇夫人含糊其辭說道，接著又加了一句：「我的頭很痛。」

「而且原因很清楚。一如你的推測，你的頭部遭到襲擊。」

「對，是孔雀打的。」

那警察不自在地動了動身子，說道：「對不起，夫人，你說你是被一隻孔雀打的？」

「是的。我當時感到不安已有一段時間……你知道，那種氛圍。」奧利薇夫人試著揮手做出一個解釋氛圍的手勢，隨即縮了回去。「哎喲，」她說，「我最好別再這麼做了。」

「我的病人不能過於激動，」護士長語帶責難地說道。

「你能告訴我，你是在什麼地方被襲擊的嗎？」

「我一點也不知道。我迷了路，我是從某個藝術工作室裡出來的，那地方亂七八糟，好髒。另外那個小夥子有好幾天沒刮鬍子了，皮夾克油膩膩的。」

「是這個人襲擊你的嗎？」

「不，是另外一個。」

「如果你能告訴我——」

「我不是正在告訴你嗎？你知道，從咖啡店起我就一路跟蹤他……只是我不很善於跟蹤人，缺乏練習。那比你想像的困難多了。」她的兩眼盯著那警察看。「不過，我想，你對這些都很清楚。我是說，你們上過課吧，跟蹤課程？啊，算了，無所謂。你知道，」她說話速度突然快起來。「事情很簡單。我是在沃爾德區下的車，我想就是在那裡。當然，當時我以為他和別人在一起或是從另一條路走掉了。可是，他卻從我背後跟上來。」

「你說的是誰？」

「那隻孔雀，」奧利薇夫人說，「你知道，他還嚇了我一大跳。當你發覺事情完全不如你想像的時候，你一定會嚇一跳。我的意思是說，當初是你跟蹤他，現在反而變成他跟蹤你了。我當時就感到不安。你知道，其實我是害怕。我不知道為什麼。雖然他說話很有禮貌，可我還是感到害怕。反正事情就是那樣，他說：『上來看看工作室吧』，所以我就爬上了一截搖搖晃晃的樓梯，一種像梯子的樓梯，然後就看到另外那個小夥子，就是那個髒髒的小夥子，他正在作畫，那女孩當他的模特兒。她很乾淨，真的很漂亮。我們去了那裡，他們都非常和氣，彬彬有禮。後來我說我得回家了，他們就告訴我回國王路該怎麼走。可是，他們其實並沒有把正確的方向告訴我。當然，也可能是我走錯了。你知道，如果別人跟你說先往左再往右，呃，有時候你就偏偏會走反路，至少我就是這樣。總之，我走到靠近河邊一片很奇怪的貧民區。那時候害怕的感覺已經消失了。孔雀襲擊我的時候，我一定是全無戒心。」

「我想她神志不清了，」護士解釋道。

「沒有，我沒有神志不清。」奧利薇夫人說，「我知道我在說什麼。」

護士正要張口說話，看到護士長責備的目光，便乖乖閉上嘴巴。

「他穿著絲絨和綢緞衣服，長長的鬈髮。」奧利薇夫人說。

「穿綢緞的孔雀？是一隻真孔雀，夫人？你是說你在切爾西區的河邊看到一隻孔雀？」

「一隻真孔雀？」奧利薇夫人說，「當然不是，傻子。一隻真孔雀跑到切爾西河堤上去做什麼？」

似乎沒有人對這個問題有答案。

「他走起路來神氣得很，」奧利薇夫人說，「所以我給他取了孔雀這個綽號。你知道，就是愛炫耀。我想他這人很虛榮，對自己的長相很自豪，或許也為其他許多東西自豪，」她望著白羅。「叫什麼大衛的，你知道我指的是誰。」

「你是說，這個叫大衛的年輕人襲擊你，敲了你的頭？」

「對，我就是這麼說的。」

赫丘勒．白羅說：「你『看見』他了？」

「我沒看見，」奧利薇夫人說，「我一點也沒想到，我只覺得自己聽到身後有動靜，還沒來得及回頭看……就出事了！就好像一噸重的磚頭還是什麼落到我頭上。現在，我想我要睡覺了。」她補上一句。

她微微動動頭，疼得做了個鬼臉，接著便陷入一種全然心滿意足的無知覺狀態。

／13

白羅很少拿鑰匙去開他寓所的門。相反的，他總是按照傳統的規矩，按下門鈴等著那位令人稱道的管家喬治來開門。可是這一回，在他從醫院回來後，為他開門的是萊蒙小姐。

「你有兩位訪客。」萊蒙以優雅的語調說道，這種聲調不像竊竊私語那般無遠弗屆，但比平時的聲調低得多。「一位是格比先生，另外一位是個名叫羅德瑞克·霍斯菲的老先生。我不知道你想先見哪一位。」

「羅德瑞克·霍斯菲爵士。」白羅若有所思地說道。

他側著頭思考著，模樣有如一隻知更鳥，想判定此一最新發展對大局會有什麼影響。然而，格比先生以他一貫出人意表的作風，出現在專供萊蒙小姐打字的小房間門口。顯然他被她暫時安置在那裡。

白羅脫去外套，萊蒙小姐將它掛到衣帽架上，格比先生依舊不改本色，對著萊蒙小姐的背部說道：「我要在廚房和喬治喝茶，」格比先生說，「我的時間是自己的，我會等著。」

他彬彬有禮地消失在廚房裡。白羅走進客廳，羅德瑞克爵士正精力十足地來回踱步。

「找到你了，小子，」他說，語氣和藹可親。「電話真是個好東西。」

「您還記得我的名字？我很高興。」

「噢，我其實不記得你的名字，」羅德瑞克爵士說，「你知道，記名字非我所長，可是我絕不會忘記人的面孔。」他得意地說出結語。「不是，我打了電話給蘇格蘭警場。」

「噢！」白羅顯得有點吃驚，不過再想想，他覺得羅德瑞克爵士是會做出這樣的事情。

「他們問我要找誰，我說，替我找你們最高的長官。小子，事情就得這麼辦。千萬別跟第二號人物打交道，沒用的，得找第一把交椅。這是我說的。噢，我說了我的身分，說我要找最高階的高級長官，最後終於接通了。那傢伙很有禮貌。我說我想知道某年某月在法國某盟軍情報機構和我在一起的一位老朋友的地址。那傢伙好像有點摸不著頭腦，於是我說：『你知道我指的是誰，是個法國人，不然就是個比利時人。』你是比利時人，對吧？我說：『他的名字有些像艾丘利斯。不是艾丘利斯，不過聽起來像艾丘利斯。矮個頭，一大撇八字鬍。』這時候他似乎恍然大悟，說他認為可以在電話簿裡查到你的地址。我說，那很好，不過我又說：『他不會以艾丘利斯或赫丘勒（這是他告訴我的）的名字登記，對不對？可是我不記得他的姓了。』所以他就告訴我了。非常有禮貌的傢伙。我得說，他非常有教養。」

「很高興見到您。」

白羅說，趁機迅速思忖了一下羅德瑞克爵士那位電話之交後來還可能對他說了什麼。幸好，那人不可能是最高層的官員。照理說，應該是個他認識的人，這人的工作就是隨時客客氣氣地對付那些已過氣的顯貴人物。

「總而言之，」羅德瑞克爵士說，「我就找到這兒來了。」

「我很高興。我給您準備茶點吧，有茶、烤肉捲、威士忌蘇打，還有覆盆子果子醬。」

「天主人，不，」聽到覆盆子果汁便慌了的羅德瑞克爵士說，「我要威士忌。倒不是說我可以喝威士忌，」他又說：「不過，我們都知道，醫生都是傻子。他們唯一注意的就是，不讓你吃你喜歡的東西。」

白羅按鈴找來喬治，對他好好吩咐了一番。羅德瑞克爵士的身邊擺好威士忌和吸管後，喬治便退了下去。

「現在，」白羅說，「有什麼我能為您效勞的呢？」

「老小子，我給你找了椿差事。」

談了一陣，他似乎對他和白羅過去的密切關係更加深信不疑。白羅想，那也不錯，這樣可以讓羅德瑞克爵士的外甥更依賴他白羅的能力。

「是文件，」羅德瑞克爵士放低聲音。「我丟了一些文件，非找到不可，明白嗎？我想，我的眼力不如從前，記憶力有時候也靠不住，所以我最好去找知道內情的人，懂吧？那天你來，正好趕在關頭上，及時幫上了忙，因為我得交出那些文件，這你該了解。」

「聽起來很有意思，」白羅說，「請問，是些什麼樣的文件呢？」

「這個，我想，你若是打算找到那些文件，你非得問清楚，對吧？請注意，那些文件非常祕密，極為機密，是最高機密……至少曾經是。看來它們似乎會再度成為最高機密。是一些內部往來的信件。當時那些信並不特別重要……至少當時沒有人認為它們重要，可是後來政局發生了變化。你是了解這種事情的，峰迴路轉，結果局勢完全改觀。戰爭爆發期間，情況如何你是清楚的。誰都不知道我們要往東還是往西。前一次戰爭我們和義大利是盟友，下一次戰爭我們卻成了仇敵。我不知道哪種情況最糟。第一次世界大戰，日本人是我們的親密戰友，第二次大戰，他們卻偷襲了珍珠港！你永遠不知道你的處境如何！一開始和俄國人走同一條路，到頭來卻勢不兩立。我告訴你，白羅，當今最棘手的問題莫過於盟友。他們一夜之間就能變臉。」

「而你丟了一些文件。」白羅說，把老人拉回他來訪的主題上。

「對。你知道，我有很多文件，最近我把它們都挖了出來。本來我把它們藏在很安全的地方，事實上，存在銀行裡。可是我把它們都搬了出來，開始分門別類整理一番，因為我想，何不寫一本自己的回憶錄？現在，我所有的朋友都在寫回憶錄。我們把蒙哥馬利[18]、

18 蒙哥馬利（Bernard Law Montgomery, 1887-1976），英國陸軍元帥，第二次世界大戰時的著名軍事將領。

亞蘭布魯克[19]、奧金萊克[20]的口述全印成了書，他們談的多半是對其他將領的看法。連那個德高望重的老醫生莫蘭，談起自己那些顯貴的病人也是說得口沫橫飛。天曉得接下來我們還會看到什麼！不管怎麼說，既然如此，我也想談談我認識的一些人的真面目！我為什麼不能和別人一樣，也去試試呢？我當年也是參與其中。」

「我相信，大家對它會很感興趣。」

「哈哈，就是啊！新聞上看到的人物很多，大家都帶著敬畏的眼光看他們。大家都不知道，那些人全是大傻瓜！可是我知道。老天爺，那些高級將領犯的錯誤，會讓你跌破眼鏡。所以我把我的文件搬出來，找了個年輕小姐幫我整理分類。不錯的小姑娘，很聰明，英文不大好，可是除此之外她非常聰明，幫我很多忙。我收藏的文件太多了，不過都有點亂了。問題的關鍵是，我要找的文件不見了。」

「不見了？」

「不見了。一開始我們以為是整理的時候漏掉沒看到，可是我們又翻了一遍，我可以告訴你，白羅，我覺得我有許多資料被盜走了。有些並不重要。事實上，我正在找的資料並不特別重要……我的意思是，以前沒有人認為它們重要，要不然，我想他們也不會准許我保留下來。可是，不管怎麼說，那些信件就是不見了。」

「我當然希望謹慎一些，」白羅說，「不過您能告訴我，那些是什麼樣的信件嗎？」

「老小子，我不知道我能不能告訴你。我只能說，是關於一個目前正夸夸其辭、大談他過往功績的人。可是他說的不是真話，這些信正好可以說明，他是一個撒謊大王！請注意，我並不認為這些信應該現在出版。我們只要寄給他一些像樣的副本，讓他知道他當年是怎麼說的，而且我們還有白紙黑字的證據。如果……唉，如果後來情況變得不大一樣，我也不會大驚小怪。明白嗎？我用不著問這個吧？你對那種只會說大話的人應該很熟悉。」

「您說得很對，羅德瑞克爵士。您說的那種事情我完全明白，不過您也知道，要是一個人不知道某樣東西是什麼，也不知道它現在可能的下落，那麼，要重新找到它可不容易。」

「該做的事要先做。我要知道是誰把它們盜走了，因為，你知道，這是關鍵。我那些小小的收藏中，可能還有些更機密的東西，我要知道是誰打算來蹚這個渾水。」

「您自己有什麼頭緒嗎？」

「你認為我應該有，對吧？」

「這個，看來最可能的是——」

「我知道，你想讓我說，是那個小姑娘幹的，噢，我不認為是她幹的。她說她沒有，我相信她，你懂嗎？」

19 亞蘭布魯克（Francis Alanbrooke, 1883-1961），英國將軍。

20 奧金萊克（C. J. E. Auchinleck, 1884-1981），英國陸軍元帥。

「我懂，」白羅輕嘆一聲，說道，「我懂。」

「光說一樣，她太年輕了，不可能知道那些東西有多重要，它們比她的年紀都大呢。」

「也許有人告訴過她那些東西很重要。」白羅點醒他。

「是，確實有這種可能。不過那樣做未免太明顯了。」

白羅嘆了口氣。面對羅德瑞克爵士顯而易見的偏愛，他懷疑堅持下去會有什麼用。

「還有誰可以接觸到那些文件？」

「安德魯和瑪麗當然可以。不過，要說安德魯對這些東西會有興趣，我很懷疑。不管怎麼說，安德魯向來是個正派的孩子，一直都是。這倒不是說我對他很了解，以前他和他哥哥來度過一兩次假，如此而已。當然，他拋下妻子，和一個迷人的女人到南非去了，不過任何男人都可能做出這種事，尤其是有個像葛瑞絲那樣的老婆的話。不過，我也不常見到她。她是那種目不斜視、道貌岸然的女人。無論如何，我無法想像安德魯那種人會是間諜。至於瑪麗，她應該沒問題。據我了解，除了玫瑰花叢，任何東西都引不起她的興趣。還有個園丁，但他已經八十三歲了，一輩子都住在那個村子裡；還有兩三個女人，總在屋子裡彎著身子用吸塵器弄得震天價響，但我也看不出她們會是間諜。所以，你知道，這一定是外人幹的。當然，瑪麗戴著假髮，」羅德瑞克爵士文不對題地接著說：「我的意思是，你可能因為她戴假髮而認為她是間諜，但事實並非如此。她十八歲時生病發燒，頭髮掉光了。對一個年輕女孩來說，這真是不幸。我起初不知道她戴假髮，可是有一天一根玫瑰花枝勾住了她的頭髮，把它拉歪了。確實，太不幸了。」

「我就覺得她梳的髮型有點怪。」白羅說。

「最優秀的情報員絕不戴假髮，」羅德瑞克爵士告訴他。「那些可憐的傢伙會去進行整形手術，改變容貌。總之一定有人拿走我的私人文件準備亂搞一氣。」

「您會不會把信件放在別的地方……抽屜或是別的文件匣裡？您最後一次看見它是什麼時候？」

「大概一年前，我動過那些東西。我記得當時我還想，這些信可以翻拍成副本，我對那些信件還做了記號。現在信不見了，有人把那些信拿走了。」

「您並不懷疑您的外甥安德魯、他的妻子或家裡的下人。他們的女兒呢？」

「諾瑪嗎？噢，我敢說，諾瑪的神經有點不正常。我是說，她可能有偷竊癖，拿了別人的東西還渾然不覺，不過，我不認為她會亂翻我的私人文件。」

「那麼，您到底有什麼想法呢？」

「哦，你來過我們家，知道那裡是什麼模樣。不論什麼時候，任何人都可以隨意進出。我們是不鎖門的，從來不鎖。」

「您自己的房門會上鎖嗎？譬如說，如果您北上倫敦的話？」

「我以前從來不認為有此必要。當然，現在我都上鎖，可是又有什麼用？為時已晚。不管怎麼說，我只有一把普通鑰匙，所有的門都能用。一定是有人從外面進去的。這就是為什麼這年頭竊盜案這麼多。他們在光天化日之下走進來，大搖大擺走上樓，愛進哪個房間就進哪個房間，然後偷走首飾盒，再走出門，沒有半個人看見或是費心問問他們是什麼人。那些人看來可能是時髦青年、搖滾樂手或者披頭族……不管你現在怎麼稱呼他們，反正就是一些留著長髮、指甲骯髒的傢伙。我就看見不只一個這樣的傢伙在家裡晃來晃去。誰也不願意問：『你這鬼傢伙到底是誰？』你永遠搞不清他們是男是女，這挺尷尬的。那地方全是這號人物，我想，他們是諾瑪的朋友。這些人在過去是不許上門的。可是如果你把他們趕出去，你會發現他們竟然是恩德斯利子爵還是什麼貴族的夫人。這年頭你真不知如何做人，」他頓了頓。「如果說有誰能查明這件事情的真相，白羅，那就是你了。」

他喝完最後一口威士忌，站起身來。

「好吧，就這樣，靠你了。你會接手，對吧？」

「我盡力而為。」白羅說。

前門的電鈴響起。

「是那個小姑娘，」羅德瑞克爵士說，「一分鐘也不差。棒極了，對吧？你知道，沒有她我在倫敦過不下去。我瞎得跟蝙蝠似的，過馬路都看不清楚。」

「您不能戴眼鏡嗎？」

「我戴過眼鏡，可是它老從我鼻梁上滑下來，要不就是遍尋不著。再說，我實在不喜歡戴眼鏡，我從來不戴。我六十五歲的時候，可以不戴眼鏡看書，這已經很不錯了。」

「任何東西，」赫丘勒．白羅說，「都不可能永恆長存。」

喬治將索尼雅領進屋內。她看上去嬌俏動人。白羅心想，她那含羞帶怯的神態使她顯得格外嫵媚。他帶著法國人的殷勤迎上前去。

「小姐，見到你真高興。」他一面說，一面彎腰吻手為禮。

「我沒有來遲吧，羅德瑞克爵士，」她並沒有望著白羅，口中說道，「我沒讓你久等吧，但願沒有。」

「你分秒不差，小姑娘，」羅德瑞克爵士說道，「真是井井有條，紋絲不亂。」他加上一句。

索尼雅的表情似乎有點茫然不解。

「喝杯好茶了吧，」羅德瑞克爵士又說，「我告訴過你，去喝杯好茶，給自己買點小圓果子麵包或巧克力奶油蛋糕，或是現在女孩子喜歡的東西，呃？我希望你有照著我的吩咐做了。」

「沒有，我沒完全按照您的吩咐。我用這段時間去買了雙鞋，瞧，這雙鞋很好看，對不對？」她伸出一隻腳。

那無疑是一隻非常秀巧的腳，羅德瑞克爵士帶著微笑望著它。

「噢，我們得去趕火車了，」他說，「我也許是古板，可是我就主張搭火車。準時開車準時到達，就該是這樣。要是開汽車，在交通顛峰時間你就得大排長龍，多浪費一個半鐘頭的時間也說不定。汽車！呸！」

「我讓喬治為您叫部計程車好嗎？」白羅問，「我保證，一點也不麻煩。」

「我已經叫好計程車等著了。」索尼雅說。

「你瞧瞧，」羅德瑞克爵士說，「你看，她什麼都想到了。」

他輕輕拍拍她肩頭。她以一種讓白羅十分欣賞的神態望著爵士。

白羅陪著他們走到廳廊門口，禮貌地和他們道別。格比先生這時已從廚房裡走出，他站在廳廊上……不妨這麼說，活像一個來檢查瓦斯的工人。

他們一走進電梯，喬治就關上客廳的門，轉過身來，和白羅四目相接。

「喬治，我想問問，你對那個年輕小姐的觀感如何？」白羅說。

他總說，喬治在某些事情上絕不會錯。

「這個，主人，」喬治說，「如果您允許，我不妨這樣說，他非常滿意，主人。一如您說的那樣，他對她很著迷。」

「我想你說的對。」白羅說。

「當然，對那種年紀的男人來說，這也並非不尋常。我想到蒙特布萊恩爵士。他有豐富的生活經驗，你可以說他老練得很。可是他會讓你大吃一驚。有個年輕女人來替他按摩後，他給她的東西會讓你咂舌：一套晚禮服、一只漂亮的手鐲，勿忘我、綠寶石和鑽石。雖然並不十分貴重，但也著實花了不少錢。後來他又給她一件皮毛披肩……不是貂皮，是俄國鼬皮，和一只漂亮的繡花晚宴提包。後來她哥哥出了事，欠了債還是怎麼的（雖然有時候我懷疑她究竟有沒有哥哥），蒙特布萊恩爵士還給她錢去還債，因為她為此大感煩惱！請注意，這完全是柏拉圖式的。男人到了這把年紀，好像全糊塗了。他們喜歡找小鳥依人的女人，不是那種大膽的女人。」

「喬治，你說的完全正確，我毫不懷疑，」白羅說，「儘管如此，你還是沒有完全回答我的問題。我是問，你對那個年輕小姐的觀感如何？」

「噢，那位小姐……這個，主人，我不願意說得太滿，不過，她是很有主見的人。無論什麼事，你休想把罪過推到她頭上。不過我會說，她們對自己的所作所為自有分寸。」

白羅走進客廳，在他的示意下，格比先生尾隨而入。格比先生以他一貫的姿態在一張直背椅上坐下，雙膝併攏，腳尖朝內彎。他從口袋裡掏出一個有摺頁記號的小筆記本，小心翼翼打開，接著嚴肅地看著蘇打水的吸管。

「關於你要我查的背景資料如下：

「雷斯特里家族，備受尊敬，名望甚高，沒有醜聞。父親詹姆斯・派屈克・雷斯特里，據說是個精明幹練的人，很會做生意。這個家族事業已經傳了三代。祖父創業，父親發揚光大，西蒙・雷斯特里守成。兩年前，西蒙・雷斯特里得了心臟疾病，健康直轉急下，大約一年前死於冠狀動脈血栓。

「弟弟安德魯・雷斯特里從牛津大學畢業後未久便開始經商，和葛瑞絲・鮑德溫小姐結了婚。生了個女兒，叫諾瑪。他離開妻子，去了南非。有個伯萊爾小姐和他同往。沒有辦離婚手續。安德魯·雷斯特里的太太兩年半前亡故，先前臥病已有一段時日。諾瑪·雷斯特里小姐曾就讀梅多菲爾德女子學校。沒有任何不利於她的資料。」格比先生兩眼一邊掃過白羅的臉，一邊說道，「事實上，這個家族的一切看來都沒問題，中規中矩。」

「沒有敗家子和精神不穩定的病例？」

「似乎沒有。」

「真掃興。」白羅說。

格比先生聽若罔聞。他清清喉嚨，舔舔手指，將他小小的記事本翻過一頁。

「大衛·貝克，素行不良，曾被判過兩次緩刑。警方頗注意他。他與數起相當可疑的事件有牽連，據說他和一起重大的藝術品竊盜案有關，但苦無證據。屬於那種假藝術家之流。無特殊的謀生技能，但生活相當闊綽。喜歡有錢的女孩，不以依賴鍾情於他的女孩為恥，也不以讓她們的父親掏腰包為羞。你要是問我，我會說他是個徹頭徹尾的壞痞子，不過很有頭腦，不會若惹麻煩上身。」

格比先生突然瞄了白羅一眼。

「你見過他？」

「見過。」白羅說。

「我可否問一聲，你得到什麼結論？」

「和你一樣，」白羅說。「一個華而不實的傢伙。」他若有所思地加上一句。

「他對女人有特殊吸引力，」格比先生說，「麻煩的是，這年頭她們對工作認真的好青年總不屑於多看一眼，淨喜歡那些壞痞子，那些偷雞摸狗的人。她們老說：『可憐，他一直沒機會。』」

「他們神氣得活像孔雀。」白羅說。

「這個，或許你可以這麼形容。」格比先生說，語氣頗為猶疑。

「你認為他會用棍棒打人嗎？」

格比先生想了想，隨後對著電動爐火緩緩搖頭。

「還沒有人以這樣的罪名控告過他。我不是說他不可能做出這種事來，不過我不願說他擅長此道。他是那種善用甜言蜜語的人，不是喜歡動手的人。」

「確實，」白羅說，「確實，我也這麼認為。他可能被人收買？你是這個意思？」

「只要對他有點好處，他可以像扔掉一塊燙手的煤一樣，隨手拋棄任何女人。」

白羅點點頭，他想起一件事。安德魯·雷斯特里曾將一張支票轉過來給他，好讓他看到上頭的簽字。白羅不但看到了簽名，還看到一個人名，支票就是開給那人——大衛·貝克，而且金額很大。大衛拿這種面額的支票會覺得猶豫嗎？白羅很懷疑。不過，大體來看，他不會猶豫。格比先生顯然也這樣認為。無論什麼時代，行為不端的青年總是有人收買，素行不良的年輕女人也一樣。就算那些做兒子的賭咒發誓，做女兒的淚水漣漣，可是錢畢竟是錢。大衛催著諾瑪和他結婚。他是真心誠意的嗎？他有可能真愛諾瑪嗎？果真如此，他不會那麼容易被錢打發。他的話聽來像是情真意切，諾瑪無疑也相信他是發自肺腑。安德魯·雷斯特里、格比先生和赫丘勒·白羅的想法卻不同，而他們的想法可能比較正確。

格比先生清清喉嚨，繼續往下說。

「至於克勞蒂亞·里斯—霍蘭小姐，她沒問題。沒有任何對她不利的資料，一句話，沒有任何可疑之處。她父親是議員，家境富裕，沒有醜聞，不像我們耳聞的某些議員。她就學於羅伊汀的瑪格麗特女子學院，畢業後便擔任祕書工作。一開始是為哈里街的一個醫生當祕書，後來轉往煤炭局。是一流的祕書。擔任雷斯特里先生的祕書已有兩個月。沒什麼特殊戀情，只有一些所謂的普通男性朋友。如果她想約會，條件、才幹都不是問題。沒有任何跡象顯示她和雷斯特里之間有什麼瓜葛。我個人這麼認為。過去三年來都租寓於鮑羅登大樓，租金相當貴。她通常會找兩個女孩分擔租金，不一定是特別要好的朋友。分租的女孩來來去去。一個年輕小姐，法蘭西絲·卡莉是第二個女孩，住那裡已有一段時日。她曾在皇家戲劇藝術協會待過一陣，隨後轉到斯萊德劇場。現在任職於韋德伯恩藝廊，這是龐德街一處著名的地方。專門在曼徹斯特、伯明罕，有時也在國外安排藝術展覽。她去過瑞士和葡萄牙，頗有藝術家之風，有許多藝術家和演員朋友。」

他停下話頭，清清嗓子，瞄了瞄筆記本。

「還沒有從南非那邊得到多少情報。我想就算有也不多。雷斯特里行蹤不定，去過肯亞、烏干達、黃金海岸，還在南美待過一陣。他就是這樣到處跑，不能安於一處。好像沒人翰他很熟。他自己有不少錢，愛去哪裡就去哪裡。他也賺錢，賺得很多。他愛到荒涼的地方去。和他交往的人似乎都喜歡他，他好像天生就是個浪子，從來不和任何人保持聯絡。我相信，曾經有三次傳說他死了——消失在叢林中再也沒回來——可是他最後總是又回來了，然後過了五、六個月，他會在某個完全不同的地方或國家冒出頭來。

「去年，他在倫敦的哥哥突然去世。他們費了點工夫才找到他。他哥哥的死對他似乎是個重大打擊。或許他覺得流浪夠了，也或許是他終於遇上一個心靈契合的女人。他們說她比他年輕得多，是個老師，是那種很穩重的女人。總而言之，他似乎下定決心，從此以後要結束飄泊的生活，回到英國老家來。他除了自己非常有錢以外，還是他哥哥的繼承人。」

「一個成功的故事和一個不快樂的女孩，」白羅說，「我希望我能對她有更多的了解。你已經竭盡所能為我查明這許多，都是我需要知道的事實。這些人都是那女孩身邊的人，可能影響過她，也可能正在影響她。我想了解她父親、繼母、她愛的那個年輕人、在倫敦的室友以及她的雇主。你確定這女孩和任何死亡事件都沒關聯嗎？這一點很重要——」

「還沒嗅到絲毫氣味，」格比先生說，「她為一家叫作霍姆伯茲的公司工作。這家公司瀕臨破產邊緣，給她的薪資不高。最近，她繼母在一家醫院接受觀察，是一所鄉下醫院。謠言滿天飛，不過好像什麼頭緒也沒有。」

「她並沒有死，」白羅說，「我要的是，」他以嗜血的口氣加上一句：「死亡事件。」

格比先生說他對此表示遺憾，接著站起身來。
「您還想了解些什麼嗎？」
「情報方面就不必了。」
「很好，白羅先生。」格比先生一面將筆記本放進口袋，一面說道，「白羅先生，如果我說的話過於冒昧，請見諒，不過，剛才在這裡的那個年輕女孩——」
「噢，她怎麼樣？」
「這個，當然，她……我想她和這件事沒什麼關係，不過，我想我還是跟您提一聲比較好——」
「請說。我猜，你曾經見過她？」
「是的，幾個月前。」
「你在哪裡見到她？」
「丘園[21]。」
「丘園？」白羅現出些許驚訝的表情。
「我當時並沒有跟蹤她。我在跟蹤另一個人，就是和她碰頭的那個人。」
「那人是誰？」
「我想，對您說也沒什麼關係。那是赫塞哥維納大使館一個低階隨員。」
白羅揚起眉毛。

「這有意思。確實，很有意思。丘園，」他若有所思地說道，「一個幽會的好地點。非常好的地點。」

「我當時也這麼想。」

「他們在一起交談嗎？」

「不，先生，你會說他們互相並不認識。那個年輕女孩拿著一本書，在一個長椅上坐下。她讀了一陣，隨後將它放在身旁。我跟蹤的那人這時就來了，也坐到那個長椅上。他們沒講話，只是那個年輕女孩站起來，慢慢走開了。那人依然坐著，不久他站起來，也離開了。他將那女孩留下的書帶走了。就是這樣，白羅先生。」

「確實，」白羅說，「非常有意思。」

格比先生看著書架，對著它道了一聲晚安，便告辭了。

白羅惱怒地嘆了口氣。

「真是的，」他說，「這太過分了！實在太過分了。現在，我們碰上間諜和反間諜了。我想追查的不過是一樁單純的謀殺案。我開始懷疑，這樁謀殺並非只是存在於一個有毒癮的人的腦子裡！」

21 丘園（Kew Gardens），即倫敦國家植物園。

14

「親愛的夫人——」

白羅彎腰向奧利薇夫人獻上一束典型維多利亞時代風格的花束。

「白羅先生！噢，實在是，你太體貼了。不知為什麼，這花真像你。而我的花老是七歪八扭的。」她先望望插在花瓶裡凌亂不堪的菊花，又回過頭來望望這個以玫瑰花蕾編成、看來頗為呆板的花環。「真謝謝你來看我。」

「夫人，我是來祝賀你恢復了健康。」

「是呀，」奧利薇夫人說，「我想我已經沒事了。」她小心翼翼地搖了搖頭。「不過我還是感到頭痛，」她說，「頭還是痛得厲害。」

「你記得吧，夫人，我警告過你，別做任何危險之舉。」

「你的意思就是叫我別把頭伸出去，任人宰割。而我正是如此。」她又說，「我當時就感覺到周遭有股邪氣，也很害怕。我對自己說，別傻了，你竟然在害怕，有什麼好怕的呢？我的意思是，這是倫敦，倫敦市中心，四周都是人。我的意思是，我怎麼可以害怕？又不是在荒郊野外或是什麼地方。」

白羅若有所思地望著她。他心想，奧利薇夫人真的曾感到膽戰心驚嗎？她真的感受到不祥之兆，覺得有什麼東西或什麼人對她不懷好意，打算對她不利嗎？還是她這些想法全都是事後之明呢？他太了解這種情況多麼容易出現。多少請他辦案的客戶都說過奧利薇夫人剛說過的話：「我知道有些不對勁。我感到有禍事即將臨頭。我知道要出事了。」而事實上，他們什麼也沒感覺到。奧利薇夫人屬於哪一種人呢？

白羅以深思的表情望著她。奧利薇夫人自認是直覺很強的人，而且她的直覺一個接一個，來得極為迅速。她也總是要求別人肯定，說她的直覺正確無誤！

然而，人和動物一樣，常會意識到情況不妙，但不知哪裡出了問題，就和雷陣雨欲來之前狗或貓感到不安一樣。

「你是什麼時候感到害怕的？」

「在離開大路時，」奧利薇夫人說，「在那之前，一切都很尋常，也很令人興奮……沒錯，儘管我因為發現跟蹤別人很不容易也懊惱不已，但我樂在其中。」她頓了頓，思考片刻。「就像玩遊戲一樣。可是突然間，它不再像是遊戲，因為出現奇怪的小街道、破爛頹汙的地方、一些棚屋和為了蓋房子而清出來的空地……噢，我不知道，我無法解釋。反正一切都不一樣了。真像是一場夢。你知道夢是什麼樣子。一開頭在舉行宴會什麼的，接著你突然發現自己來到一片叢林或一個截然不同的所在，這些都是不祥之兆。」

「叢林？」白羅說，「確實，你這麼形容很有意思。所以你覺得你彷彿來到一片叢林，而且你在害怕一隻孔雀？」

「我不知道我是不是特別害怕他。畢竟，孔雀不是什麼危險的動物。只是……我是說我把他看成孔雀，是因為我覺得他是個裝扮華麗的傢伙。孔雀的裝扮就很華麗，對不對？這個壞小子也是。」

「你在被襲之前，一點也沒察覺到有人在跟蹤你嗎？」

「沒有，一點也沒察覺……不管怎麼說，我認為他指給我的是錯誤的方向。」

白羅若有所思地點點頭。

「當然，一定是孔雀打了我，」奧利薇夫人說，「要不然還會是誰？那個一身油膩、髒兮兮的小夥子嗎？他身上的味道是難聞，可是並不陰險。也不可能是腳麻了的法蘭西絲，她披著衣服趴在包裝箱上，黑色的長髮披散一地。她讓我聯想起演員。」

「你說她那時在充當模特兒？」

「對。不是為孔雀，是為那個髒髒的小夥子。我不記得你有沒有見過她。」

「我還沒有這個榮幸……如果這算是榮幸的話。」

「噢，她那副頹廢、藝術家的味道還挺漂亮的呢。化妝很濃，慘白的臉，睫毛膏塗得厚厚的，常見的那種軟塌塌的頭髮散在臉上。她在一家藝廊工作，所以，我想她和那些頹廢派常混在一起，當當他們的模特兒也是很自然的。這些女孩真敢！我想她可能也喜歡那隻孔雀，但也可能是那個髒兮兮的小夥子。反正我沒看見她拿棍子敲我的腦袋。」

「夫人，我還想到另外一個可能性。或許有人注意到你在跟蹤大衛，所以反過來跟蹤你。」

「有人看見我在跟蹤大衛，所以他們就跟蹤我？」

「也可能有人早就躲在小巷或那個工寮裡，正在注意你所注意的那些人。」

「當然，這有可能，」奧利薇夫人說，「不知道這些人可能是誰。」

白羅煩惱地嘆了口氣。

「啊，真難，太難了。那麼多人，那麼多事，我還看不出什麼名堂。我只知道一個女孩，說自己可能犯了謀殺罪！我只想查明這個，而你看，即使是這個也有困難。」

「你說有困難是什麼意思？」

「思考。」白羅說。

思考向來不是奧利薇夫人的長處。

「你總是把我攪得糊里糊塗。」她抱怨道。

「我談的是謀殺，但是，是什麼樣的謀殺呢？」

「我想是謀殺繼母吧。」

「可是那個繼母並沒有被謀殺。她還活著。」

「你這人真令人受不了。」奧利薇夫人說。

白羅在椅子上坐直，十指併攏，準備——至少奧利薇夫人這麼認為——享受一下。

「你不愛思考，」他說，「但是要讓事情有點眉目，你必須思考。」

「我不要思考。我只想知道你在我住院期間都做了什麼事。你一定做了一些事。是什麼呢？」

白羅沒有理會這個問題。

「我們必須從頭想起。有一天，你打電話給我。當時我心情低落。沒錯，我承認我當時心情低落。有人對我說了令我痛心疾首的話。夫人，你非常體貼。你安慰我、鼓勵我，請我喝了一杯美味的巧克力。另外，你不但主動說要幫我，而且還真幫助了我。你幫我找到那個來找我並說自己可能犯了謀殺罪的女孩！夫人，且讓我們自問，這是什麼樣的謀殺？被謀殺的人是誰？謀殺地點在哪裡？出於什麼原因被謀殺？」

「噢，別說了，」奧利薇夫人說，「你又害我頭痛了，這對我沒好處。」

白羅並未理會她的請求。

「到底有沒有人被謀殺？你說被謀殺的是繼母，但我的回答是，繼母並沒有死。所以到目前為止，我們還沒看到有誰被謀殺。但是，應該有人已經被謀殺了。所以我首先要問，死者是誰？有人來找我，提起一樁謀殺事件。一樁不知地點也不知手法的謀殺事件。但是我找不出那樁謀殺事件來。你可能打算對我再說一次，說十之八九她指的是意圖謀殺瑪麗．雷斯特里，但這並不能讓我赫丘勒．白羅滿意。」

「我實在想不通你想要什麼。」奧利薇夫人說。

「我要一樁謀殺案。」白羅說。

「聽你這麼說，好像你很嗜血的樣子！」

「我在尋找謀殺事件，可是我找不出來。這真是令人喪氣……所以，我請你和我一起思考。」

「我有個很棒的想法，」奧利薇夫人說，「安德魯．雷斯特里會不會在匆匆出發前往南非之前謀殺了他的第一任妻子？你想過這種可能性嗎？」

「我當然沒想過這種事。」白羅憤憤說道。

「而我卻想過，」奧利薇夫人說，「這很有意思。他愛上別的女人，他想跟她私奔，所以他謀殺了他的第一任妻子，而任何人都不曾起疑過。」

白羅帶著惱怒嘆出長長一口氣。

「可是他的妻子是在他出國到南非十一或十二年後才死的；而且那時候他的女兒才五歲，也不可能和她媽媽的謀殺事故有牽連。」

「她可能把錯誤的藥拿給她媽媽吃，或雷斯特里只告訴她說媽媽死了。再怎麼說，我們並不知道她是否真的死了。」

「我知道，」白羅說，「我查過了。第一任雷斯特里太太死於一九六三年四月十四日。」

「你怎麼會知道這些事？」

「因為我雇人去查過。我請求你，夫人，不要這樣莽莽撞撞驟下這種不可能的結論。」

「我還覺得我挺聰明的呢，」奧利薇夫人固執地說道，「要是我用它來寫一本書，我就會安排這種情節。我要讓那個女孩子去下手。她當然不是存心的，而是她爸爸叫她端給她媽媽一杯下了那玩意兒的飲料。」

「不是這麼回事，不是這麼回事！」白羅說。

「好吧，」奧利薇夫人說，「你說說你的看法。」

「可惜，我沒有什麼可說的。我在尋找謀殺事件，只是一個也找不到。」

「瑪麗・雷斯特里病了，進醫院好轉之後出了院，可是很快又再度病倒，你當然找不到。如果他們去查，或許會發現諾瑪在什麼地方藏有砒霜之類的東西。」

「他們確實找到了這些東西。」

「那麼，說真的，白羅先生，你還想怎麼樣呢？」

「我想請你注意語言的意義。那個女孩跟我說的話，和她跟我的管家喬治說的完全一樣。她並不是說『我想殺死某某人』或『我想殺死我的繼母』，每一次她說的都是一個已完成的動作、已經發生的事情，絕對是已經發生的事情，她用的是過去時態。」

「我投降，」奧利薇夫人說，「你就是不相信諾瑪想殺死她的繼母。」

「不，我相信諾瑪完全有可能企圖殺死她的繼母。我認為很可能發生了這樣的事，這很符合心理學的角度，和她的狂亂心態頗相一致。可是，這件事並沒有得到證明。請記住，任何人都有可能將一劑砒霜放在諾瑪的私人物品裡面。甚至有可能是那個丈夫放的。」

「你似乎總認為謀殺妻子的一定是她們的丈夫。」奧利薇夫人說。

「通常做丈夫的最有可能，」白羅說，「因此，首先就要考慮他。也可能是諾瑪那女孩，也可能是傭人之一或是那個伴護小姐，甚至可能是羅德瑞克老爵士。連雷斯特里太太自己也有可能。」

「胡說八道。為什麼？」

「還是可能有理由的。雖然這些理由頗為牽強，不過尚未荒謬到不可信的程度。」

「真是的，白羅先生，你不能什麼人都懷疑。」

「不，我只能這樣。我懷疑每個人。我先懷疑，接著去找理由。」

「那個可憐的外國女孩能有什麼理由呢？」

「這要看她到雷斯特里家去做什麼、她為什麼到英國來，還有其他等等因素。」

「你真是瘋了。」

「也可能是那個年輕人大衛，你的孔雀。」

「這太扯了。大衛不在那房子裡，他從來沒有走進他們家過。」

「不，他去過。我造訪雷斯特里家的那天，他正在走廊裡晃蕩呢。」

「可是他並沒有在諾瑪的房間裡放毒藥。」
「你怎麼知道？」
「她和那個壞小子正在談戀愛呢。」
「我承認，這兩人像是在戀愛的樣子。」
「你喜歡把任何事情都弄得複雜。」奧利薇夫人抱怨道。
「絕無此事。對我來說，這些事情本身就夠複雜的了。我必須了解情況，只有一個人能告訴我，而她卻失蹤了。」
「你是指諾瑪。」
「沒錯，我指的是諾瑪。」
「可是她並沒有失蹤。我們找到她了，我和你兩個人。」
「她走出那家咖啡館後，就再度失去蹤影。」
「而你就讓她走了？」奧利薇夫人顫抖著聲音責備道。
「可惜！」
「你就讓她走了？你甚至沒試過再去找她？」
「我並沒有說我沒試過去找她。」
「但是到目前為止，你還沒有找到她。白羅先生，我對你真是失望。」
「這其中有種關聯，」白羅夢囈似地說道，「沒錯，有一種關聯在。但是因為缺少一個因素，這種關聯就說不通了。你明白我的意思，對吧？」

「不明白。」奧利薇夫人說，她的頭正痛著。

白羅繼續說著話，與其說是在對她講，不如說是在自言自語。奧利薇夫人也是有聽沒有到。她對白羅甚是惱怒。她暗自思忖，雷斯特里家那女孩說的對，白羅太老了！瞧，她已為他在咖啡館找到那女孩，打電話給他讓他及時趕到，而她自己又去跟蹤她的男友。她把這女孩交給白羅，而白羅做了什麼……他竟然讓她跑了！事實上，無論在何時在何地，她從沒看過白羅做過什麼有用的事。她對他太失望了。等他閉上嘴巴，她就要這麼告訴他。

白羅正在解釋他所說的「模式」是什麼意思，一派平靜自若、有條不紊。

「事情交纏不清，是的，它們交纏不清，所以這麼困難。一件事關係到另一件，接著你又發現它和另一樁似乎不在關聯之內的事有關係；可是，它又不是在關聯之外。所以，嫌疑人的名單就愈來愈長。是什麼樣的嫌疑呢？這又是一個未知數。我們先是碰到這個女孩，然後我得重組各種互相矛盾的脈絡，提出最中肯的問題，再去找答案。那女孩是受害者嗎？她的處境危險嗎？或者，她是個非常狡詐的女孩？她是為了達到自己的目的而刻意製造出某種印象嗎？兩者都有可能。我還需要一樣東西，一樣確鑿的指標，只是不知它在哪裡。我確定它一定存在於什麼地方。」

奧利薇夫人正在她的手提包裡翻弄著。

「我真不懂，為什麼每次我想找阿斯匹靈的時候總是找不著。」她的聲音充滿煩惱。

「我們有一組聯繫十分緊密的關係。父親、女兒和繼母，他們的生活是相互關聯的。我們有一位老舅父和他們同住，他有些糊塗。我們還有一個叫作索尼雅的女孩，她和那位舅父有關係，她為他做事，她的風度和舉止優雅美麗。他喜歡她。我們可以說，他有點寵她。可是她在這家人當中是個什麼樣的角色呢？」

「我想她是想學英文吧。」奧利薇夫人說。

「她在丘園會見了赫塞哥維納使館的一位工作人員。她和他在那裡碰面，但她並沒有和他說話。她留下一本書，而他把那本書拿走——」

「這是怎麼回事？」奧利薇夫人說。

「這件事和另一個模式有關嗎？我們還不知道。看似無關，但也可能並非無關。會不會是瑪麗‧雷斯特里無意中撞見一些可能對那女孩不利的事呢？」

「別跟我說這一切和間諜的事情有關。」

「我沒有這樣說，我只是在想而已。」

「你自己說過，老羅德瑞克爵士有些糊塗。」

「這不是他糊不糊塗的問題。他是戰時相當有分量的人物，經手過一些重要文件。他可能收到過重要的信件。這些信一旦失去了重要性，就任由他保存下來。」

「那都是好些年前的事了。」

「沒錯。但是過去的事並不會因為它發生在多年前就因此了結。新的聯盟形成了，各種演說忽而駁斥這個，忽而否定那個，說著各式各樣的謊言。或許是有一些信件和文件被保存下來，而它們能改變某個人物的形象。你知道，我現在並非在解釋，我只是在做臆測。就我所知，我所臆測的情況過去確實發生過。有一些信件或文件至關緊要，非毀掉不可，否則就會落到某個外國政府的手裡。一個幫助年老貴族寫回憶錄而收集材料的迷人年輕女孩，豈不是最能勝任這樣的工作？這年頭，人人都在寫回憶錄，你無法叫他們不寫！假設這繼母的飯菜裡被放入什麼東西，而那天做菜的人正好是這位伴護兼幫手的祕書呢？會不會是這個祕書精心安排，讓嫌疑落在諾瑪的頭上呢？」

「你這是什麼腦袋，」奧利薇夫人說，「邪門歪道，我只能這麼形容。我的意思是，你所說的一切都不可能發生。」

「或許吧，模式太多了，哪一種是正確的呢？諾瑪這女孩離開家，去了倫敦。你告訴過我，她是第三個女孩，和另外兩個女孩合住一間房子。這其中可能又是一種『模式』。那兩個女孩她都不認識。可是後來我又得知了什麼呢？克勞蒂亞．里斯—霍蘭是諾瑪．雷斯特里父親的私人祕書。這裡我們又多了一層關係。這純粹是巧合嗎？還是背後有什麼『關聯』存在呢？另外一個女孩，就是你說那天當模特兒的那個，她認識你稱為孔雀的年輕人，也就是正和諾瑪談戀愛的那個。這又是一層關係。所以關係更多了。大衛——那隻孔雀——在這當中又是什麼角色呢？他愛諾瑪嗎？看來似乎如此。這很有可能又很自然，所以她的父母很不高興。」

「克勞蒂亞．里斯—霍蘭是雷斯特里的祕書，這倒有點怪，」奧利薇夫人若有所思說道。「我得說，她做什麼都效率奇高。或許是她把那女人推出八樓窗戶的。」

白羅慢慢朝她轉過頭去。

「你說什麼？」他問，「你在說什麼？」

「那棟大樓裡有個人——我連她的名字也不知道——從八樓的窗戶掉下來，或者說跳下來自殺了。」

白羅提高了嗓門，聲音也變得嚴峻。

「而你竟然沒告訴我？」他語帶責備說道。

奧利薇夫人瞪大眼睛，吃驚地望著他。

「我不明白你是什麼意思。」

「我是什麼意思？我請你告訴我哪裡有死亡事件，我就是這個意思，一樁死亡事件！而你卻說沒有，你只想到企圖下毒，可是其實真的有人死了，有個人死在……那棟大樓叫什麼名字？」

「鮑羅登大樓。」

「對，對。那是什麼時候發生的？」

「這起自殺嗎？或者不管它是什麼吧。我想……對了，是我到那兒去之前一星期。」

「好極了！你怎麼聽說的？」

「送牛奶的人告訴我的。」
「送牛奶的，我的上帝！」
「他只是閒聊而已，」奧利薇夫人說，「聽起來很慘。是白天發生的……我想是一大清早。」
「她叫什麼名字？」
「我不知道，他沒提。」
「年輕、中年，還是老人？」
奧利薇夫人想了想。
「這個，他沒說她確切的歲數。我想，他說她是五十來歲吧。」
「這其中大有問題。三個女孩有誰認識她嗎？」
「我怎麼知道？她們誰也沒提起過這件事。」
「而你也沒想到要告訴我。」
「真是的，白羅先生，我看不出這和那些事有什麼關係。呃，我想也許有關係……但誰也沒這樣說過，甚至沒這樣想過。」
「可是，那其中確有關聯。諾瑪這女孩住在那棟大樓裡，有一天有人自殺了（我想，那是普遍的印象）。換句話說，有人從八樓的窗戶跳下或掉下來，就這麼死了。然後呢？幾天後，這個叫作諾瑪的女孩在一個聚會上聽到你提起我，上門來找我。她對我說，她擔心自己可能犯了謀殺罪。你看不出來嗎？有人死了，而不出幾天後，有人認為自己可能犯了謀殺罪。沒錯，她說的謀殺一定就是這個。」

奧利薇夫人想說「胡說八道」，但沒敢說出口。儘管如此，她心裡就是這麼想。

「那麼，這一定就是我先前所不知悉的那樁事實了。這應該能拼湊出事情的全貌來！沒錯，雖然我還不知道其中的來龍去脈，但事情一定是這樣。我得想想，我必須思考，我得回家想想，直到這些片段拼湊在一起為止，因為，這是能讓一切聯繫起來的關鍵……沒錯。終於，我終於看出眉目了。」他站起身，說道：「親愛的夫人，再見。」

說完他便匆匆走出房間。奧利薇夫人終於爆發了。

「胡說八道，」她對著空盪盪的房間說，「完全是胡說八道。不知道吃四片阿斯匹靈會不會太多？」

15

白羅手邊是一杯喬治為他準備的大麥茶。他邊喝邊思考著。他的思考方式別具一格。這種篩選思緒的技巧，和玩拼圖遊戲時挑選圖塊頗相類似。慢慢的，那些思緒會拼湊起來，成為一幅清清楚楚、相合無間的圖樣。此時此刻，重要的是進行選擇、加以識別。他喝了一口大麥茶，放下杯子，雙手放在椅子扶手上，讓他的拼圖塊一片一片地進入腦海。一旦一一確認後，他就加以選擇。天空的圖塊，碧綠河岸的圖塊，還有些類似老虎斑紋的條紋圖塊……

穿著黑漆皮鞋的雙腳有些疼。他從這裡開始想起。他沿著好友奧利薇夫人為他指出的思路往下走。一個繼母。他看見自己一隻手落在一扇門上。一個女人回過頭來，一個正低頭修剪玫瑰廢枝殘葉的女人轉過頭來看著他。這裡有什麼他要注意的？什麼都沒有。金髮，一頭有如玉米田金光閃閃的頭髮，又是麻花又是髮捲的髮型，他不由得想起奧利薇夫人的頭髮。他微微一笑。不過，瑪麗・雷斯特里的頭髮比奧利薇夫人的整齊得多。這一頭金髮襯著她的臉龐，顯得過於蓬大。他記得雷斯特里老爵士說過，她因為生過病，不得不戴假髮。對這麼年輕的女人來說，這是挺悲哀的。他突然想到，那假髮對她的頭顱來說，似乎不尋常的沉重，而且太死板，太一絲不苟。他想著瑪麗·雷斯特里的假髮——不妨假設那是假髮——因為他無從確定羅德瑞克爵士的話是否可靠。他仔細考慮了假髮的可能性，以防遺漏了它的什麼特殊意義。他回顧他們之間的談話。他們談到什麼重要的事嗎？他想沒有。他回想起他們走進去的那個房間，一間毫無特色、不久前才擴充出來的房間。牆上掛著兩幅肖像，一幅肖像上的女人穿著淺灰衣服，薄薄的嘴唇緊抿著。頭髮是棕灰色的……這是雷斯特里的前妻，她看上去比她丈夫老。他的肖像掛在對面牆上，和她的肖像相對，兩幅畫像都很出色。蘭斯伯格是個不錯的肖像畫家，白羅的心思落在丈夫那幅肖像畫上。第一次他沒看真切，不像他後來在雷斯特里辦公室裡那麼真切……

安德魯·雷斯特里和克勞蒂亞·里斯—霍蘭。這裡面有什麼蹊蹺嗎？他們的過從超過了一個單純老闆和祕書應有的關係嗎？不見得。他去國多年後回來，既無密友又無親戚，女兒的個性和行為令他既惶惑又煩惱。他請他最近聘得的能幹祕書為女兒在倫敦找個房子，這很可能，也很自然。就她這方面來說，提供這樣的落腳之處勿寧是順水人情，因為她正在尋找「第三個單身女郎」。第三個單身女郎……這個他從奧利薇夫人那裡學到的字眼，總是浮現在他的腦海，彷彿它別有一層含義似的，但不知何故，他總無法參透。

他的管家喬治走進房間，小心翼翼地帶上身後的門。

「主人，一位年輕的小姐來訪。就是那天來的那位。」

這件事來得實在太巧，正好和白羅心中所想不謀而合。他驚訝地坐直身子。

「是進早餐時候來的那位小姐嗎？」

「噢，不是，主人。我是說和羅德瑞克·霍斯菲爵士一起來的那位。」

「噢，原來如此。」白羅揚起眉毛。「請她進來。她人呢？」

「我把她帶到萊蒙小姐的房間去了，主人。」

「啊，好，帶她進來吧。」

索尼雅並沒有等喬治來叫她。她在他前頭快步走進房間，頗有挑釁的味道。

「我一直很難走得開，不過我要來告訴你，我並沒有拿那些文件，我什麼東西也沒偷。你聽明白了嗎？」

「有人說你拿了嗎？」白羅問，「請坐，小姐。」

「我不想坐，我沒時間。我來只是要告訴你，那純粹是造謠。我很誠實，做的事都是別人吩咐我去做的。」

「我了解你的意思。我已經明白了。你是來表明你沒有動過羅德瑞克·霍斯菲爵士的任何文件、資料、信件？是這樣，對吧？」

「沒錯，我就是來告訴你這個。他信任我，他知道我不會做出這種事。」

「那很好，這項聲明我聽到了。」

「你想去找那些文件嗎？」

「我手頭還有其他案子要調查，」白羅說，「羅德瑞克爵士的文件得等一等。」

「他很擔心，非常擔心。有些事我不能對他說，而我現在要對你說。他很會掉東西，東西往往不在他以為的那些地方。他把東西放在——怎麼說才好呢——放在令人啼笑皆非的地方。噢，我知道，你懷疑我，每個人都懷疑我，因為我是外國人，因為我來自外國，所以他們認為……他們認為我偷走了機密文件，就像你們那些爛英國間諜小說所描述的那樣。我不是那樣的人，我是個知識份子。」

「啊哈，」白羅說，「很高興知道這一點。」他又說：「你還有什麼話要跟我說嗎？」

「我為什麼要跟你說什麼話？」

「誰知道呢？」

「你說有其他案子，是什麼樣的案子？」

「啊，我不想耽誤你的時間。今天大概是你的休假日吧？」

「對，一個星期一天，我愛做什麼就做什麼。我可以來倫敦，也可以去大英博物館。」

「啊，沒錯，還可以到維多利亞和艾伯特博物館去。」

「就是這樣。」

「還可以去國家藝術館看畫。如果天氣好，你還可以到肯辛頓公園去，甚至走得更遠，到丘園去。」

她呆住了。她向他投去的目光中帶著憤怒和疑問。

「你為什麼說丘園？」

「因為那裡有一些非常漂亮的花草和樹木。啊！你可不能錯過丘園。門票非常便宜，我想是一便士或兩便士吧。花那麼少的錢你可以看到熱帶樹木，或是坐在椅子上看看書。」他帶著能令她融化戒心的微笑對她說，一面很有興味地注意到她愈來愈不安。「不過，小姐，我不能再耽誤你的時間了。或許你還要去哪個大使館看望朋友。」

「你為什麼要這麼說？」

「沒有特別理由。正如你所說，你是個外國人，在本地的貴國大使館內有些朋友是很可能的。」

「有人對你說過什麼事吧？有人告發過我！我告訴你，他是個傻老頭，喜歡亂放東西，就是這樣。他什麼重要的事都不知道。他根本沒有機密文件，從來沒有過。」

「啊，你現在說的話有點不經大腦。你知道，歲月如梭，他曾經是個掌握許多重要機密的要人。」

「你想嚇我。」

「沒有，沒有。我還不至於荒謬到那種地步。」

「那就是雷斯特里太太。是雷斯特里太太對你說的吧？她不喜歡我。」

「她可沒對我說過這些。」

「噢，我不喜歡她，她是那種我誤以為可以信任的女人。我認為她才有祕密。」

「真的嗎？」

「真的，我認為她有事瞞著丈夫。我認為她常到倫敦或什麼地方去見別的男人，至少是去見另外一個男人。」

「真的？」白羅說，「這真有意思。你認為她是去和另外一個男人見面嗎？」

「是的，我認為如此。她常到倫敦來，我想她不是每次都告訴她丈夫，要不就說她是來購物或買什麼東西。反正都是這種藉口。他公事忙得很，不會去想他太太為什麼要來。她在倫敦的時間比在鄉下的時間多。她還假裝喜歡園藝。」

「你不知道她見的那人是誰吧？」

「我怎麼會知道？我又沒跟蹤她。雷斯特里先生不是個多疑的人。他老婆告訴他什麼，他就信什麼。他大概總想著他的生意。還有，我認為他在為女兒擔心。」

「沒錯，」白羅說，「他確實在為他的女兒擔心。你對他的女兒了解得多不多？你跟她熟嗎？」

「我跟她不很熟。如果你問我怎麼想……好吧，我就告訴你！我認為她瘋了。」

「你認為她瘋了？為什麼？」

「有時候她會說些奇怪的話，會看見一些根本不存在的東西。」

「看見不存在的東西？」

「看見不存在的人。有時候她非常激動，有時候又好像在作夢。你對她說話，她聽不見你在說什麼，也不回答。我想，她恨不得有些人死了才好。」

「你是指雷斯特里太太嗎？」

「還有她父親。她看他的樣子，彷彿對他恨得牙癢癢的。」

「就因為他們不願讓她和她喜歡的年輕人結婚？」

「對，他們不願意讓他們結婚。當然，他們的眼光是正確的，不過這讓她很氣憤。」索尼雅喜孜孜地點點頭，接著又說：「我想，總有一天她會自殺。我希望她別做這種傻事，不過當一個人愛得很深的時候，是會做出這種事。」她聳聳肩膀。「噢，我得走了。」

「再告訴我一件事就好。雷斯特里太太戴假髮嗎？」

「假髮？我怎麼會知道？」她想了想。「沒錯，她可能是，」她承認。「這在旅行時候很有用，而且也時髦。我自己有時候就戴假髮，一個綠色的！至少我戴過。」她又加上一句：「我走了。」便離開了。

／16

「今天我有很多事情要做，」第二天早上，赫丘勒·白羅從早餐桌旁站起身去找萊蒙小姐。「要去調查。需要查問、約見、聯繫的，你都為我準備好了嗎？」

「當然，」萊蒙小姐說，「全在這兒。」

她將一個小公事包遞給他。白羅迅速翻看了一下內容，點點頭。

「萊蒙小姐，事情交給你我總能放心，」他說，「太棒了。」

「真是的，白羅先生，我看不出這有什麼了不起。你吩咐，我照辦，順理成章而已。」

「哈，可不像你說的那麼順理成章，」白羅說，「我不也常吩咐煤氣工、電器工，和常來修理東西的那個老兄？他們總是依照我的吩咐做了嗎？難得照做一回，太難得了。」

他走進廳廊。

「喬治，拿一件稍厚一點的外套。我想，秋寒就要來了。」他又向祕書的房間探了探頭。「對了，你對昨天來過的那個年輕女孩有什麼看法？」

萊蒙小姐收回剛放在打字機上的十指，簡單扼要說道：「外國人。」

「沒錯，沒錯。」

「明顯是外國人。」

「除了這個，沒有別的了嗎？」

萊蒙小姐想了想。

「我無從判斷她的能力，」她沒啥把握地補充道，「她似乎在為什麼事情氣惱。」

「沒錯。你知道，有人懷疑她偷竊！不是偷錢，是文件，偷她雇主的文件。」

「天哪，天哪，」萊蒙小姐說，「是重要文件嗎？」

「很有可能。但也可能他什麼東西都沒丟。」

「噢。」萊蒙小姐說道，以一種特殊的眼神望了老闆一眼，表示她希望他走開，好讓她以適當的熱忱繼續工作。「噢，我總說，如果你要雇用人，最好把自己的立場弄清楚，而且，要用國貨。」

白羅出了門，他的第一站是鮑羅登大樓。他搭計程車前往。他在大樓庭院旁下了車，四下打量。一個身著制服的門房站在門邊吹口哨，是一首帶點悲涼的曲子。看到白羅朝他走來，門房說：「有事嗎，先生？」

「這裡最近發生了一起慘劇，」白羅說，「不知道你能不能告訴我詳情？」

「慘劇？」門房說，「我一點兒也不知道。」
「一位女士從樓上跳下來，或者說是掉下來，摔死了。」
「噢，你說的是那個。我一點也不清楚，因為我才來上班一個星期。嗨，喬。」
對街出現另一個門房，朝他們走過來。
「你知道那位從八樓摔下來的女士吧？大概一個月前，對不對？」
「沒那麼久，」喬說。這人有點年紀了，說話慢條斯理。「出這種事真晦氣。」
「她當場就斷氣了嗎？」
「是的。」
「她叫什麼名字？你知道，她可能是我的一個親戚。」白羅解釋道。他可不是一個怕說假話的人。
「這樣啊，先生，聽到這種事，很令人難過。她是查彭蒂太太。」
「她在這裡住很久了嗎？」
「這個，讓我想想……差不多一年，大概有一年半……不，我想一定有兩年左右了。她住在八樓，七十六號。」
「那是頂樓吧？」
「沒錯，先生，是查彭蒂太太。」
白羅並沒有追問其他詳情，因為照理說，他應該了解自己的親戚。所以他這麼問：「這件事有沒有引起很大的騷動和疑問？那是什麼時候發生的？」

「我想是凌晨五、六點吧。沒有任何預兆，她就這麼摔了下來，雖然是一大清早，可是人立刻來了一堆，都是穿過欄杆過來的。你知道，人就是這個樣子。」

「當然，警察也來了吧。」

「噢，沒錯，警察很快就趕來了。還來了個醫生和救護車，就跟平常一樣，」那門房的語氣有氣無力，彷彿每個月總會碰上一兩次有人從八樓往下跳似的。

「我想，這裡的住戶聽說出了事，都從自己的房間跑下來看吧？」

「噢，從裡面跑出來的人沒那麼多，往來的交通和附近的噪音這麼大，所以大部分的人都不知道這回事。有人說，她墜下的時候尖叫了一聲，但並沒有引起什麼騷動，只有街上的路人看到了。當然，他們就趴在欄杆上伸著脖子看，別人瞧見他們伸長脖子，也都湊過來看。你知道，出了事故後是什麼狀態！」

白羅表示，他了解發生事故後會有什麼狀態。

「她一個人住吧。」他似問非問地說道。

「沒錯。」

「不過，我想，她在這裡應該有些朋友吧？」

喬聳聳肩，搖搖頭。

「大概有吧。我不清楚。沒怎麼見過她和我們這兒的人一起出現在餐廳裡。有時候，她會和一些外頭的朋友在這兒吃晚餐。沒有，我敢說她在這兒沒什麼特別要好的朋友。」喬說，語氣有點不耐。「如果你想打聽她的事，你最好去找這兒的經理人麥克法倫先生聊聊。」

「啊，謝謝你，我正打算去找他。」

「先生，他的辦公室就在那座大樓裡，在一樓。門上有標示，你會看見的。」

白羅照著他指點的方向走去。他從公事包裡拿出萊蒙小姐為他準備的第一封信，上面寫著「麥克法倫先生」。麥克法倫先生是個英俊瀟灑的男人，年約四十五歲，看來精明能幹。白羅將信遞給他。他打開讀了起來。

「啊，是的，」他說，「我明白了。」

他將信放在寫字檯上，望著白羅。

「關於露薏絲．查彭蒂太太的慘死，屋主指示我，要盡我所能提供你一切協助。那麼，你想知道些什麼呢，呃——」他又瞄了一眼那封信。「白羅先生？」

「這一切都是非常機密的，」白羅說，「她的親屬已經從警方和一個律師那裡接到通知。因為我正好要到英國來，他們急著要我多了解一些她私人的事情，如果你明白我意思的話。只有官方報告，是很令人氣餒的。」

「是，確實如此。沒錯，我很了解，那一定十分令人難過。好，我會盡量把一切都告訴你。」

「她住這裡多久了？怎麼會租下那間房子的？」

「她住這裡已經……我可以查出確切時間……兩年左右了。當時這裡有一間房子空出待租，我想，要離開這裡的那位女士可能認識露薏絲，退租前告訴了露薏絲。那位女士是懷爾德太太，在英國廣播公司工作。她在倫敦住了一段時間，正打算去加拿大。她是非常好的女人。我想，她跟死者完全不熟，只是偶然提到她打算退租。查彭蒂太太很喜歡那房子。」

「你覺得她是個好房客嗎？」

麥克法倫先生躊躇了片刻，這才回答道：「是的，她是個令人滿意的房客。」

「你可以對我明說，用不著顧慮什麼，」白羅說，「常舉辦狂歡聚會吧，呃？我們是不是可以說，她的娛樂有點快樂過頭了？」

麥克法倫先生不再那麼言詞謹慎。

「是有人「時不時抱怨，不過多半是上了年紀的人。」

白羅做了個意味深長的手勢。

「沒錯，先生，她是有點貪杯，常找人來狂歡作樂，所以會造成一些困擾。」

「她喜歡找男人？」

「這個，我不想說得這麼難聽。」

「是，不過，你心裡有數。」

「她其實不年輕了。」

「光靠外表往往很難判斷。你看她有多大年紀？」

「很難說，四十、四十五。」他又加上一句：「你知道，她身體不大好。」

「據我所知是如此。」

「她酒喝太多了，毫無疑問。喝完後她就情緒低落，對自己疑神疑鬼。我想她常去看醫生，但又不信醫生說的話。她認為自己有癌症……女人總會有這種念頭，尤其到了那種年紀。她自己相當肯定，雖然醫生一再向她保證，她總是不信。驗屍報告上說，她其實沒有任何毛病。噢，我們每天都會聽到這種事情。她的情緒變得過於亢奮，終於在這麼一天——」

他點了點頭。

「真是悲哀，」白羅說，「大樓當中有她什麼特別的朋友嗎？」

「據我所知是沒有。你知道，這裡稱不上是個敦親睦鄰的地方。多半住戶都上班，都有工作。」

「我想，克勞蒂亞．里斯—霍蘭小姐可能是她的好朋友。我不知道她們是否認識。」

「克勞蒂亞．里斯—霍蘭小姐嗎？不，我想不會。噢，我是說，她們可能是點頭之交，一起乘電梯上樓的時候說上幾句什麼的。但我不認為她們有密切往來。你知道，她們不是同一代的人。我的意思是——」麥克法倫先生似乎有些慌張。白羅覺得很納悶。「我相信，有個和霍蘭小姐同住一間房子的女孩認識查彭蒂太太，是諾瑪．雷斯特里小姐。」

「她是她的好朋友嗎？」

「我不知道，她新近才剛搬來這裡，看見她我恐怕都認不出來。她是一個看起來總是驚惶害怕的年輕小姐。我敢說，她才踏出校門不久。」他又說，「先生，還有什麼我能效勞的嗎？」

「沒有了，謝謝你，您太熱心了。不知道我能不能看看那間房子。這完全是為了能夠有個交——」白羅欲言又止，沒有說完他想說的話。

「這個，讓我想想。目前是一位崔維斯先生住在那裡。他整天都待在倫敦城內。好吧，你願意就隨我來吧，白羅先生。」

他們登上八樓。麥克法倫先生正拿出鑰匙，一個門牌號碼從門上掉落，差點掉在白羅的漆皮鞋上。他靈巧地一跳，隨後彎腰把它拾了起來。他小心翼翼地將那號碼上的釘子釘回門上。

「這些號碼牌鬆了。」他說。

「很抱歉，先生，我會記下來。確實，它們日久損耗，常常鬆動……噢，這就是。」

白羅走進客廳。眼前的客廳布置得毫無特色。牆上貼著木紋紙，屋裡淨是舒適的傳統家具，唯一帶點個人色彩的是一台電視機和一些書。

「你知道，每間房子都附贈一部分的家具，」麥克法倫先生說，「房客什麼都不用自備，除非他們自己願意。我們大都針對經常來去的房客做設計。」

「裝潢也都一模一樣嗎？」

「不完全一樣。大家似乎都喜歡這種原木的效果，很適合當掛畫的背景。唯一不同的是對著門的那堵牆，我們準備了整套的壁畫，大家可以從中挑選。一套有十張，」麥克法倫先生帶著幾分自豪說道，「有這樣的日本畫……非常藝術，你不認為嗎？還有一張英國花園的畫，鳥兒栩栩如生；有一張樹林畫，五顏六色，諧趣十足，有一種耐人尋味的抽象效果；還有線條和方塊、色彩對比強烈的圖案等等。全都是優秀的藝術家設計的。我們的陳設也是如此。有兩種顏色可選，當然，房客可以隨意增添自己喜歡的物品。不過，他們一般都不願費這個心。」

「也許可以這麼說，他們大都不是家居的人。」白羅說。

「確實，他們都像候鳥般飛來飛去，要不就是忙忙碌碌，只要實惠、舒適、水電雜務不出毛病就好，對裝飾並不在意。儘管我們也有一兩間由房客自行裝潢的房子，但從我們的觀點看，其實並不令人欣賞。我們不得不在租約上寫上一條：使用後房間必須恢復原狀，否則要承擔拆除費用。」

他們好像離查彭蒂太太之死的話題太遠了。白羅走近窗邊。

「就是從這裡掉下去的？」他特意壓低聲音。

「是的，就是這扇窗。左手邊那個，它有個陽台。」

白羅探出窗外，向下俯看。

「八層樓，」他說，「挺高的。」

「確實，我可以欣慰地說，一摔下就斷氣了。當然，這或許是一樁意外。」

白羅搖搖頭。

「麥克法倫先生，你不可能真的那麼想吧？這絕對是人為的。」

「哦，人總是喜歡挑容易的說。恐怕她不是個快樂的女人。」

「謝謝你，」白羅說，「你真熱心。我可以向她在法國的親戚說清楚了。」

然而，他對此一事件的全貌卻不如他所希望的那般清晰。他認為露薏絲・查彭蒂太太之死事關緊要，可是到目前為止，沒有任何證據可以證明這一點。他若有所思地反覆念著這個名字。露薏絲……為什麼露薏絲這名字總是縈繞不去？他搖搖腦，謝過麥克法倫先生，告辭離去。

17

尼爾探長坐在辦公桌後面，顯得官架十足，一絲不苟。

他禮貌地和白羅打了招呼，示意他在一張椅子上坐下。一等那個將白羅帶進來的年輕人離開，尼爾探長的態度頓時一變。

「你現在在追查什麼，你這神祕兮兮的老壞蛋？」

「這個，」白羅說，「你已經知道了。」

「噢，沒錯，我已經找出一些東西了，不過我想，你從那個洞裡是弄不出多少名堂來的。」

「為什麼說它是『洞』？」

「因為你活脫就像個敏捷的捕鼠動物，像一隻蹲在洞口等候老鼠出洞的貓。唉，如果你問我，我會說這個洞裡一隻老鼠也沒有。請注意，我並不是說你無法把一些值得懷疑的交易揭發出來。你了解這些金融家。我敢說，在礦業、特許權、石油這些行業當中一定有不少爾虞我詐的買賣。不過，喬舒亞雷斯特里公司一向信譽良好。它是家族企業，或者說曾經是家族企業，只是現在不能這麼稱呼它了。西蒙・雷斯特里沒有孩子，他弟弟安德魯・雷斯特里只有這個女兒，母親那邊還有一個老姨媽。安德魯・雷斯特里的女兒離開學校後，她母親就去世了，從那以後她就和姨媽住在一起。大約六個月前，她姨媽因中風而過世。我相信她有點瘋癲，參加過一些奇怪的宗教團體，不過那些團體沒什麼危害。西蒙・雷斯特里精明能幹，是個不折不扣的生意人，太太很會社交應酬。他們結婚很晚。」

「安德魯呢？」

「安德魯對於浪跡天涯似乎有股狂熱。至今尚未發現他有任何不法行為。他從來不在一個地方長住，遊遍了南非、南美、肯亞以及其他許多地方。他哥哥不只一次逼他回來，可是他全當成耳邊風。他不喜歡倫敦，也不愛做生意，不過他似乎具備雷斯特里家族生意人的稟賦。他尋找礦藏，做的就是這類生意。他既不愛獵象，也不是考古學家、植物學家這一類人。他做的交易全是商業性質，而且總是獲利豐厚。」

「這麼說，他雖然我行我素，但是做法上還是很傳統？」

「是的，這麼說雖不中亦不遠矣。我不知道他為什麼會在他哥哥死後回到倫敦。可能是那位新婚妻子的緣故吧，他又結了婚。那女人很漂亮，比他年輕許多。目前他們和老羅德瑞克・霍斯菲爵士住在一起，他的妹妹嫁給了安德魯・雷斯特里的叔叔。不過，我想他們僅是暫住。這些對你來說是新聞嗎？還是你早已知道了？」

「大部分我都聽說了，」白羅說，「兩方家庭有過精神病患嗎？」

「恐怕沒有這方面的問題，除了那個老姨媽和她那些異想天開的宗教信仰。不過這對一個獨身女人來說並沒有什麼奇怪的。」

「所以，你只能告訴我，他們家很有錢？」白羅說。

「很有錢，」尼爾探長說，「而且都是正當取得的。對了，有一部分資產是安德魯．雷斯特里帶進公司來的。南非的特許權、礦山和礦藏。我敢說，等到這些資產開發或是上市後，一定是一筆天文數字。」

「將來由誰來繼承呢？」白羅問。

「這要看安德魯．雷斯特里如何安排。決定權在他，不過，顯然除了他的太太和女兒外，別無他人。」

「這麼說，這兩人有朝一日都可能坐擁一筆鉅額遺產了？」

「我想是如此。我相信家庭信託基金之類的財產也不會少。這些都是倫敦商界的慣常做法。」

「他是否對其他事情有興趣呢？譬如說，別的女人？」

「沒聽說有這種事。我想這不大可能，他才新娶了一個漂亮太太。」

「一個年輕人，」白羅若有所思地說道，「會不會很容易就得知這些情況？」

「你的意思是，所以便想娶這個女兒嗎？沒有東西阻止得了他，即使她成為法院的受監護人或做了類似的安排。當然，如果她爸爸願意，他可以解除她的繼承權。」

白羅低頭看看手上那張寫得工工整整的單子。

「韋德伯恩藝廊這個地方怎麼樣？」

「我不懂，你怎麼會扯到那個地方去？是不是有客戶委託你去查贗品的事？」

「他們做贗品的買賣？」

「他們不做贗品的買賣，」尼爾探長語帶責備地說道，「不過，曾經有過一樁慘痛的交易。一個從美國德州來的百萬富翁到這裡來買畫，付給他們一筆令人咋舌的數字。他們賣給他一幅雷諾瓦和一幅梵谷的畫。雷諾瓦那張是一小幅女孩的頭像，而大家對這幅畫有些疑問。似乎沒有理由認為韋德伯恩藝廊當初是在知情之下購買這幅畫的。當時這件事鬧得還不小。許多藝術專家跑來各抒己見。事實上，到頭來一如往常，這些人的看法似乎是互相矛盾。藝廊就提議，無論畫作是真是假，它都打算收回。可是那百萬富翁心意不改，因為當時一個最紅的專家信誓旦旦，說它是百分之百的真品，所以他堅持買下。儘管如此，從此以後大家看待這家藝廊都帶著狐疑的眼光。」

白羅又看看他的那張單子。

「大衛・貝克這人怎麼樣？你替我查過了嗎？」

「噢，就是一般的混混、流氓，結夥混幫派，四處遊蕩，在夜總會打架鬧事。靠紫心片、海洛因、古柯鹼過日子。女孩子迷他們迷得發瘋。她們會呻吟著說，他的運途不順、他是多麼了不起的天才、他的畫沒人賞識。你要是問我，我認為他只是個性愛高手，其他什麼也不是。」

白羅又看了看他的單子。

「你對霍蘭議員有什麼了解嗎？」

「在政壇做得有聲有色，很有說大話的天賦。在倫敦商界有過一兩樁奇怪的交易，不過他手腕玲瓏，巧妙應付過去。我會說他是個很狡猾的人，斷斷續續用一些很有問題的手段撈到不少錢。」

白羅問到最後一點。

「羅德瑞克・霍斯菲爵士怎麼樣？」

「是個好人，不過老糊塗了。白羅，你的鼻子真不得了，什麼東西都要伸進去聞一聞，對吧？確實，因為這股寫回憶錄的狂熱，情報部出了不少麻煩。誰也不知道日後還會洩漏出什麼不當的內情來。這些老傢伙，不管是行政部門還是其他單位，不但把別人當年如何輕率行事的往事爭相抖出，而且個個都有自己的獨家內幕！通常這關係不大，但有時候……噢，你知道，內閣要改變政策，而你不願意傷人感情或引發不當的宣傳，我們就得設法堵住那些傢伙的嘴。有些人並不容易對付。不過，如果你想挖這方面的消息，你得到情報部去。我倒不認為已經出了什麼大岔子。麻煩的是，他們不肯銷毀那些應當銷毀的文件。他們大量保存這種文件。我不認為裡頭有什麼了不起的東西，不過我們有證據，某大國正在到處刺探。」

白羅深深嘆了口氣。

「我有沒有幫上忙？」探長問道。

「我很高興得知來自官方的深入內幕，可惜我不認為你剛剛告訴我的情報有多大幫助。」他嘆口氣，接著說道：「如果一個人隨口告訴你，有個女人，一個年輕漂亮的女人戴著一副假髮，你會怎麼想？」

「什麼想法也沒有。」尼爾探長說，隨後又粗聲粗氣補上一句：「我們每次去旅行，我太太總會戴假髮，省了許多事。」

「對不起，打擾了。」白羅說。

兩人互相道別，探長問道：「我想，關於那樁自殺案，所有情況你都了解了吧？我早把資料傳給你了。」

「是的，謝謝。至少這是官方掌握到的情況，是份簡單明瞭的記錄。」

「剛才你不知談起什麼，讓我想到這個案子。我待會得想想。這是個常見的悲傷故事。一個放蕩的女人，喜歡男人，有足夠的錢維持生活，沒什麼值得特別憂慮的事，飲酒無度，人老珠黃。然後她得了我所謂的健康憂鬱症。你知道，她們相信她們得了癌症或這類的毛病。她們去找醫生看病，他說她們完全正常，她們便回家了，可是心裡並不相信他。如果你問我，我會說，通常這是因為她們發現自己對男人的吸引力大不如前的關係，這才是真正讓她們傷心的原因。沒錯，這種事常有。我想，她們是群孤獨又可憐的壞女人，查彭蒂太太只是其中之一。我並不認為——」他突然停住。「噢，對了，我想起來了。你剛才問到我們那位議員霍蘭先生。他本人是個愛尋花問柳的人，只是沒那麼明目張膽。而露薏絲．查彭蒂曾經是他的情婦。就是這樣。」

「是一種認真的關係嗎？」

「噢，我想並不是太認真。他們一起去過一些曖昧的夜總會或之類的場所。你知道，我們對那種事會暗中注意，只是新聞報導從不說破。這種事是一概不會刊登的。」

「我懂。」

「不過，這段戀情持續了一段時間。有人看見他們在一起，斷斷續續大概有半年之久。只是，我不認為她是他唯一的情婦，也不認為他是她唯一的情夫。因此，你從中看不出什麼名堂，對吧？」

「我想也是。」白羅說。

「可是，儘管如此，」他一面下樓梯一面自言自語道，「儘管如此，這是一種關聯。它說明了麥克法倫先生為什麼感到尷尬。這是一種關聯，極小的關聯，是議員埃姆林．里斯－霍蘭和露薏絲．查彭蒂之間的關聯。它或許沒有任何意義。它為什麼一定要有意義？但我知道的太多了，」白羅心裡氣惱地想，「我知道的太多了。每個人、每件事我都了解一點，可是我看不出一個關聯來。這些事實有一半都互不相干。我要一個關聯。一個關聯。我要不惜一切看出一個關聯來。」他大聲說道。

「您說什麼，先生？」電梯服務生吃驚地轉過頭來問道。

「沒什麼。」白羅說。

／18

白羅在韋德伯恩藝廊的門口停下看一幅畫。畫上是三隻凶惡的牛，龐然身軀被設計複雜的巨大風車投上陰影。牛和風車或是和那詭異的紫紅色彩之間，似乎毫不相干。

「很有趣，是不是？」一個溫柔而愉快的聲音說道。

一個中年男子站在他身邊。乍看之下，那人的微笑似乎把整口數量過多的漂亮白牙露了出來。

「非常『鮮活』。」

他那雙白皙的手大而豐滿，揮手的動作彷彿在跳芭蕾舞。

「很不錯的展覽，上星期才閉幕。拉斐爾的作品展前天開始。這次展覽勢必會成功，一定會很成功。」

「啊！」白羅說，隨著那人穿過一道道灰色的絲絨布簾，走進一間長型房間。

白羅發表了幾句謹慎而模稜兩可的評論。那個胖男人訓練有素地將他捧在手心上。他明顯覺得，絕不能把這個客人嚇跑。在藝術品推銷方面，他經驗老到。你對他會有種感覺，即是，只要你樂意，他歡迎你在這藝廊裡待上一整天，即使你什麼都不買，你也可以獨自一人全神貫注地觀賞這些賞心悅目的畫，雖然在你走進藝廊的時候，也許並不認為這些畫賞心悅目。可是等你步出大門，你會相信，賞心悅目正是這些畫的最佳形容詞。在你接受了一些頗有益處的藝術指導，並說了幾句業餘愛好者的客套話諸如「我滿喜歡這張畫」之後，博斯柯先生會以激勵的語氣回應道：「你這麼說非常有意思。這顯示出您具備——容我這麼說——了不起的鑑賞能力。當然，你知道，一般人的反應並非如此。大部分的人喜歡的是——唉，我得這麼說——比較一目了然的作品，像那個。」他指著放在畫廊一角的一幅藍綠條紋的畫說道，「可是這幅畫，確實，你已經看出它的水準。我自己會這樣說——當然，這僅是我個人的看法——這幅畫是拉斐爾的傑作之一。」

他和白羅一同歪著腦袋看一幅畫。畫上是個橘色的傾斜菱形，菱形上伸出一條蜘蛛網似的細絲，下面掛著一對人眼。白羅發現，他們之間已建立起愉快而和諧的情誼，時間也顯然要多少有多少，於是說道：「我想，有位法蘭西絲．卡莉小姐在這裡工作，對吧？」

「啊，對。法蘭西絲，聰明的女孩，很有藝術氣質，也很能幹。她剛從葡萄牙回來，去那裡為我們安排一個藝術展覽。展覽非常成功。她本身就是個相當優秀的藝術家，不過我得說，她不是一個非常有創造力的藝術家，如果你明白我意思的話。她做生意更在行些。我想，她自己也明白這一點。」

「我聽說，她是個很好的藝術贊助人？」

「噢，是的。她對 Les Jeunes[22]很有興趣。她對有天分的人鼓勵有加，去年春天還說服我為一小批年輕藝術家辦畫展。那次畫展相當成功，新聞界都注意到了，不過不是大轟動，你知道。沒錯，她目前是在贊助幾個人。」

「你知道，我算是個守舊的人。有些年輕人，真是——」白羅舉起雙手。

「啊，」博斯柯先生寬容地說，「你不該以外表去判斷他們。你知道，這只不過是一種時尚，落腮鬍、牛仔褲、織錦布、長髮，都是曇花一現的風潮。」

「那個叫大衛什麼的……他名字我忘了，卡莉小姐似乎對他非常欣賞。」

「你說的不會是彼得．卡迪夫吧？他目前就受她的贊助。你知道，對他我可不像她那樣有把握。他其實不像他外表那麼新潮，他是個……呃，絕對是個隨波逐流之輩。有時候，還挺有，挺有伯恩—瓊斯[23]的味道！話說回來，這種事很難看得準。有時候，他們就是會得到回響。她偶爾會充當他的模特兒。」

「大衛．貝克……我剛才想到的是這個名字。」白羅說。

「他還不錯，」博斯柯先生說，語氣並不熱中。「依我看，沒什麼原創力。他就是我剛提到的那幫藝術家，不過，他沒讓大家留下什麼特別印象。是個『好』畫家，可是不突出。總是模仿別人！」

白羅回到家。萊蒙小姐送來一些信請他簽名，簽妥後她便拿著信件離開了。喬治帶著一種或可稱為暗自同情的神色，為他端來一個蔬菜蛋捲。午餐後，白羅安坐在他那座方背扶手椅上，身旁放著一杯咖啡，這時電話鈴聲響了。

「主人，是奧利薇夫人。」喬治說完，便拿起話筒，放在他肘邊。

白羅勉為其難拿起話筒。他不想跟她說話。他覺得她會催他做一些討厭的事。

「白羅先生嗎？」

「我是。」

「喂，你在做什麼？你做了什麼事？」

「我正坐在椅子上，」白羅說。「思考。」他添上一句。

「就這樣？」奧利薇夫人問。

「這是最重要的事，」白羅說，「我還不知道我能不能想通呢。」

「可是，你非找到那女孩不可。她可能被綁架了。」

「看來似乎如此，」白羅說，「我這裡有一封她父親的信，是中午郵差送來的，他催我

22 法語，意思是「新手」。

23 伯恩—瓊斯（Edward Burne-Jones, 1833-1898），英國畫家、裝潢家。

去看他，告訴他我有了什麼進展。」

「那麼，你有了什麼進展？」

「目前為止，」白羅不情不願地說道，「什麼進展也沒有。」

「真是的，白羅先生，你一定得管管自己才行。」

「你也一樣！」

「我也一樣，這是什麼意思？」

「你一直催我。」

「你為什麼不到砸我腦袋的切爾西區去看看？」

「好讓我的腦袋也被砸嗎？」

「我實在搞不懂你，」奧利薇夫人說，「我在咖啡館找到那個女孩，給過你一個線索。這是你要求的。」

「我知道，我知道。」

「那個從窗戶跳出去的女人是怎麼回事？你發現了什麼沒有？」

「是，我已經調查過。」

「怎麼樣？」

「什麼也沒發現。像她這樣的女人還不少。年輕的時候很迷人，常鬧緋聞，熱情如火，緋聞一樁接一樁，後來人老珠黃，便感到鬱悶不樂，開始酗酒，總認為自己得了癌症或什麼不治之症，終於，在絕望和孤獨之中，從窗戶縱身往下一跳！」

「你說過她的死很重要，說它頗有蹊蹺。」

「它本來就會發生。」

「真是的！」奧利薇夫人不知道再說什麼好，便掛斷了電話。

白羅又往扶手椅背一靠。扶手椅是直背的，他往後靠盡，同時揮手讓喬治拿走咖啡壺和電話，繼續回想那些他已知以及未知的事。為了釐清思路，他大聲說出來。他回想起三個哲學問題。

「我知道什麼？我可以指望什麼？我應當做什麼？」

他無法確定這些問題的次序是否恰當，也不知道問題問對了沒有，總之，他就思考著這三個問號。

「或許我是太老了，」赫丘勒．白羅沮喪地說，「我知道些什麼呢？」

回想起來，他覺得他知道的太多了！他把這個問題暫時擱到一邊。

「我可以指望什麼？」

噢，人總該有所指望。他指望他那比人強的傑出頭腦會解答出這個難題，這難題令他不安，覺得其實自己並沒有真正理解它。

「我應當做什麼？」

哦，這個很確定。他應當做的，是去拜訪正為女兒心神不寧的安德魯．雷斯特里先生，毫無疑問，他一定會埋怨白羅，因為他沒有親手把女兒交還給他。這一點白羅能夠理解，也同情他的立場，可是，白羅不願意去面對那令人不快的場面。除此之外，他唯一可做的事就是在電話上撥個號碼，問問對方可有什麼進展。

不過在撥電話之前，他想先回到那個被擱置的問題上面。

「我知道什麼？」

他知道，韋德伯恩藝廊備受質疑的目光，但到目前為止，它還是在法律允許的範圍內活動。不過，如果能矇過一些愚昧無知的百萬富翁而將可疑的畫作賣出去，它大概不會遲疑。

他想起博斯柯先生，那雙肥厚白皙的手和滿口白齒。他很肯定自己不喜歡這個人。他是那種包準會幹齷齪勾當的人，雖然他一定會把自己保護得很好。這也許是個有用的線索，因為它可能和大衛．貝克有關。接下去就是那隻孔雀──大衛．貝克本人。關於大衛，他知道些什麼呢？他見過他，和他交談過，並且已經對他有了某些看法。為了錢，大衛任何不正當的買賣都敢做。他會為了錢而非為愛情而和一個有錢的女繼承人結婚，也可能被收買。沒錯，他很可能被收買。安德魯．雷斯特里當然知道這一點，而且他可能沒看錯。除非──

他想著安德魯．雷斯特里，不過想到他本人的時候少，想到那張懸掛在他頭頂上的肖像倒多。他回憶著他那些顯著的特點：前伸的下顎，不屈不撓、果斷的神態。隨後他又想到了已經過世的雷斯特里太太，安德魯的前妻，她掛在嘴角的怨恨……或許他得再到橫籬居去一趟，好把那幅肖像看得更清楚些，因為那上頭或許會有關於諾瑪的線索。諾瑪……不行，他還不能想到諾瑪。其他還有什麼事可想呢？

還有瑪麗·雷斯特里。索尼雅說她一定有情夫，因為她常到倫敦來。他思索著這個問題，但他不認為索尼雅說的對。他認為她到倫敦更可能是為了看看是否有房子可買，看看倫敦西區的貴族住宅區有無豪華公寓、住宅，看看裝潢公司以及所有可能用錢買得到的一切。

錢……他隱約覺得所有經過他腦子的問題，歸根究柢都集中到這一點上。錢。錢的重要性。這件案子涉及大量的金錢。不知何故，金錢以某種不明顯的方式發揮著舉足輕重的作用。金錢在這裡扮演了某個角色。目前為止，還沒有證據讓他相信查彭蒂太太的死是諾瑪的傑作。沒有證據，沒有動機，然而他覺得兩者之間有種無可否認的關聯。那女孩說，她「可能犯了謀殺罪」，而死亡事件就發生在一兩天前，而且發生在她住的大樓裡。如果說那起死亡和她毫無聯繫，這豈非太巧合了？

他又想到瑪麗·雷斯特里罹患的神祕病症。這件事如此單純，從外表看是個典型的事件，一樁下毒事件，下毒者是——必然是——同住於家中的某個人。是瑪麗·雷斯特里自己下的毒嗎？是她丈夫想毒死她嗎？是索尼雅那女孩下的手？還是諾瑪才是犯罪者？白羅不得不承認，一切矛頭都指向諾瑪，她似乎是個合乎邏輯的犯罪者。

「算了，」白羅說，「既然我什麼也沒發現，就讓邏輯滾出窗外去吧。」

他嘆了口氣站起身，吩咐喬治替他叫計程車。他得去赴安德魯·雷斯特里的約會。

19

克勞蒂亞．里斯—霍蘭今天不在辦公室。接待白羅的是個中年婦女。她說，雷斯特里先生正在等他，接著便將他引進雷斯特里的房間。

「怎麼樣？」雷斯特里還沒等他踏入房門便問道，「我女兒的事怎麼樣了？」

白羅雙手一攤。

「目前是……一無所獲。」

「聽著，老兄，一定有……一定有什麼線索。一個女孩子總不會在空氣中消失吧。」

「過去曾經有女孩這樣，以後也不會少。」

「不要考慮費用，不惜任何代價，你明白嗎？這樣下去，我……我受不了。」

此時此刻，他十足像是熱鍋上的螞蟻。他看上去消瘦了，通紅的眼眶代表了那些不眠之夜。

「我知道你一定心焦如焚，不過我向你保證，我已經竭盡所能去找她了。可惜的是，這種事情急不來。」

「她可能失去了記憶，也可能，她可能……我的意思是，她可能不舒服，病倒了。」

白羅心想，他知道那句話期期艾艾的代表什麼意思。雷斯特里本來想說：「她可能死了。」

他在辦公桌的對面坐下，說道：「相信我，我懂得你焦急的心情，而我必須再對你說一次，如果你去報警，成效會快得多。」

「不！」這個字有如爆炸般脫口而出。

「他們的設施比較完備，查詢的管道比較廣。我向你保證，這不只是錢的問題。金錢的效果無法和一個高度有效的組織相提並論。」

「老兄，你安慰我是沒有用的。諾瑪是我的女兒，是我的獨生女，我唯一的親骨肉。」

「你確定你已將你女兒的一切——每一件事——都告訴我了嗎？」

「我還能告訴你什麼呢？」

「這要你來說，不是我能說的。譬如說，以前她可曾出過什麼事？」

「什麼樣的事？老兄，你這是什麼意思？」

「她有沒有明顯的精神不穩定病史？」

「你認為，認為——」

「我怎麼知道？我怎麼會知道呢？」

「我又怎麼知道？」雷斯特里的語氣突然苦澀起來。「我對她能有多少了解呢？都分別這麼多年了。葛瑞絲是個會記恨的女人，一個不輕易寬恕和忘懷的女人。有時候我覺得……我覺得將諾瑪交給她撫養，是所託非人。」

他站起身，在房間裡來回走著，接著又坐下。

「當然，我不該離開我的妻子，這一點我明白，我不該把孩子丟給她去撫養。可是那時候，我想我是替自己找藉口，說葛瑞絲是個品格高尚的女人，對諾瑪盡心盡力，是諾瑪最稱職的保護人。但她是那樣的人嗎？她真是那樣嗎？葛瑞絲寫給我的信上充滿憤怒和報復之心，我聞都聞得出來。唉，我想這也是很自然的。可是，這些年我一直在外頭。我應該回來的，應該常回來，看看孩子過得如何。我想，我真是問心有愧。噢，現在找藉口也沒用。」

他猛然轉過頭來。

「沒錯。當我再度見到她時，我確實認為她整個言談舉止都顯得神經兮兮、毫無規矩。我也曾希望她和瑪麗過一段時間後會……會處得更好，可是我不得不承認，我覺得這女孩並不完全正常。我以為讓她到倫敦找個工作，週末回家來住比較好，不要逼她時時刻刻都跟瑪麗在一起。唉，我想我把一切都搞砸了。可是，她現在在哪裡，白羅先生？她在哪裡？你認為她可不可能喪失了記憶？這種事我聽說過。」

「沒錯，」白羅說，「是有這個可能。以她那種情況，她確實可能會四處亂走而渾然不知自己是誰。或者她發生了意外，但這種可能性比較小。我向你保證，所有的醫院和這類地方，我都查遍了。」

「你不會認為她……你不會認為她死了吧？」

「我可以向你保證，死了要比活著容易找。雷斯特里先生，請冷靜點，別忘了，她可能有一些你根本不知道的朋友，住在英國某地的朋友，和她母親或姨媽同住時結識的朋友，或是她同學的朋友，這一切都需要時間查明。也許……你必須要有心理準備，她正和某個男性朋友在一起。」

「是大衛．貝克嗎？我一想到這個——」

「她並沒有和大衛．貝克在一起。這一點，」白羅冷冷說道，「我一開始就查過了。」

「我怎麼知道她有些什麼朋友呢？」他嘆息道，「如果我找到她，等我找到她——我寧可這麼說——我要帶她脫離這一切。」

「脫離什麼？」

「離開這個國家。我一直很難適應，白羅先生，自從我回到這裡後始終很難適應。我向來厭惡都市生活，我討厭辦公室的例行公事，討厭和律師、金融業者沒完沒了的磋商。我喜歡的生活依然如故，出門旅行、四處漂泊、到人跡罕至的荒涼地方去，那才是適合我的生活。我根本就不該離開那種生活。當初我應該讓諾瑪到國外去找我。正如我所說，等我找到她，我就打算這麼做。已經有好幾個人向我出價，要標購接手我的產業。噢，他們可以用極優惠的條件全部拿走。我要帶著現鈔，回到一個對我有意義的國家去，一個『真真實實』的國家去。」

「啊哈！你太太會怎麼說呢？」

「瑪麗嗎？她習慣那種生活。那是她的故鄉。」

「對多金的女人來說，」白羅說，「倫敦可是很有吸引力的。」

「她的看法跟我一樣。」

他辦公桌上的電話響起，他抓起話筒。

「喂？噢，曼徹斯特打來的？好。若是克勞蒂亞．里斯－霍蘭，就把電話接過來。」

他等了片刻。

「嗨，克勞蒂亞。是……大聲點，線路很吵，我聽不見你說什麼。他們同意了……啊，真可惜……不，我認為你做得很好……對，那就這樣吧。搭晚班火車回來，明天早上我們再談。」

他將話筒放回去。

「很能幹的女孩子。」他說。

「里斯－霍蘭小姐嗎？」

「是的，非常能幹，她替我分擔了許多煩心事。我全權授權給她到曼徹斯特去做這筆買賣，成交條件由她決定。我真的覺得無法專心。她做得極為出色。就某些方面來說，她和男人一樣能幹。」

他看看白羅，突然讓自己回到現實。

「啊，是的，白羅先生。唉，恐怕我真是束手無策了。你需要更多的開銷嗎？」

「不需要，雷斯特里先生。我向你擔保，我將盡全力找到你的女兒，讓她安然無恙地歸來。我已經為她的安全採取了一切防範措施。」

白羅穿過外頭的辦公室踏出門外。待他走到街上，他抬頭望著天空。

「有個問題已經得到明確答案，」他說，「那正是我需要的。」

／20

白羅抬頭望著那座喬治王朝時代宅邸的威嚴門面。這幢宅邸坐落於一個傳統商業城鎮上一條至今才不得安靜的街道上。進步的潮流迅速席捲了這個城鎮，不過新式的超級市場、精品商店、女裝服飾店、咖啡館和一家壯觀的新銀行，全都選定設在克羅夫特街，不再屈居於狹窄的海伊路。

白羅帶著讚賞的眼神，注意到那擦得晶亮的黃銅門環。他按下門邊的電鈴。門幾乎是應聲而開，是個身材頎長、外表尊貴的女人。她精神飽滿，灰白的頭髮向上梳攏。

「白羅先生嗎？你很守時，請進。」

「你是巴絲比小姐？」

「沒錯。」

她將門往後拉開，白羅走進屋內。她將他的帽子掛在廊道邊的衣帽架上，帶頭走進一個令人賞心悅目的房間，從這裡可以俯瞰到一個四面環牆的狹小花園。

她的手朝一張椅子一揮，接著自己也坐下，一副等待的態勢。顯而易見，巴絲比小姐不是那種會為傳統客套話浪費時間的人。

「我想，你曾經在梅多菲爾德學校當過校長？」

「是的。我在一年前退休。據我了解，你是為了本校校友諾瑪．雷斯特里的事前來找我。」

「是的。」

「你的來信，」巴絲比小姐說，「並未提及任何詳情。」她接著說：「我知道你的身分，白羅先生。因此，在我們談下去之前，我希望多知道一些情況。譬如說，你是打算雇用諾瑪．雷斯特里嗎？」

「不，我並無此意。」

「既然我明白你從事何種行業，你該理解我為什麼想知道進一步的詳情。譬如說，你有諾瑪哪一位親戚寫給我的介紹信嗎？」

「沒有，」赫丘勒．白羅說，「我會進一步解釋我的來意。」

「謝謝。」

「事實上，我受雇於雷斯特里小姐的父親安德魯．雷斯特里先生。」

「啊。據我所知，他在去國多年後，最近才回到英國來。」

「確實如此。」

「可是，你並沒有帶來他的介紹信？」

「我沒有請他寫。」

巴絲比小姐探詢的目光望著他。

「他可能會堅持要跟我一起來，」白羅說，「那麼我就無法向你提出我想問的問題，因為那些問題的答案可能讓他感到痛苦難過。目前他已飽受折磨，大可不必讓他再受打擊。」

「諾瑪出了什麼事嗎？」

「希望沒有……不過，有這種可能性。巴絲比小姐，你記得這女孩吧？」

「所有的學生我都記得。我記性極好。再怎麼說，梅多菲爾德不是一所大學校，頂多只有二百個女生。」

「巴絲比小姐，你為什麼會辭去學校職務呢？」

「坦白說，白羅先生，我不明白這和你有什麼相干。」

「確實不相干，我只是表達出我油然而生的好奇心。」

「我已經到古稀之年了，難道這不是理由？」

「我必須說，以你的情況，這不能算是理由。依我看，你精神飽滿，體力充沛，絕對有能力繼續在未來多年擔當掌舵之責。」

「時代變了，白羅先生，但我們不一定喜歡它變化的方向。我這就來滿足你的好奇心。我發現我對那些父母愈來愈沒有耐心。他們為自己女兒建立的目標既短視，坦白說，又愚蠢至極。」

一如白羅從調查中所得到的資料，巴絲比小姐是個著名的數學家。

「可別以為我的生活懶懶散散，」巴絲比小姐說，「目前我過著一種更適合我志趣的生活。我在指導高年級的學生。現在，我能不能請教你，你對那個叫諾瑪．雷斯特里的女孩何以會有興趣？」

「是個令人焦慮的原因。說得嚴重些，她失蹤了。」

巴絲比小姐依然顯得很漠然。

「是嗎？當你說到『失蹤』時，我認為你是指她離開家而沒有告訴父母。噢，我相信她母親已經去世，所以是沒告訴父親她的下落。白羅先生，這年頭這種事沒什麼好大驚小怪的。雷斯特里先生沒去報警嗎？」

「他堅決不肯，他斷然拒絕報警。」

「我可以向你保證，我不知道這女孩在什麼地方。我一直沒聽過她任何消息。確實，自從她離開本校後，我就沒接過她片語隻字。所以，我恐怕幫不上你的忙。」

「其實我想知道的並不是這個。我想知道她是個什麼樣的女孩……你會怎麼形容她？不是她的外表，我不是這個意思，我是指她的個性和特點。」

「在校的時候，諾瑪是個非常普通的女孩，學業並不出色，不過還過得去。」

「她不是個有精神問題的人吧？」

巴絲比小姐思考片刻，這才緩緩說道：「不是，我看不是。想想她的家庭環境，她的行為並不令人意外，不算過分。」

「你是指她患病的母親？」

「是的。她是在一個破碎家庭長大的。我想，她很愛父親，可是他突然和另一個女人離家出走，她母親自然非常憤恨。她很可能漫無節制地發洩她的怒氣，使得她的女兒心緒煩亂，雖然大可不必如此。」

「如果我問你對已故雷斯特里太太的看法，也許更能切中核心吧？」

「你是問我個人的看法嗎？」

「如果你不反對的話。」

「我不反對，我會毫不猶豫回答你的問題。家庭背景對一個女孩的一生極其重要，而我一向竭盡所能，希望藉著我少得可憐的資訊加以探究。或許我可以這麼說，雷特斯里太太是個高尚而正直的女人，她自以為正義，眼裡揉不得沙子，結果成了個十足的蠢人，生活也因此殘缺不全。」

「啊！」白羅若有所悟地說道。

「我可以說，她也是個 malade imaginaire[24]。那種會對自己的病痛大驚小怪的人。這種女人總是在醫院進進出出。有這種家庭環境的女孩很不幸，尤其對一個沒有明確個性的女孩更是。諾瑪在知識方面沒有顯著的抱負，她缺乏自信，不是那種會闖出一番事業的女孩。我對她所抱的期望是：找份普通的工作，然後結婚生子。」

「你從來——恕我這樣問——不曾看到她有精神不穩定的狀態嗎？」

「精神不穩定？」巴絲比小姐說，「胡扯！」

「『胡扯』！這就是你的意見。她不會神經質嗎？」

「任何女孩子，或者說幾乎所有的女孩都很神經質，尤其在青春期，初次面對這個世界之際。這時候她還不成熟，在初次接觸異性方面需要指導。女孩子常常受到不合適、甚至是危險男孩的吸引。這年頭，沒有哪個父母——或者說極少父母——能運用品德的力量去挽救他們的女兒，讓她們免於遭受這種危險。所以她們常得經歷一段歇斯底里的痛苦期，或許因此而踏入一次不當的婚姻，不久後又以離婚告終。」

「諾瑪真的從未顯現出精神不穩定的跡象？」白羅鍥而不捨地問道。

「雖然她很情緒化，但她是個正常的女孩，」巴絲比小姐說，「精神不穩定！我說了，這是胡扯！她大概是和哪個小夥子私奔結婚去了，還有什麼比這個更好的理由！」

24 法語，意思是「無病呻吟的人」。

／21

白羅坐在他那方形的大安樂椅中，雙手放在扶手上，兩眼視而不見地望著面前的壁爐架。他肘邊是一張小桌几，上頭放著各種文件，整整齊齊地釘在一起。那上面有格比先生送來的報告、有好友尼爾探長得到的情報，一連幾張寫著「傳聞、八卦、謠言」等標題的散頁紙，以及它們的來源或出處資料。

此時此刻，他無須參考這些文件。事實上，他已經仔仔細細讀過，現在將它放在一旁，是為了萬一在什麼關鍵問題上可以隨手再拿來參考。現在，他要將自己已知或聽到的一切在心頭組合起來，因為他確信這些東西必然會組成一個關聯。這其中一定存在著某個關聯。他思考著，到底該從什麼角度來切入此一關聯。他不是篤信特殊直覺的人。他並非一個富於直覺的人，然而他確實有所「感覺」。重要的不是感覺本身，而是什麼樣的東西導致了這些感覺。耐人尋味的是緣由，而你認為是緣由的卻常常並非緣由，你往往必須運用邏輯推理、感官知覺和知識才能想通。

在這樁案子裡，他的「感覺」是什麼……它屬於哪一類案件呢？他不妨先從一般事實開始，接著再去關照細節。這樁案件最突出的事實是什麼呢？

他認為，「錢」是其中之一，雖然他不知道為什麼。他也認為，而且愈來愈篤定，「錢」不知何故，包藏著某種罪惡。他是熟知罪惡的。他經常面對它。他明白它的氣息，它的滋味，它的風格。問題是，他不知道它到底藏身何處。他已採取了某些措施去對抗罪惡，希望這些措施夠充分。有件事正在發生，有件事正在進行，不過還沒有完成。某個人在某個地方正面臨著「危險」。

問題是，這些事實指向正反兩面。他認為正處於危險中的那人確實有危險，但目前他還看不出原因。為什麼這人會陷入危境之中呢？並無動機存在。而如果他認為處於危險中的那人並無危險，那麼整個探索的方向也許就要反轉……他目前進行的方向必須來個大轉彎，要從完全相反的觀點來思考。

他暫且把這個問題擱下，轉而思考人物……涉及其中的「人」。他們構成了什麼樣的關聯？他們扮演了什麼樣的角色？

首先，是安德魯．雷斯特里。目前為止，他已蒐集了不少安德魯．雷斯特里的資料，對他出國前後的生活面貌有了概念。他是一個安定不下來的人，從來不在一個地方長住或長期追求一項目標，然而大家普遍對他有好感。他從不揮霍，從不耍心機或招搖撞騙。或許，他不是個個性強悍的人？在許多方面很軟弱？

白羅皺起眉頭，並不滿意。不知道為什麼，這番描繪和他見到的安德魯．雷斯特里並不吻合。他絕對不是個軟弱的人。瞧他那突出的下顎、堅定的眼神和果斷的神態。顯而易見，他也是個成功的生意人。年輕時他做得有聲有色，在南非和南美有過幾筆好買賣。他的財產增加了，他帶回國的是成功的故事，不是失敗的記錄。那麼，他怎麼可能是個軟弱的人？也許，他只是在關係到「女人」的時候才顯得軟弱吧。他在婚姻上犯過一個錯誤，娶了個不恰當的女人……也許是被家裡逼的？後來他遇到另一個女人。只有這個女人嗎？還是好幾個？經過這麼多年，要找那種資料太困難了。可以確定的是，他不是個聲名狼藉、不忠實的丈夫。他曾經有過一個正常的家庭，而且每個人都說，他對他的小女兒寵愛有加。可是後來，他碰到一個他深愛的女人，愛到足以讓他離開家庭、遠走他鄉。這是一種真正的愛戀。

不過，這是不是還攙雜著其他動機呢？是對倫敦商界、辦公室的工作、倫敦的日常例行公事感到厭惡嗎？白羅認為，有這個可能。這和那人的形象相符。他似乎也是個獨來獨往的人。無論國內或海外，人人都喜歡他，但他似乎沒有什麼親密的朋友。確實，他很難在海外結交密友，因為他從來不在任何地方長留或長住。他投身某種冒險事業，打一場漂亮的仗，得到豐厚的利潤，但隨後便感到厭倦，於是又漂泊到另一個地方。簡直是過著遊牧生活！一個流浪者。

但這和他的畫像依然不搭調……「畫像」？這個名詞在他腦海裡翻攪，於是他憶起掛在雷斯特里辦公室桌後牆上的畫像，那是同一個人十五年前的肖像。十五年的時光，為坐在那裡的男人帶來了多大的變化？大體而言，少得令人訝異！頭上的白髮多了些，肩膀厚重了些，但臉上的特徵、線條幾乎沒變，還是一副堅決的面孔。這是一個知道自己要什麼並且會盡力取得的人，一個勇於冒險的人，一個有點殘酷無情的人。

他納悶，雷斯特里為什麼要把那張畫像帶到倫敦來？它們本是夫妻成對的肖像畫。以嚴格的藝術角度看，那兩幅畫應當是焦不離孟的。精神病學家會不會說，這是雷斯特里潛意識裡想和他的前妻分開，讓自己和她脫離呢？那麼，他是不是精神上依然在躲避她的存在，儘管她已死去？這是個耐人尋味的問題。

照理說，這兩幅畫應該是連同其他家庭擺設一起從倉庫裡取出來的。毫無疑問，瑪麗．雷斯特里一定選了一些私人物件來填補羅德瑞克爵士讓出的空間。他不知道，雷斯特里這位新的續弦會不會願意掛出這一對畫像。如果她把前妻的那幅畫放到閣樓裡，毋寧更為自然吧！不過他隨即想到，「橫籬居」大概沒有閣樓可以收藏多餘的東西。照理說，這對回國的夫妻在倫敦四處尋找合適住屋的同時，羅德瑞克爵士便多出了一些空間，所以這並不是什麼大問題，只是把兩張畫都掛上牆可能更簡便些。再說，瑪麗．雷斯特里是個明理的女人，不是那種愛吃醋或情緒化的人。

「說到底，」赫丘勒．白羅心中自忖，「女人都有嫉妒的本能。有時候你認為最不可能吃醋的人偏偏最為善妒！」

他的思路轉到瑪麗・雷斯特里身上。他開始思考她的種種，突然想到，自己竟然極少想到她，真是奇怪！他只見過她一次，而不知何故，她沒有在他心中留下多少印象。他想，她是一個精明的人，也是個……他該如何形容呢，虛假的人嗎？（「不過，我的朋友，」白羅又以這句引號說道，「你又想到了她的假髮！」）

實在荒謬，他對一個女人竟然了解得如此之少。一個精明、戴著假髮的女人，一個美貌、明理的女人，一個會發火的女人。沒錯，當她看到那個孔雀小子不請自來地在她家四處走動時，她曾經發過火。她激烈地、明確無誤地表現出自己的憤怒。而那個年輕人，他的表現如何呢？他覺得有趣，如此而已。可是，她看到他出現在家裡，卻火冒三丈。哦，這很自然，沒有一個做母親的會希望女兒選上這種人……

白羅猛然收住自己的思路，苦惱地甩甩頭。瑪麗・雷斯特里並不是諾瑪的母親。縱使這個女兒結了一樁門不當戶不對的不幸婚姻，甚或和一個不適合當父親的人有了小孩，她也不可能感到如此痛苦和憂心。瑪麗對諾瑪懷著什麼樣的感情呢？或許，她頭一個感覺是，這真是個煩人透頂的女孩，竟然挑了個會讓安德魯・雷斯特里憂心和煩惱的男友。可是之後呢？對於一個顯然要蓄意毒死她的繼女，她有什麼想法和感覺呢？

從態度上看，她似乎是個理智的人。她想把諾瑪弄出家門，讓自己脫離危險，同時和丈夫同心協力，把這個家醜壓下去。為了保持門面，諾瑪偶爾會回家度週末，可是從此以後，她的生活勢必會以倫敦為中心。甚至在雷斯特里夫婦搬進物色好的住宅之後，他們也不會要諾瑪回家和他們同住。這年頭，大部分的女孩都不和家人同住。所以，這個問題已經獲得解決。

而對白羅來說，這事無需煩惱，但瑪麗・雷斯特里被什麼人下毒，這問題的解決卻遙遙無期。雷斯特里相信是他女兒下的手——

可是白羅覺得奇怪……

他的腦海裡浮動著索尼雅這女孩的種種可能性。她在那座宅子裡做什麼？她為什麼會到那裡去？她已經把羅德瑞克爵士握在手心裡……或許她不打算回到自己祖國去了？或許她的謀畫純粹是為了達到結婚的目的。像羅德瑞克爵士那樣的老男人和漂亮年輕的女孩結婚，這種事一個星期七天，沒有一天沒有。從世俗的觀念來看，索尼雅是會把自己安排得穩穩當當：穩固的社會地位，守寡後可望有一筆穩定而充裕的收入……還是她另有完全不同的目的？難道她把羅德瑞克爵士丟失的文件夾在書頁裡帶到丘園去了？

瑪麗・雷斯特里對她——她的活動、她的忠誠、她休假日去的地方、和誰見面——產生懷疑了嗎？所以，是索尼雅一次一點點，下了那些藥效可以累積、狀似腸胃炎而絕不會引起懷疑的毒藥嗎？

他暫且將「橫籬居」的人擱在一旁。

他的思緒轉到諾瑪來到倫敦以後的事情，開始思考那三個共租一間房子的女孩。

克勞蒂亞・里斯—霍蘭、法蘭西絲・卡莉、諾瑪・雷斯特里。克勞蒂亞・里斯—霍蘭是知名國會議員的女兒，家境富裕，精明強幹，訓練有素，容貌漂亮，是一流的祕書。法蘭西絲·卡莉是個鄉下律師的女兒，藝術氣息濃厚，曾在戲劇學校待過一段時間，接著轉到斯萊德，但又放棄了那裡的事業，偶爾為藝術家協會工作，現在則在一家藝廊任職。她的薪水豐厚，和藝術團體以及一些波希米亞風的藝術家有往來。她認識大衛·貝克這個年輕人，但要說兩人的關係非同尋常，又不大看得出來。她會不會愛上他了？白羅認為，他是那種為人父母、社會團體和警察一概討厭的年輕人。白羅不懂，他到底什麼地方吸引那些出身良好的女孩子。可是，這是不得不承認的事實。而他自己對大衛的看法又如何呢？

他第一次在「橫籬居」的樓上見到他，就覺得那是個漂亮的小夥子，帶著玩世不恭、嘻皮笑臉的神態，正在為諾瑪跑腿（還是該說，在為自己搜尋什麼東西？）。白羅第二次見到他，是以汽車載他一程的時候。一個有個性的年輕人，著實給人一種想辦什麼事就一定能成功的印象。不過，他顯然還有令人不滿的一面。白羅拿起身邊桌几上的一份文件，開始細讀起來。他前科累累，儘管不是什麼大惡不赦的罪行，譬如在車庫裡做一些偷雞摸狗的勾當、耍流氓、搗毀東西，被判過兩次緩刑。這些都是當今的風氣、現象，不屬於白羅所謂的罪行範疇之內。他曾是個有前途的畫家，可是他放棄了這方面的造就。他是那種不可能有固定工作的人，他虛榮、自負，是一隻孤芳自賞的孔雀。除此之外，他還有些什麼別的嗎？白羅想不出來。

他伸出手拿起一張紙，上面潦草寫著諾瑪和大衛在咖啡館談話的大致內容，那是奧利薇夫人絞盡腦汁回想出來的。白羅想，它的可信度如何呢？他搖搖頭，表示懷疑。誰知道奧利薇夫人會在哪一點上發揮想像呢！這小子真愛諾瑪嗎？他真想跟她結婚嗎？她對他的感情無可置疑。而他曾提議要娶她。諾瑪自己有錢嗎？她是個有錢人的女兒，但這和自己有錢是兩回事。白羅放出一聲惱怒的驚呼。他忘了調查雷斯特里元配的遺囑條款。他急忙翻開筆記。還好，格比先生並未忽略此一必要的線索。雷斯特里太太在世的時候，她的丈夫給了她不少錢供生活之用。而她自己也有一小筆收入，大約一年一千英鎊。她把自己擁有的一切都留給了女兒。白羅認為，這筆錢很難構成求婚的動機。她是父親的獨生女，她在父親死後或許會繼承大筆財產，但這和她自己有錢完全是兩碼子事。如果她父親不喜歡她嫁的人，可能只會留給她甚少的錢。

他倒情願大衛是真心愛她，因為他願意和她結婚。然而……白羅搖搖頭，這大概是他第五次搖頭否認這個想法了。所有這些事情還是連不起來，構不成令人滿意的關聯。他想起雷斯特里的辦公桌和他開出的支票——應該是收買這小子的——而這小子顯然也樂意被收買！所以，這又是一個矛盾的事實。那張支票的確是開給大衛·貝克的，而且數額很大，可以說是天文數字。那數字足以誘惑任何一個品行不良的窮小子，而他提出要和她結婚僅是一天之前的事。當然，這有可能只是一場遊戲中的一著棋而已，藉以提高他的要價。白羅記得雷斯特里坐在那裡，嘴唇緊閉。他一定非常關心自己的女兒，才願意付出如此高額的數目，而且他也很怕女兒說什麼都要嫁給他。

他的思緒從雷斯特里轉到克勞蒂亞身上。克勞蒂亞和安德魯．雷斯特里。她之所以成為他的祕書，是巧合、純粹的巧合造成的嗎？他們之間或許有所關聯。克勞蒂亞，他思索著她。三個女孩共住一間房子，克勞蒂亞的房子。她是最初承租房子的人，一開始和一個朋友，一個她早已認識的女孩同住以分擔房租，隨後又找了個女孩，也就是第三個女郎，白羅心想，第三個女郎。沒錯，最後總是歸回到這一點。第三個女郎總是他思路的終點。他始終回歸到這一點來。所有游離於關聯之外的思考都朝向這一點，歸向諾瑪．雷斯特里。

那是一個在他享用早餐之際找上門來的女孩，一個他在一家咖啡館裡相遇的女孩。在那家咖啡館裡，她才和心愛的年輕人一起吃過烤豆（他注意到自己好像總在吃飯時看到她！）。他對她有什麼看法呢？首先，別人對她有什麼看法呢？雷斯特里關心她，為她急得焦頭爛額，為她擔心受怕。他不僅是懷疑……他顯然十分肯定，她曾企圖毒死他新婚不久的妻子。他為她找過醫生。白羅覺得自己極想和那位醫生親自談談，不過他懷疑這樣是否有用。除了對父母親這種具備正式身分的人，醫生一般不會輕易向任何人道出醫療資料。不過，白羅不難想像那位醫生會怎麼說。白羅想，醫生一定會很謹慎，這才和他的職業相稱。他會支支吾吾不置可否，或許也會提到治療過程。他不會明確強調她有精神毛病，但勢必會提及或暗示一下。事實上，那位醫生可能私下頗為肯定她精神上有病。不過，他對有歇斯底里傾向的女孩甚為了解。有時候，女孩子之所以做出一些事情，其實單純是由於衝動、嫉妒、情緒和歇斯底里，而非出於精神上的原因。他既不想當精神病學家，也不想當精神科醫生。他只想當個普通醫生，可以提出尚無把握的指控而無風險，同時又能以謹慎為由做出某些建議。這項諮商是在某個地方進行的──在倫敦城裡，接著，或許再由某個專家進行治療？

其他人對諾瑪．雷斯特里的看法如何呢？克勞蒂亞．里斯─霍蘭怎麼想呢？他不得而知。他對她了解甚少，當然不會知道。她非常善於保密，如果她不願走漏什麼事情，她絕對會守口如瓶。她沒有想把那女孩趕走的意圖……如果她擔心諾瑪的精神狀態，她應該會這樣做。她和法蘭西絲之間一定不曾深談過這個問題，因為法蘭西絲脫口就說出諾瑪週末回家後尚未返回倫敦住所的事實，一派天真無邪的模樣。克勞蒂亞對此十分惱火。或許克勞蒂亞比她的外表涉入這個事件更深。白羅想，她很有頭腦，又很幹練……他的思路又回到諾瑪身上，又一次回到這第三個單身女郎。她在這事件當中處於什麼地位？處於能將整件事情聯繫起來的指標。他想，莫非她是個奧菲利婭？不過，一般人對奧菲利婭有兩種不同的看法，正如旁人對諾瑪有兩種看法一樣。奧菲利婭是真瘋還是裝瘋呢？如何扮演這個角色，各個女演員意見分歧，或者該說，各個製作人意見分歧，想點子的是他們。哈姆雷特是瘋了還是神志清明呢？隨你選。而奧菲利婭是瘋了還是神志清明呢？

想到自己的女兒，雷斯特里絕不會用「發瘋」這個字眼。每個人都寧可用「心理失調」這個詞彙。在談到諾瑪的時候，大家還用過另一個字眼：「古怪」。「她有點古怪」，「有點魂不守舍」，「有點不正常，如果你明白我意思的話」。那些白天來打掃的女傭是好的判斷者嗎？白羅想，說不定她們真的是。諾瑪確實有點怪，不過，她的古怪和她表露出來的或許並不相同。他想起她無精打采走進他房間的情景，一個時髦的女孩，外表和其他女孩毫無不同。披散在肩頭的柔軟頭髮，毫無個性的衣裙，兩膝緊攏……這一切以他傳統的眼光看來，就像個假裝成小孩的成年女子。

「對不起，你太老了。」

也許是真的。他以老年人的眼光來看她，毫無可讚之處。對他來說，她不過是個不想討人喜歡、毫無撩人姿態的女孩，一個絲毫沒有意識到自己女性特質的女孩，沒有魅力，沒有神祕感，沒有誘人特質，只具備生物上的性別特徵，別無其他。因此，她對他的譴責也許是對的。他無法幫她，因為他不了解她，因為他連欣賞她都不能。他雖為她盡心努力，可是到目前為止，這種努力究竟有什麼意義？從她向他求助的那一刻起，他為她做了什麼？答案很快浮現在他的腦海裡：他保障了她的安全。至少如此。當然，這是說，如果她的安全確實需要保障的話。這就是整個問題的所在。她的安全需要保障嗎？想想那句荒謬至極的自白！確實，沒有比「我想我可能犯了謀殺罪」更荒謬的自白了。

要緊抓住這一點，因為這是整件事情的關鍵。這是他的專長。對付謀殺、釐清謀殺、預防謀殺！一頭專門追蹤謀殺的獵犬。有人對他說發生了謀殺事件，在某處有謀殺，他四處尋找，但沒有找到。這是個在湯裡下砒霜的罪案嗎？是小流氓互捅刀子的罪案嗎？那荒唐又邪門的說法：「庭院喋血」，左輪手槍射出一發子彈。射向誰呢？因何而射呢？

犯罪的形式不該是這樣。因為這種形式和她說過的那句話——「我可能犯了謀殺罪」

——完全不符。他先前始終在黑暗中茫然躑躅，竭力想看出某種犯罪模式，試圖看清這第三個女郎在此一模式中所處的地位，然而每每總是回到這一點：他亟需了解她到底是怎麼樣的女孩。

這時候，阿蕊登·奧利薇一句隨意的話為他帶來了一線光明。鮑羅登大樓有個疑似女人自殺的案件。這個就符合了。第三個單身女郎就住在那裡。她說的謀殺一定就是指這個。如果是指約莫同時發生的其他謀殺案件，那未免過於巧合，更何況，這期間並沒有任何謀殺跡象和徵兆。不可能是其他的死亡事件使得這第三個單身女郎在某次聚會上，聽到他朋友奧利薇夫人向眾人大肆吹噓他的成就後，便十萬火急前來找他商量。因此，當奧利薇夫人漫不經心地告訴他有個女人從窗口跳下樓時，他彷彿覺得終於找到自己一直在尋找的東西。

這就是線索，他那個謎團的答案。他會據此找到他需要的東西：原因、時間、地點。

「Quelle déception[25]。」赫丘勒·白羅高聲說道。

他伸出手，將那份打得整整齊齊、關於一個女人的生活記錄挑了出來。那是查彭蒂太太赤裸裸的一生實錄。四十三歲，社會地位良好，據說是個放蕩不羈的女人——結婚兩次、離婚兩次，一個喜歡找男人的女人，一個生命最後幾年飲酒過量、身體健康因而受損的女人，

25 法語，意思是「真令人迷惑」。

一個喜歡聚會宴飲的女人，一個聽說曾和年輕男人鬼混的女人。單獨住在鮑羅登大樓的一間房子裡。白羅能夠了解也能夠體會，那是（而且一直是）什麼樣的女人。他能夠了解，這樣一個女人為何會在一天清早於絕望中醒來後，以跳窗了卻一生。

是因為她得了癌症或是她認為自己得了癌症嗎？然而在驗屍審訊上，確鑿的醫學證據顯示，情況並非如此。

他需要的是這個女人和諾瑪．雷斯特里之間的某種關聯。可是他找不到這種關聯。他把那份毫無隱諱的記錄又看了一遍。

在死亡原因調查庭上，一個律師證明她的身分是：一個叫作露薏絲．卡彭特的英國人，儘管她用的是法國姓氏——查彭蒂。這是因為這個姓氏和她的名字比較相配嗎？露薏絲？為什麼這名字聽來如此熟悉？有人無意間提到過嗎？是某個詞彙嗎？他的手指俐落地翻動著那些打字文件。啊！有了！只有一處提到過。安德魯．雷斯特里當初就是為了一個名叫露薏絲．伯萊爾的女人才和妻子分手的。事實證明，這個女人後來在雷斯特里的生命當中無足輕重。大約一年之後，他們因為爭吵而分道揚鑣。白羅想，這是一個關聯。恐怕這女人一生全是招致這樣的結果。瘋狂地愛上一個人，破壞他的家庭，也許之後和他同居，然後爭吵，離他而去。他很確定，非常確定，這個露薏絲．查彭蒂就是那個露薏絲．伯萊爾。

即使是這樣，這和那個叫諾瑪的女孩有什麼關聯呢？雷斯特里回到英國之後，是不是又和露薏絲．查彭蒂復合了呢？白羅對此存疑。這兩人在多年前便已分道揚鑣，因為機緣而又復合的可能性幾乎是微乎其微！那不過是一段短暫、無足輕重的迷戀。他現在的妻子不可能因為丈夫的過去而嫉妒到把他從前的情婦推出窗外。太荒謬了！在他看來，唯一可能心懷宿怨想對這個破壞她家庭的女人施行報復的人，只有雷斯特里的元配。然而，這似乎也絕無可能，因為再怎麼說，第一任雷斯特里夫人已經死了！

電話鈴聲響起。白羅沒有動。在這個關鍵時刻，他不願被打擾。他有一種剛摸到門路的感覺，他想繼續追下去……電話鈴聲停了。太好了。萊蒙小姐正在應付它。

門開了，萊蒙小姐走進來。

「奧利薇夫人要找你說話。」她說。

白羅手一揮。

「現在不行，現在不行，我拜託你！我現在不能跟她說話。」

「她說，她剛想到一件事，她早先忘記告訴你了。是關於一張紙，一封沒寫完的信，好像是從搬運卡車上一張桌子裡掉出來的吸墨紙。她說得沒頭沒尾的。」萊蒙小姐又說，口氣流露出一絲不以為然。

白羅揮手揮得更猛。

「『現在』不行，」他用力說，「我求求你，『現在』不行。」

「那我告訴她，你很忙。」

萊蒙小姐退了出去。

房間再度安靜下來。白羅感到一陣陣疲乏向他襲來。思考得太多了。一個人總得放鬆，沒錯，人總得放鬆。一定要消除緊張，在鬆弛當中，關聯自會出現。他闔上雙眼。所有的組件都已具備。他很確定這一點。現在，外界再也無法提供他任何資料。現在，那關聯勢必來自內在。

突然之間，就在他放鬆眼皮準備假寐之際，它出現了……

一切都在這裡……就等著他！他必須將它理出個頭緒來。而他現在明白了。所有的片段事實俱在，那些互不連貫的片段也都吻合無間。假髮、肖像畫、清晨五點鐘、女人和髮型、那個孔雀小子，全都走向那句這樣開頭的名詞：

第三個女郎……

「我可能犯了謀殺罪。」當然！

他想起一首可笑的兒歌。他大聲將那首兒歌背誦出來：

擦、擦、擦，三個男人在澡盆，

你猜他們都是誰？

屠夫、麵包師、還有一個老兄做燭台，

糟糕，他記不起最後一行。

麵包師，沒錯，還有一個八竿子打不著的，屠夫——

他試著模仿女人的聲音：

拍呀拍，拍蛋糕，三個公寓的女孩，
你猜她們都是誰？
一個私人助理，一個來自斯萊德，
而第三個是——

萊蒙小姐走了進來。

「啊，我想起來了，『她們都從香腸馬鈴薯來』。」

萊蒙小姐望著他，一臉的焦心。

「史蒂林弗利醫生非要現在和你通話不可，他說事關緊急。」

「告訴他……你是說史蒂林弗利醫生？」

他衝過她身旁，一把抓起話筒。

「我在，我是白羅！出了什麼事？」

「她從我這裡走出去了。」

「什麼？」

「你聽到我說什麼了。她走出去了。從前門走出去的。」
「而你就放她走了？」
「我還能怎麼辦？」
「你可以攔住她。」
「不行。」
「你放她走是瘋了。」
「不行。」
「你不懂。」
「我們說好的，她想走隨時可以走。」
「你不懂這會有什麼後果。」
「好吧，就算我不懂。可是我心裡有數。如果我不讓她走，我對她下的工夫立刻就會化為烏有。我已經在她身上下了工夫。我的工作和你的不一樣。我們的目的不同。告訴你，我有進展。因為有進展，所以我本來有把握她不會離我而去。」
「啊，是呀，不過，親愛的，她還是走掉了。」
「老實說，我不懂。我不明白她為什麼會再度發作。」
「因為有事發生。」
「沒錯，不過是什麼事呢？」

「可能是她看到了某個人，有人跟她說過話，或是有人發現了她的行蹤。」
「我不懂這怎麼可能……不過你好像不明白，她是個不受約束的人，她非得無拘無束才行。」
「有人找到她了。有人發現了她的下落。她有沒有接到什麼信件、電報還是電話？」
「沒有，完全沒有，這點我很確定。」
「那她怎麼會……對了！是報紙。我想，你的診所有訂報紙吧？」
「當然有。她過的是一般的日常生活，從我的專業立場來看，這就是我的主張。」
「所以，他們就是這樣找到她的。一般的日常生活。你訂什麼報紙？」
「我訂了五種。」
他說出五種報紙的名稱。
「她什麼時間離開的？」
「今天上午，十點半。」
「一點也沒錯。她看完報紙以後走的。一開頭就弄清這一點算是不錯了。她通常看哪一家報紙？」
「我不認為她有什麼特別偏好。有時候看這種，有時候看那種，有時候每種都看，有時候只是瞄上一眼。」
「噢，我不能再說閒話浪費時間了。」

「你是認為她看到什麼廣告之類的東西嗎？」

「除此之外，還能有什麼解釋呢？再見，我不能再說了。我得去搜尋一番。搜尋那個可能的廣告，然後迅速行動。」

他放回話筒。

「萊蒙小姐，請將我們訂的兩份報紙拿來：《晨報》和《每日彗星報》。請喬治出門把其他所有報紙都買回來。」

他一面打開報紙翻到個人廣告欄，逐行逐字地仔細讀著，一面繼續他的思考。

他要及時行動，他非及時行動不可……已經發生了一次謀殺，另一次就要發生。而他，赫丘勒．白羅，要阻止這場謀殺……如果他及時趕上的話……他是赫丘勒．白羅，一個為無辜者伸冤報仇的人。他不是常說（每當他這麼說，大家就會大笑）：「我不贊成謀殺」嗎？大家總把這句話等閒視之。可是，這並非等閒之詞。這是一種毫不誇張、道出實情的單純表白。他不贊成謀殺。

喬治拿著一疊報紙走進來。

「主人，這是今天所有的日報。」

白羅看著萊蒙小姐，她正站在一旁等待發揮功效。

「仔細看看我看過的那些報紙，以防我萬一疏漏了什麼。」

「你指的是私人廣告欄嗎？」

「對。我想，那上頭或許會有大衛這個名字。還有一個女孩的名字，是某種暱稱或綽號，他們不會用諾瑪這個名字。也許是求助或是要求會面之類的內容。」

萊蒙小姐順從地拿起報紙，表情有點不悅。這可不是那種能發揮她能力的工作，不過目前白羅沒有其他事可以交給她做。他自己攤開《晨間紀事報》。這裡要查的篇幅最大，一共有三欄。他俯身在攤開的報紙上。

一個女人想賣掉她的皮毛大衣，旅行者想搭乘便車到國外旅行，一處可愛的老宅待售，民宅寄宿者，低能兒童，家常自製巧克力，「茱麗亞。絕對不要忘記。你永遠的愛人。」這比較像。他思索片刻，決定跳過。路易十五時代的家具，中年婦女願幫忙管理旅店，「處於絕望困境，一定要見到你。請務必於四點三十分到公寓來。我們的代號：歌利亞[26]。」

就在他大喊「喬治，叫計程車」，並披上外套、走進過道的同時，門鈴響了。喬治打開前門，奧利薇夫人正好走進來，和喬治撞了個滿懷。三個人就在狹窄的過道裡擠成一團。

26 歌利亞（Goliath），《聖經》中記載的菲利士勇士，為童年的以色列國王大衛所殺。此處暗示約見諾瑪的人是大衛．貝克。

／22

法蘭西絲．卡莉背著輕便旅行袋順著曼德維爾路往下走。她一邊和剛在街角遇到的朋友聊天，一邊朝著鮑羅登大樓走去。

「說真的，卡莉，住那棟大樓就跟住在牢裡似的，跟苦艾叢那種地方沒什麼兩樣。」

「亂講，艾琳。告訴你，那裡的房子舒服極了。我很幸運，而且克勞蒂亞是個很棒的室友，她從來不打擾你。而且她有一份極好的工作。這間大樓確實管理得非常好。」

「就你們兩個人住嗎？我忘了。我還以為你們又找了一個女孩和你們同住，不是嗎？」

「噢，她好像離開我們了。」

「你是說她不付房租嗎？」

「噢，我想房租方面沒什麼問題。我想，她大概是和男朋友有點關聯吧。」

艾琳失去了興致。交男朋友實在是太理所當然的事。

「你從什麼地方回來？」

「曼徹斯特。去辦一次私人畫展，非常成功。」

「你下個月真的要去維也納嗎？」

「對，應該是。現在差不多都談妥了，真好玩。」

「如果畫作被偷，那不是很可怕嗎？」

「噢，所有的畫作都有保險，」法蘭西絲說，「不管怎麼說，所有真正有價值的畫都已保了險。」

「你那朋友彼得的畫展成績如何？」

「恐怕不算太好。不過《藝術家》雜誌的評論家對它評價不錯，這挺重要的。」

法蘭西絲彎進鮑羅登大樓，她的朋友繼續向這條路的另一頭、她自己住的小平房走去。法蘭西絲對門房道了一聲「晚安」，乘電梯上了六樓。她一邊沿著走廊走著，一邊哼著一支小曲。

她把鑰匙插進自己房子的門裡。走道的燈還沒打開，克勞蒂亞要再過一個半小時才會從辦公室回來。可是客廳的門卻是半開，燈也亮著。

法蘭西絲說道：「燈開著。真奇怪。」

她脫去外套，放下旅行包，將客廳的門又推開一些，走了進去……

突然，她驀然停下腳步，嘴巴張開，又闔上，全身都僵硬起來，兩眼直直瞪著那個俯躺在地上的人。接著，她的雙眼慢慢望向牆上的鏡子，鏡裡照出她自己被嚇壞了的面孔……

她深吸一口氣。一時的麻痺過去了，她猛然甩過頭去，尖叫起來。她向門外跑去，被放在走道上的旅行袋絆了一跤，她將袋子踢到一旁，沿著走廊繼續跑，發瘋似的捶著隔壁住戶的門。

一個老婦人開了門。

「你到底——」

「有人死了，有人死了。我想我認識那人……是大衛．貝克。他躺在地板上……我想他是被人用刀刺死的……一定是被刺死的。血，到處都是血。」

她開始歇斯底里地抽泣起來。雅各小姐往她手裡塞了一杯酒。

「留在這兒，把它喝了。」

法蘭西絲順從地飲了一口。雅各小姐快步踏出房門，沿著走廊走進那扇開著的門，裡頭有燈光流瀉出來。客廳的門大敞著，雅各小姐逕自走了進去。

她不是那種遇事會尖叫的女人。她站在進門處，緊抿著雙唇。

她眼前所見猶如噩夢中的一幕景象。地板上躺著一個漂亮的青年，兩臂大張，栗色頭髮散在肩頭，穿著一件深紅色的絲絨外套，白色襯衣上沾滿斑斑血跡……

她駭然察覺到，還有第二個身影和她一起在這個房間裡。一個女孩緊貼著牆壁站著，頭頂上那張巨大的小丑彷彿正躍過畫中的藍天。

那女孩身穿一件白色羊毛襯衫，淺棕色的頭髮有氣無力地垂落在臉頰兩側，手裡拿著一把菜刀。

雅各小姐緊瞪著她，她也瞪著雅各小姐。

接著，她以一種平靜、沉思的聲音開口說話，彷彿在回答誰的問話。

「沒錯，是我殺了他，鮮血從刀子流到我手上……我到浴室裡想把血洗掉，可是這種東西其實是洗不掉的，對不對？然後我又回到這裡來，想確定這是不是『真的』？可是它是『真的』……可憐的大衛……不過，我想我是『不得不』這麼做。」

震驚之下，雅各小姐嘴裡擠出一些她原本不可能說出的話。當她說出那些話，她覺得自己聽來非常可笑！

「真的嗎？你為什麼不得不這麼做呢？」

「我不知道……我想我得這麼做，真的。他遇到了極大的麻煩。他找我來，我就來了，可是我想擺脫他，我想離開他，我並不是真正愛他。」

她小心翼翼地把刀放在桌上，在椅子上坐下。

「恨任何人，」她說，「都不安全，對不對？……不安全，因為你永遠不知道你會做出什麼事情來，就像露薏絲……」

接著她平靜說道：「你最好撥個電話給警察。」

雅各小姐順從地撥了九九九。

§

現在，牆上掛著小丑畫像的房間裡有六個人。時間已經過了很久，警察來過，又走了。

安德魯．雷斯特里像嚇傻了一樣的，呆坐在那裡。他說過一兩次同樣的話：「我不相信……」他接到電話後便從辦公室趕來，克勞蒂亞．里斯—霍蘭陪他同來。她以她那不張揚的辦事風格，效率奇高地辦著事情，一刻也不稍歇。她和律師通過電話，打過電話給「橫籬居」和兩家房地產仲介公司，試圖和瑪麗．雷斯特里取得聯繫。她已經讓法蘭西絲．卡莉服下鎮靜劑，並且要她去躺下。

赫丘勒．白羅和奧利薇夫人並肩坐在一張長沙發上。他們和警察同時到達。

幾乎所有人都走光了，最後一個到達的是個安靜的男人，他滿頭白髮，一派紳士風度。是蘇格蘭警場的尼爾探長，他微微頷首，算是和白羅打了招呼，接著就被介紹給安德魯．雷斯特里認識。一個高大、紅髮的年輕人站在窗邊，注視著下面的院子。

他們都在等什麼呢？奧利薇夫人很納悶。屍體已經被搬走，攝影師和其他警察也已完成各自的差事，然後他們一窩蜂似的跑進克勞蒂亞的寢室，接著又回到客廳裡等候。她想，就是為了恭候這位蘇格蘭警場的人物到來吧。

「如果你希望我離開——」奧利薇夫人以猶豫的語氣對他說。

「你是阿蕊登．奧利薇夫人，對吧？如果你不反對，我希望你留下來。我知道這不是件愉快的事——」

「好像不是真的。」

奧利薇夫人閉上眼睛，整個情景再度浮現眼前。那個「孔雀小子」死的情景多麼像一幅畫面，而他又多像一個舞台上的人物。至於那女孩，已經不一樣了。她不再是來自「橫籬居」那個令人捉摸不定的諾瑪，也不再是被白羅形容為並不漂亮的奧菲利婭，而是一個冷靜、帶著悲劇尊嚴的人，泰然接受末日的降臨。

白羅曾經問過，能不能打出兩通電話，其中之一是打給蘇格蘭警場。警官在以電話初步詢問之後，同意他打這通電話。那警官將克勞蒂亞寢室的電話分機指給白羅看，白羅關上身後的門，就在那裡打了電話。

那警官繼續用懷疑的目光注視著他，對他的下屬低聲說道：「他們說沒關係。不知道這人是何方神聖？長得怪模怪樣的小矮子。」

「他是外國人，對吧？會不會是情報部的？」

「我可不這麼認為。他要找的人是尼爾探長。」

他的助手揚起眉毛，只差沒吹出口哨來。

白羅打完電話後，開門招手把不知所措站在廚房裡的奧利薇夫人叫到他身旁。他們並肩坐在克勞蒂亞．里斯—霍蘭的床上。

「我希望我們能想點辦法。」奧利薇夫人這位永遠的行動派說。

「要有耐心，親愛的夫人。」

「你確定你能想出辦法來？」

「我已經想好了，我已打過電話給所有必要的人，在警察結束初步調查之前，我們在這裡什麼也不能做。」

奧利薇夫人追問：「打電話給探長之後，你又打了電話給誰？她父親嗎？他能不能到這裡來保釋她或想點其他辦法呢？」

「事關謀殺，法官不可能會准許保釋，」白羅淡淡說道，「警方已經通知她父親了。他們從卡莉小姐那裡得知了他的電話號碼。」

「她現在在哪裡？」

「據我所知，她正在隔壁雅各小姐的寓所承受歇斯底里之苦。她就是發現屍體的人。那似乎讓她慌了手腳，尖叫著從這裡衝了出去。」

「她就是那個很有藝術氣息的女孩，對不對？如果是克勞蒂亞，她一定會保持冷靜。」

「我同意你的看法。她是個非常……沉穩的小姐。」

「那麼，你到底打了電話給誰？」

「首先，或許你也聽到了，是給蘇格蘭警場的尼爾探長。」

「這些人會願意讓他插手嗎？」

「他不是來插手的。最近他一直在為我調查一些事情，也許對釐清這件案子有幫助。」

「噢，原來如此……你還打了電話給誰？」

「約翰・史蒂林弗利醫生。」

「他是什麼人？要他來證明諾瑪瘋瘋癲癲，忍不住要殺人嗎？」

「如果必要，他的資歷足以讓他在法庭上做出這樣的證詞。」

「他了解她嗎？」

「我敢說，他非常了解她。自從你那天在『快活酢漿草』咖啡館發現她之後，他就一直在照顧她。」

「是誰把她送到他那裡去的？」

白羅露出微笑。

「是我。我到咖啡館和你見面之前，先打電話做了一些安排。」

「什麼？我這陣子老是對你失望，老是催你採取行動，你卻早已採取行動了？而你從來沒告訴我！真是的，白羅！一個『字』也沒說！你怎麼可以這麼……這麼惡劣。」

「夫人，我懇求你不要發火。我的所作所為，都是為了讓事情有個最好的結果。」

「每當有人做了那些特別令人惱火的事情，總是會這麼說。你還做了什麼？」

「我刻意安排讓她父親雇用我，這樣我就可以為她的安全做出必要的措施。」

「你指的是這位史蒂林瓦特醫生嗎？」

「是史蒂林弗利。你說得對。」

「你到底是怎麼辦到的？我作夢也想不到，她父親會選上你這種人來安排這一切。他似乎是個對外國人疑心極重的人。」

「我把自己強力推銷給他，就像魔術師強迫紙牌聽令差遣一樣。我去見他，聲稱我接到他一封信，要求我去拜訪他。」

「他相信你的話？」

「當然相信。我把信拿給他看，那封信是用他辦公室的信箋打的，而且有他的簽名——雖然一如他指給我看的，筆跡不是他的。」

「你的意思是，那封信其實是你自己寫的？」

「是的。我想這一定會引起他的好奇，這樣他就會見我。我的判斷沒錯。到了這一步以後，那就全憑我自己的本事了。」

「你告訴過他，你和這位史蒂林弗利醫生的計畫嗎？」

「沒有，我什麼人也沒說。你知道，說了會有危險。」

「對諾瑪有危險嗎？」

「對諾瑪有危險，或者說諾瑪對別人有危險。打從一開始，這件事就存在這兩種可能性。以那些事實來看，無論哪一種可能性都解釋得通。說她企圖毒死瑪麗．雷斯特里難以令人信服，這事件拖得太久，而且並不是一個真正要致人於死的企圖。然後是那樁在鮑羅登大樓這裡發生的左輪槍射擊的含糊故事；還有另一個關於彈簧刀和血跡的傳聞。每當這種事情發生，諾瑪都一無所知，都記不清楚。她在一個抽屜裡發現砒霜，可是記不得自己曾經將它放在那裡。當她記不起她做過的事，她就說她失去了記憶，失憶了很長一段時間。所以大家不由得會問，她說的是『實情』，還是由於某些私人理由而『捏造』出來？她是某個惡毒甚或瘋狂陰謀潛在受害者，還是她本人就是主其事者？她把自己描繪成一個飽受精神失調之苦的女孩，還是她心中存有謀殺意圖，想以這種假象來做掩護？」

「她今天和往日不同，」奧利薇夫人緩緩說道，「你注意到了嗎？大不相同。不再……不再顯得神情恍惚。」

白羅點點頭。

「不再是奧菲利婭，而是伊芙琴尼亞[27]了？」

公寓外一陣騷亂轉移了兩人的注意力。

「你認為——」奧利薇夫人收住話頭。

白羅走到窗前，俯身望著樓下的庭院。一輛救護車停了進來。

27 伊芙琴尼亞（Iphigeneia），希臘神話中邁尼錫王阿迦門農之女。阿迦門農遠征特洛伊時，由於他曾經得罪狩獵女神阿蒂蜜絲（Artemis），阿蒂蜜絲便懲罰他的軍隊滯留在奧利斯港。預言家特其托答應，如果阿迦門農將自己的愛女伊芙琴尼亞獻祭給女神阿蒂蜜絲，軍隊即可出發。伊芙琴尼亞決定犧牲自己，但在祭司揮刀殺她之時，阿蒂蜜絲化作一隻牝鹿突然落在神壇上將其救走。

「他們準備把『他』運走嗎?」奧利薇夫人顫抖的聲音問道。接著又以突如其來的遺憾口吻加上一句:「可憐的孔雀。」

「他這人很難稱得上討人喜歡。」白羅冷冷說道。

「他太愛打扮了……而且這麼年輕。」奧利薇夫人說。

「對女人來說,這就足夠了。」白羅一邊小心翼翼地將寢室的門打開一道縫,一邊向外張望。

「對不起,」他說,「我要離開你一下。」

「你要去哪裡?」奧利薇夫人疑惑地問道。

「據我了解,這個問題在這個國家並不得體。」白羅帶著責備的語氣說道。

「噢,請見諒。」

「這和玩紙牌可不一樣。」白羅走後,她一眼貼在門縫裡向外張望,低聲說道。

她走回窗邊,觀察著下面的動靜。

「雷斯特里先生剛搭計程車趕到,」幾分鐘後,白羅無聲無息溜回房間的時候,她說道,「克勞蒂亞和他一起來。你剛才是不是進了諾瑪的房間,還是你到底去了什麼地方?」

「警察占用了諾瑪的房間。」

「你這人真煩。你手上那個黑色包包裡頭裝了什麼?」

白羅反問道:「你那個繪有波斯馬樣式的帆布袋裡裝了什麼?」

「你說我的購物袋？只有幾個鱷梨。」
「那麼如果你允許，我就把這個包包交給你保管。請不要粗手粗腳，也別擠了它。」
「那是什麼？」
「是我一直希望找到的東西，現在我找到了。啊，東西開始不請自來了——」他意指愈來愈大的嘈雜聲。
聽在奧利薇夫人耳裡，她覺得這些嘈雜聲比英語字彙更能精確表達意義。雷斯特里的聲音高亢而憤怒，克勞蒂亞跑進房間來打電話，一個警方的速記員跑到隔壁去找法蘭西絲·卡莉和那位名叫雅各小姐的傳奇人物做筆錄。人們進進出出、有條有理地忙碌著，終於，兩個帶著相機的人也離去了。
這時候，一個滿頭紅髮、動作靈活的高個頭年輕人突然闖進克勞蒂亞的臥室。
他根本沒注意奧利薇夫人，劈頭就對白羅說：「她做了什麼？謀殺嗎？死者是誰？男朋友嗎？」
「是的。」
「她承認了？」
「似乎如此。」
「不妙。她是確確實實這麼說的嗎？」
「我並沒有親耳聽到她承認，我還沒機會親自問她話。」

一個警察探進頭來。

「是史蒂林弗利醫生嗎？」他問，「我們警官想和你說句話。」

史蒂林弗利醫生點點頭，跟著他走出房間。

「原來這就是史蒂林弗利醫生？」奧利薇夫人說。她想了想：「挺特別的，對吧？」

23

尼爾探長拿起一張紙，草草在上頭記下一兩點，接著目光對房裡的另外五人梭巡了一遍。他的語調清脆而正式。

「雅各小姐呢？」他望著站在門邊的警察說道，「我知道，康諾利警官已經取得她的筆錄。不過我想親自問她幾個問題。」

幾分鐘後，雅各小姐被帶進房裡。尼爾彬彬有禮地站起來招呼她。

「我是尼爾探長，」他一面說，一面和她握手。「二度來打擾你，實在是非常抱歉。不過，這一次是非正式的。我只想對你看到、聽到的事情有更清楚的了解。恐怕這會讓你感到痛苦——」

「痛苦，不會，」她在他示意坐下的椅子上落坐。「當然，這很嚇人，不過並不涉及情緒問題。」她又補充道：「你好像已經把事情處理好了。」

他推想，她指的是搬走屍體這件事。

她那敏於觀察、挑剔苛刻的目光，輕鬆自若地掃視著群聚在房裡的人。看到白羅的時候，是毫不掩飾的訝異（這是什麼人？）；停駐在奧利薇夫人身上的，是些微的好奇；對於史蒂林弗利醫生滿頭紅髮的後腦勺，她細細打量；認出鄰居克勞蒂亞的時候，她微微點頭致意；最後，她對安德魯·雷斯特里投以同情的眼光。

「你一定是那女孩的父親，」她對他說，「一個素昧平生者的悼慰，並沒有多大意義，所以我不會說什麼安慰的話。我們現在生活的世界多麼悲慘……至少在我眼裡是這樣。依我之見，是女孩子讀書太用功了。」

隨後，她鎮定自若地將臉龐轉向尼爾。

「有何指教？」

「雅各小姐，我想請你以自己的話將你見到和聽到的一五一十說一遍。」

「我想，那樣會和我先前所說的有所差別，」雅各小姐說的話出人意表。「你知道，事情就是這樣。一個人希望盡量把事情說得確切些，所以會多說很多。而我認為，這樣反而沒把事情說得更確切。我想，人在不知不覺中會加入一些自認為看到或應該看到（或聽到）的事情。不過，我盡力而為就是。

「我一開始聽到尖叫聲，嚇了我一跳。我想，一定有人受傷了。所以，在有人一邊尖叫一邊敲門之前，我就已經朝門口走去。我打開門，看見我隔壁六十七號住著的一個女孩。雖然我見過她，但我恐怕不知道她的名字。」

「法蘭西絲．卡莉。」克勞蒂亞說。

「她語無倫次，結結巴巴地說有人死掉了，是她認識的人，叫大衛什麼的。我沒有聽清楚他的姓。她不斷地低泣，渾身發抖。我讓她進到屋子來，給了她一點白蘭地，然後就自己跑過去看。」

人人都有種感覺，雅各小姐一輩子都會這樣應付所有的事情。

「而我發現的事情你已經知道了，還要我描述一遍嗎？」

「只需扼要就好。」

「是個年輕人，一個時髦的年輕人，衣著華麗，長長的頭髮，躺在地板上，顯然已經死了。襯衫上的血都凝成了血塊。」

史蒂林弗利動了動身子，他轉過頭來，銳利的眼神望著雅各小姐。

「後來，我發覺有個女孩在房間裡。她手裡握著一把菜刀，看起來很平靜，很沉著……真的，非常奇怪。」

史蒂林弗利問：「她說了什麼沒有？」

「她說，她到浴室去想把手上的血洗掉，接著她又說：『可是這種東西是洗不掉的，對不對？』」

「要命，說得真白，是不是？」

「她倒沒有讓我特別想到馬克白夫人[28]。她……我該怎麼說呢？她非常鎮定。她把刀放到桌上，在椅子上坐下來。」

「她還說了什麼？」尼爾探長問道，兩眼向下看著自己面前潦草的筆記。

「說了些關於仇恨的話；她說：『恨任何人都不安全。』」

「她說過『可憐的大衛』之類的話，對吧？你跟康諾利警官這麼說的。還有，她想要擺脫他。」

「沒錯，我忘了說。她說是他叫她到這兒來的，此外還說了一些關於露薏絲的話。」

「關於露薏絲她說了什麼？」

問話的是白羅，他身體猛然前傾。雅各小姐狐疑的眼神望著他。

「什麼也沒說，真的，只是提到這個名字。她說：『就像露薏絲』，隨後就閉口不說了。這句話是她在說完恨任何人都不安全之後說的……」

「後來呢？」

「後來她非常鎮靜地告訴我，叫我最好撥個電話給警察。我就這麼做了。我們在那裡一直坐到警察來……我覺得我不該離開她。我們一句話也沒說，她似乎沉浸在自己的心事裡，而我……噢，坦白說，我想不出有什麼話可說。」

「你難道看不出她精神不穩定嗎？」安德魯．雷斯特里說，「可憐的孩子，你該看得出她不知道自己做了什麼，或是為什麼要這樣做嗎？」

他的語氣充滿懇求和期盼。

「如果殺人之後顯得特別清醒和鎮靜是神經不穩定的現象，那麼我會同意你的話。」

雅各小姐以一種不能苟同的斷然聲調說出這句話。

史蒂林弗利說：「雅各小姐，她可曾承認過，是她殺了那個人？」

「噢，有的。我先前早該說的……她一開始就這麼說了，彷彿在回答我向她提出的問題。她說：『沒錯，是我殺了他。』接著才繼續說她去洗手的事情。」

雷斯特里放出一聲呻吟，把臉埋入雙手裡。克勞蒂亞抬起一隻手，放在他的胳臂上。

白羅說：「雅各小姐，你說那女孩把她拿著的菜刀放到桌子上。刀子離你很近嗎？你可以看清楚嗎？你是不是覺得那把刀也沖洗過了呢？」

雅各小姐躊躇地望著尼爾探長。顯而易見，她覺得白羅似乎在這種屬於官方的調查中攙進了一種非官方的異國氣氛。

「能不能麻煩你回答這個問題呢？」尼爾說。

「不，我不認為那把刀被沖洗過或被擦拭過。那上面有血跡，還有一些顏色黯淡、不知

28 莎士比亞著名悲劇《馬克白》的主角。馬克白為蘇格蘭大將，為了篡奪國王鄧肯的王位，和馬克白夫人共同以酒將其灌醉後殺害。事後，馬克白夫人出主意將血塗在兩個熟睡的侍衛身上，並把刀放在他們身邊，然後馬克白夫婦將自己手上的血跡用清水洗去。

是什麼的濃稠物質。」

「啊。」白羅靠回椅背。

「我以為你自己已經很清楚那把刀的情況了，」雅各小姐以責難的語氣對尼爾說，「你們警察沒檢查過嗎？如果他們沒檢查，我覺得這太馬虎了。」

「噢，有的，警察檢查過了，」尼爾說，「可是我們……呃，總希望再確認一下。」

她精明的目光立刻投向他。

「我想，你真正的用意是，想弄清楚證人的觀察精確到何種程度。有多少是他們想像的，有多少是他們實際看到或是自認看到的。」

他微微一笑，說道：「雅各小姐，我想我們無須對你存疑。你會是一個出色的證人。」

「我並不以此為樂。不過，我想這是一種不得不奉陪的事。」

「恐怕是這樣。謝謝你，雅各小姐。」他舉目四望。「還有沒有人有什麼問題？」

白羅表示他還有問題。雅各小姐在門邊停下來，滿臉的不樂意。

「你的問題是——」她說。

「是關於那個叫露薏絲的女人。你知道那女孩指的是什麼人嗎？」

「我怎麼會知道呢？」

「她會不會意指露薏絲．查彭蒂太太呢？你認識查彭蒂太太，對不對？」

「不認識。」

「你知道她最近從這棟公寓大樓的窗口跳樓了吧？」

「我當然知道。可是我不知道查彭蒂太太的名字叫露薏絲，而且我本人也不認識她。」

「大概也不特別想認識吧？」

「我可不想這麼說，因為那女人已經死了。不過，我承認這是實話。她是那種最要不得的房客，我和別的住戶常常對這裡的經理抱怨。」

「確切來說，抱怨些什麼呢？」

「坦白說，這個女人喝酒。她的房子其實就在我的上層，亂七八糟的宴會永遠開不完，打碎玻璃杯、撞倒家具、大唱大喊，還有很多……呃，進進出出的。」

「她大概是個寂寞的女人吧。」白羅暗示道。

「從她的行為來看，很難給人這種印象，」雅各小姐尖酸地說道，「驗屍審訊指出，她很擔心自己的健康狀況，所以非常消沉。這完全是她自己的想像。她看起來什麼毛病也沒有。」

雅各小姐毫不同情地數落完查彭蒂太太之後，便離開了。

白羅將注意力轉向安德魯．雷斯特里身上。他巧妙地問道：「雷斯特里先生，我想你有段時間和查彭蒂太太很熟，沒錯吧？」

雷斯特里半晌沒有答話。隨後他深深嘆了口氣，轉而望著白羅。

「沒錯。曾經有段時間，多年以前了，我確實跟她很熟……我可以這麼說，那時候她用的不是查彭蒂這個姓。我認識她的時候，她叫露薏絲·伯萊爾。」

「你……呃，愛過她？」

「是的，我愛過她……狂熱地愛過她！為了她，我離開了妻子。我們去了南非。只有一年工夫，一切就告吹了。她回到英國來。從那以後，我再也沒聽過她的消息。我甚至不知道她變成什麼模樣。」

「你女兒呢？她也認識露薏絲·伯萊爾嗎？」

「她一定不記得她了，她那時才五歲大！」

「可是她認識露薏絲嗎？」白羅堅持問道。

「認識，」雷斯特里緩緩說道，「她認識露薏絲。換句話說，露薏絲來過我們家，她常和我女兒一起玩。」

「所以，即使事隔多年之後，你女兒可能還記得她？」

「我不知道，我根本就不知道。我不知道露薏絲變成什麼模樣，不知道她變了多少。正如我告訴你的，我再也沒見過她。」

白羅柔聲說道：「可是你聽過她的消息，對吧，雷斯特里先生？我是說，你回到英國以後，你聽說過她的情況吧？」

又是一陣靜默，接著是一聲愁苦的嘆息。

「沒錯，我聽說過她的情況……」雷斯特里說。出於突然的好奇心，他隨即問道：「白羅先生，你怎麼會知道這個？」

白羅從口袋裡掏出一張摺得整整齊齊的紙。他將那張紙打開，遞給雷斯特里。

雷斯特里帶著些許困惑，皺著眉頭看著那張紙。

親愛的安迪：

我從報上看到你又回家來了。我們一定得見面，談談我們倆這些年來的境況——

信到此戛然而止……接著又重新起頭。

安迪，猜猜這封信是誰寫來的！是露薏絲。可別說你已經忘了我！

親愛的安迪：

看到這封信上方所寫的地址，你就會知道我和你的祕書住在同一棟公寓大樓裡。世界多麼小啊！我們一定要見見面。下星期一或星期二，你能來共飲一杯嗎？

安迪親愛的，我一定要再見見你……除了你，任何人對我來說都無足輕重……你也並沒有真正忘記我，是不是？

「你怎麼會拿到這個？」雷斯特里輕拍著那封信，好奇地問白羅。

「這是我一個朋友在搬運卡車上發現的。」白羅瞄了奧利薇夫人一眼，口中說道。

雷斯特里不悅地看著她。

「我身不由己，」奧利薇夫人說，她精確領會到他目光中的用意。「我想，往外搬的應該是她的家具，那些人沒抓牢那張書桌，一個抽屜掉下來，東西撒了一地，風把這張紙吹得滿院子跑，我就撿起來要還給他們，可是他們不高興，根本不想要它，於是我想也沒想就把它塞進外套口袋裡。今天下午我要把外套送去乾洗，所以把口袋裡的東西掏出來，這才看到了它。所以，這實在不是我的錯。」

她就此打住，有些上氣不接下氣。

「她給你的信最後寫成了嗎？」白羅問。

「是的，她寫成了，是一封刻板得多的信！我沒回信。我認為不回信比較明智。」

「你不想再見到她嗎？」

「她是我最不想見到的人！她這女人十分難纏……向來如此。而且我聽到一些關於她的傳言，有人說她成了一個酒鬼，而且還有……其他的事情。」

「你把她的信留下來了嗎？」

「沒有，我撕掉了！」

史蒂林弗利醫生出其不意地提出一個問題。

「你女兒對你提過她嗎？」

雷斯特里似乎不願回答。

史蒂林弗利催促道：「你知道，如果她對你提過，這一點可能很重要。」

「你們這些醫生！沒錯，有一回她確實提過她。」

「那她到底怎麼說的？」

「她說得非常突然：『爸爸，那天我見到露薏絲了。』我大吃一驚。我說：『你在哪裡見到她？』她說：『在我們大樓的餐廳裡。』我有點尷尬。我說：『我作夢也沒想到你還記得她。』她說：『我從來就沒忘記過。就算我想忘記，媽媽也不讓我忘。』」

「沒錯，」史蒂林弗利醫生說，「沒錯，這些話可能很重要。」

「而你，小姐，」白羅突然轉過身去，對克勞蒂亞說道：「諾瑪曾經和你談過露薏絲・查彭蒂嗎？」

「談過……在她自殺之後。她說了一些她是壞女人的話。她說話的時候十足的孩子氣，如果你明白我意思的話。」

「那天晚上……或許說得精確些，查彭蒂太太自殺的那天清晨，你人在家裡吧？」

「那天晚上我不在這裡，不在，我出差去了。我記得我是隔天回到家的，這才聽說了這件事。」她半轉過身對著雷斯特里說：「你記得嗎？那天是二十三號。我到利物浦去了。」

「對，當然是。你代表我去參加海佛信託公司的會議。」

白羅說：「可是，諾瑪那天晚上是睡在這裡吧？」

「是的。」克勞蒂亞似乎有些不自在。

「克勞蒂亞？」雷斯特里把手放在她臂膀上。「你是不是知道諾瑪什麼事？一定有，你刻意隱瞞。」

「什麼事也沒有！我怎麼會知道她的事？」

「你覺得她瘋了，對吧？」史蒂林弗利醫生說，語氣就像閒話家常。「那個黑髮女孩也這麼想，你也是。」他驀地轉向雷斯特里，接著說：「我們每個人都謹守禮貌，避免談這個問題，可是腦子裡全這麼想！除了這位探長！他正在搜集意見：她是瘋子，還是殺人凶手。而你的想法呢，夫人？」

「我嗎？」奧利薇夫人一怔。「我……不知道。」

「你想保留不做判斷嗎？我不怪你。這很難決定。大體而言，大部分的人想法都是一致的，只是用不同的措詞，如此而已。說她發神經、魂不守舍、頭腦少根筋、神志失常、神經病。有沒有人認為這女孩是理智、清醒的呢？」

「巴絲比小姐。」白羅說。

「巴絲比小姐是誰？」

「一位女校長。」

「如果我有女兒，我就送她到那所學校去……當然，我是另一種會這麼說的人。因為我了解，我了解那女孩的一切！」

諾瑪的父親瞪著他看。

「這人是誰？」他問尼爾，「他說他了解我女兒的一切，他這是什麼意思？」

「我了解她，」史蒂林弗利說，「因為過去十天來，她一直受到我專業的照顧。」

尼爾探長說：「史蒂林弗利醫生是一位資歷和名望俱佳的精神科醫生。」

「沒有得到我的同意，她怎麼會到你那裡去？」

「問那個八字鬍吧。」史蒂林弗利醫生朝白羅點了點頭。

「你……你……」

雷斯特里氣得說不出話來。

白羅一派從容地說道：「你給過我指示。要我在找到她以後照顧她、保護她。我找到了她，我設法讓史蒂林弗利醫生對她的案例感興趣。雷斯特里先生，她當時處在危險之中，是非常重大的危險。」

「她的危險莫過於現在！被控犯了謀殺罪而遭到逮捕！」

「嚴格說來，她還沒有受到指控，」尼爾低聲說道，「史蒂林弗利醫生，據我了解，你願意發表你專業的看法，說明雷斯特里小姐的精神狀態以及她對自己的行為有多清楚，對吧？」

「我們不妨把法定程序留待法庭上用，」史蒂林弗利說，「現在，各位只想知道一點：

這女孩到底是瘋了還是神志清楚？好，我會告訴你們。這女孩神志很清楚——就和坐在這房裡的任何人一樣清楚！」

24

大家都盯著他看。

「你們沒想到吧？」

雷斯特里憤怒地說：「你錯了，我女兒連她做了什麼都不知道。她是無辜的，完全無辜，她不能為自己在無意識狀態下所做的事情負責。」

「請你讓我說點話。我知道我在說什麼，而你不知道。那女孩神志清楚，可以為她的行為負責。等一下我們會請她進來，讓她自己說。她是唯一還沒有機會為自己講話的人！對，沒錯，她還在這裡，和一個女警一起關在她的臥室裡。不過在我們問她問題之前，你們最好先聽我說幾句話。那女孩剛來我那裡的時候，全身都是毒。」

「是他給她的！」雷斯特里大喊，「那個墮落、卑鄙的傢伙。」

「十之八九，是他讓她染上的。」

「謝天謝地，」雷斯特里說，「真是感謝上帝。」

「你向上帝謝什麼呢？」

「我誤會你了。你剛才不斷說她神志清楚，我還以為你要置她於死地呢。我錯怪你了。原來是嗑藥造成的，那些毒品讓她做出自己絕不願做的事，而且做了之後還渾然不覺。」

史蒂林弗利提高了嗓門。

「如果你讓我開口，而不要這麼自顧自的講個沒完，以為自己無所不知，也許我們會有點進展。首先，她並沒有毒癮。沒有注射針孔的痕跡，她也沒有吸毒。不知是什麼人，也許是那個男生，也許是別人，在她不知情的情況下讓她服下了麻醉毒品。不只是一兩片現在流行的紫心片，而是一種值得玩味、幾種麻醉品的混合物——LSD[29]。它能讓人產生栩栩如生的連續夢境，可能是噩夢，也可能是美夢。裡頭的大麻能產生時間錯覺，所以她可能會把幾分鐘的感受當成一小時。其中還有一大堆稀奇古怪的物質，我並不打算為你們任何人說明。有人很會施毒，把那女孩耍得團團轉。興奮劑、鎮靜劑全都發揮了控制她的功效，讓她以為自己是另一個人。」

雷斯特里打斷他的話。

「我就是這麼說的。諾瑪無法負責！她是在被人催眠之下才做出這些事。」

「你還是沒抓到重點！任何人都不能讓那女孩去做她不願做的事！他們只能讓她『以為』那些事情是她做的。現在我們把她找來，讓她明白別人對她做了什麼吧。」

他探詢的目光望向探長，尼爾點點頭。

他一面走出客廳，一面回頭對克勞蒂亞說：「你把另外那個女孩安置到哪裡去了？就是那個你從雅各小姐那裡帶回來，給了她一杯鎮定劑的那個。在她房裡睡覺嗎？最好把她搖醒，拉她過來，不管用什麼方法。無論是什麼，只要有幫助的我們都需要。」

克勞蒂亞也走出客廳。

史蒂林弗利哄推著諾瑪回來，口裡說著一些不著邊際的撫慰。

「這樣才乖……沒有人會咬你。坐那裡。」

她順從地坐下來。她的溫馴依然令人毛骨悚然。在門邊來回徘徊的女警顯露出訝異的表情。

「我要你做的，只是說出真相而已。這並沒有你想像的那麼難。」

克勞蒂亞和法蘭西絲．卡莉一起走進來。法蘭西絲不斷打著哈欠。她接二連三打著哈欠，垂下的黑髮像簾幕一般遮住了她半個嘴巴。

「你需要一點興奮劑。」史蒂林弗利對她說。

「我希望你們讓我去睡覺。」法蘭西絲含糊不清地咕噥道。

29　LSD的中文名是「麥角酸二乙醯胺」（Lysergic Acid Diethylamide），是一種迷幻藥物。

「除非我把事情辦完，否則誰也別想去睡覺！現在，諾瑪，你回答我的問題——那個正沿著走廊走來的女人說你承認殺了大衛・貝克。是真的嗎？」

她以溫馴的嗓音說：「是的。是我殺了大衛。」

「你用刀刺他嗎？」

「是的。」

「你怎麼知道是你做的？」

她看起來有點迷惑。

「我不明白你的意思。他躺在這裡的地板上……死了。」

「刀在哪裡？」

「我把它撿起來了。」

「上面有血嗎？」

「有，還有他的襯衫上也有。」

「你對刀上的血有什麼感覺？就是你沾到手上必須去洗掉的血——溼溼的嗎？還是像草莓醬？」

「像草莓醬，黏稠稠的。」她在顫抖。「我一定得把它從我手上洗掉。」

「非常明智。嗯，這樣一切都串聯起來了。被害人，凶手……你，還有武器，全都齊了。你還記得你是怎樣下手的嗎？」

「不，我不記得……不過這一定是我做的，對吧？」

「別問我，當時我不在場，是你自己一直這麼說的！不過，在此之前還有一次凶殺案，對吧？時間比這個更早。」

「對，我就是指露薏絲……你第一次想到要殺她是什麼時候？」

「你是指……露薏絲？」

「多年以前，噢，好久以前了。」

「那時候你還是個孩子？」

「對。」

「你真是等了好長一段時間，對吧？」

「我早已忘了。」

「直到你又見到她、認出她的時候，對吧？」

「對。」

「當你還是個孩子的時候，你就恨她。為什麼呢？」

「因為她把爸爸，我爸爸，搶走了。」

「而且讓你的母親很不快樂？」

「媽媽很恨露薏絲，她說露薏絲是個不折不扣的壞女人。」

「我想，她常常對你提到她吧？」

「是的。我真希望她不要這樣……我不想老是聽到她的事情。」

「就像獨白一樣……我懂。仇恨不具有創造力。當你再度見到她，你『真的』想殺死她嗎？」

諾瑪好像在慎思，她臉上現出一絲感興趣的淡淡表情。

「你知道，我並不真想……這一切好像都是很久以前的事了。我無法想像自己……這就是為什麼……」

「就是為什麼你無法確定是你殺了她？」

「是的。我曾經有過這樣的念頭，那就是我根本沒有殺她，那可能只是一場夢，也許她真的是自己從窗口跳下去的。」

「嗯，那為什麼你又不確定？」

「因為我知道是我殺了她——我說過人是我殺的。」

「你說過人是『你』殺的？你是對誰說的？」

諾瑪搖搖頭。

「我不應該……那個人是好心，想幫助我。她說，她會假裝一點也不知情。」她繼續說下去，說得又快又激動。「我站在露薏絲的門外，是七十六號門，我剛從裡面出來。我想，我是在夢遊。他們說……她說，出了意外，在樓下的院子裡。她不斷對我說，這件事和我毫無關係，誰也不會知道，而我記不得我到底做了什麼，可是我手上有東西——」

「東西？什麼東西？你指的是血嗎？」

「不，不是血，是扯下來的窗簾布，是我把她推出窗外的時候扯下來的。」

「你記得是你把她推出去的，是嗎？」

「不，不記得，這就是糟糕的地方，我什麼事都記不起來。所以我希望我記起來。這就是為什麼我跑去——」她把頭轉向白羅。「找他——」

她又轉向史蒂林弗利。

「我一直都記不得我做過的事，什麼也記不得。可是我愈來愈害怕。因為常有一段很長的空白——完全的空白——好幾個鐘頭，我無法解釋，也記不得我去了哪裡或是做過什麼事。但是我發現了一些東西——一定是我自己收藏起來的。瑪麗被我下過毒，他們在醫院裡發現她中了毒。而我發現我把除草劑藏在抽屜裡。在這裡我發現一把彈簧刀。我還有一把手槍，而我根本不知道我買過槍！我真的殺了人，可是我不記得殺過他們，所以我不是一個真正的殺人凶手，我只是……『瘋了』！我終於認清了這一點。我瘋了，而我愛莫能助。如果你在發瘋的時候做了什麼事，別人不能責怪你。如果我能到這裡來，甚至把大衛殺了，這就表示我真的瘋了，不是嗎？」

「你很希望自己發瘋嗎？」

「我……對，我想是。」

「如果是這樣，你為什麼會對人承認說，是你把露薏絲推出窗外致死的呢？你是對誰說的？」

諾瑪猶猶豫豫地轉過頭去。接著她舉起手，指著說道：「我告訴了克勞蒂亞。」

「一派胡言，」克勞蒂亞輕蔑地望著她。「你從來沒對我說過那種事！」

「我有，我說過。」

「什麼時候？在哪裡？」

「我……我不知道。」

「她告訴過我，她把一切都跟你說了，」法蘭西絲含糊不清地說道，「老實說，我當時以為她是歇斯底里，自己編出這麼多故事來。」

史蒂林弗利望向白羅。

「她可能是在編故事，」他義正辭嚴說道，「這樣的結論確實有可能。不過，如果真是這樣，我們就得找出她想讓那兩個人——露薏絲．查彭蒂和大衛．貝克——喪命的動機，強烈的動機。是一種孩子氣的怨恨嗎？那不是在多年前就已忘卻而結束了嗎？所以這是胡說。至於大衛，僅僅是為了『擺脫他』嗎？女孩子不會因為這個去殺人！我們必須找到更有力的動機。例如，大筆的財產！例如，貪婪！」他環顧身邊的人，聲音恢復為正常的語調。「我們還需要一點小小的幫助。這裡還缺一個人。雷斯特里先生，你太太也在這裡？」

「我想不出瑪麗去哪裡了，我已經打過電話。克勞蒂亞小姐在我們能想到的地方都留了口信。她現在至少應該從什麼地方掛個電話過來。」

「或許我們弄錯了，」赫丘勒．白羅說，「就某方面而言，你太太至少已經有一部分在這裡了。」

「你這是什麼意思？」雷斯特里咆哮道。

「親愛的夫人，能不能麻煩你一下？」

白羅朝奧利薇夫人俯過身去。奧利薇夫人瞠目結舌。

「我交給你保管的包裹——」

「噢。」奧利薇夫人將手伸入購物袋，把他黑色的包包遞給他。

他聽見身旁有人猛然抽了一口氣，不過他並沒有回頭。

他小心翼翼地將皮包打開，舉起了一個……蓬鬆的金色假髮。

「雷斯特里太太不在這裡，」他說，「可是她的假髮在這裡。有意思。」

「你到底是從哪裡拿到這東西的，白羅？」尼爾問。

「是從法蘭西絲．卡莉小姐的旅行袋裡拿來的，她還沒來得及把它處理掉。我們要不要看看她戴上去有多麼合適？」

他隨即以簡單而靈巧的動作，精準地將遮在法蘭西絲臉上的黑髮全撩到一邊。她還沒來得及防備，一頂金色的假髮已經蓋在她頭上。她用憤怒的目光瞪著大家。

奧利薇夫人驚呼道：「老天爺，這是瑪麗．雷斯特里！」

法蘭西絲像一條憤怒的蛇，不斷扭著身子，雷斯特里從座位上跳起來，打算奔到她身旁，但尼爾那強而有力的手制止了他。

「別這樣，我們可不希望你使用暴力。你知道，這場戲已經結束了，雷斯特里先生——或許我應該稱呼你羅伯・奧韋爾……」

那男人的嘴裡吐出一串不堪入耳的粗話。法蘭西絲突然尖聲叫道：「住嘴，你這該死的蠢貨！」

白羅已將他的戰利品——那個假髮——撇在一旁。他走到諾瑪面前，溫柔地將她的手握在自己手裡。

「我的孩子，你的苦難結束了。受害者不會被犧牲的。你既沒瘋，也沒有殺害任何人。那是兩個殘忍、毫無心肝的人在暗中謀害你。他們巧妙地施用毒品，又滿嘴謊言，千方百計想逼你去自殺，或是讓你相信自己犯了罪、發了瘋。」

諾瑪帶著恐懼的眼神瞪著其中一位密謀者。

「我的爸爸？是我爸爸？他竟然會這麼對付我。我是他的女兒。他是曾經愛過我的爸爸啊——」

「我的孩子，他不是你爸爸，他是一個在你爸爸死後來到此地的男人，他冒名頂替，企圖染指那一大筆財產。只有一個人可能認出他來……或者更確切地說，能認出這人並不是安德魯・雷斯特里。那就是：十五年前安德魯・雷斯特里的情婦。」

／25

白羅房裡坐著四個人。白羅坐在自己的方形安樂椅中，喝著一杯覆盆子果汁。諾瑪和奧利薇夫人坐在沙發上。奧利薇夫人身上穿著一襲並不適合她的蘋果綠錦緞洋裝，頭上頂著一個更煞費苦心的髮型，顯得特別喜氣。史蒂林弗利醫生懶洋洋地靠在椅子上，兩條長腿直伸著，彷彿伸過了半個房間。

「現在，我有很多事情要弄清楚。」奧利薇夫人說。她的口氣帶著責備。

白羅趕緊息事寧人。

「親愛的夫人，請你三思。我欠你的人情真是難以報答。我所有、一切的好點子，完全都是因為你的啟發。」

奧利薇夫人疑惑地望著他。

「『第三個單身女郎』這個名詞不就是你告訴我的嗎？同住於一間房子的第三位女

孩……我就是從這裡出發，也是在這裡結束的。我想，嚴格說來，諾瑪始終都是那第三個女郎……可是當我以正確的目光檢視這些事實的時候，一切都各就其位了。那欠缺的答案，那拼圖遊戲中不見的圖塊，沒有一次不同，全是這第三個女郎。

「那是一個始終『不在場的人』，如果你明白我意思的話。對我來說，她只是一個名字，如此而已。」

「我不懂。我就從未將她和瑪麗．雷斯特里聯想在一起，」奧利薇夫人說，「我在橫籬居見過瑪麗．雷斯特里，還跟她說過話。當然，我第一次見到法蘭西絲．卡莉的時候，她一頭長長的黑髮垂下遮住了半張臉，那還真會把任何人都矇過去！」

「夫人，讓我注意到一個女人的外表多麼容易因為梳理方式不同而有極大變化的，也是你呢。別忘了，法蘭西絲．卡莉接受過戲劇表演的訓練，深諳迅速換妝之道。她還可以根據需要而改變嗓音。當她是法蘭西絲的時候，她把長長的黑髮披散在臉龐四周半遮面，臉上抹了死白的濃濃粉底，眉毛描得墨黑，塗上睫毛膏，說話時沙啞的嗓音拖得長長的。當她變成瑪麗．雷斯特里的時候，她就戴上有整齊金色波浪的假髮，並穿上普通的衣服，操著略帶殖民地腔的口音，說話很快，完全呈現出另一副模樣。然而，打一開始她就讓人覺得『不太真實』。她究竟是個什麼樣的女人呢？我不知道。對於她我太遲鈍了……沒錯，我，赫丘勒．白羅，太遲鈍了。」

「你們聽，你們聽，」史蒂林弗利醫生說，「白羅，我是頭一次聽到你這麼說！世界真奇妙啊！」

「我真不明白她為什麼要有兩種身分，」奧利薇夫人說，「這樣讓人摸不著頭腦，沒有必要嘛！」

「非也。這對她而言非常重要。你知道，無論什麼時候，只要她需要，永遠都有不在場證明。想想看，這個事實一直擺在我眼前，而我居然視而不見！我的下意識始終因為這件事而感到不安，卻不明白究竟為什麼而不安。兩個女人，無論什麼時候，從來沒有人看過她們一起出現。她們的生活安排得如此巧妙，以致兩人即使在時間上有無法解釋的重大脫節，也沒人會注意到。瑪麗常常來倫敦購物、找房屋仲介、帶一大堆訂單回去看，讓人以為她就是這樣消磨時間。法蘭西絲常去伯明罕、曼徹斯特，甚至搭飛機出國，常到切爾西區找她那一夥特殊的藝術家朋友。她就是雇用這些人去做那些法律難容的工作。他們為韋德伯恩藝廊設計了一些特殊的畫框。這些正崛起的年輕藝術家在那裡舉行『畫展』，他們的畫作銷路很好，常被運往海外或是送到外地展覽，而畫框裡都祕密塞著一包包海洛因。他們販賣藝術品進行詐騙，巧妙地偽造那些不為人熟知的名家之作。這一切都由她一手安排、策畫。大衛・貝克就是她雇用的藝術家之一，他有將畫作臨摹得唯妙唯肖的天分。」

諾瑪輕聲說道：「可憐的大衛。我第一次見到他的時候，還覺得他好厲害。」

「那幅肖像畫，」白羅說道，神情有如作夢般。「我腦子裡總是不斷、不斷回想著它。雷斯特里為什麼要把它拿到辦公室去呢？這幅畫對他有什麼特殊意義呢？唉，我竟然如此駑鈍，真是難以原諒自己。」

「我不懂肖像畫的事。」

「這是個非常聰明的點子。那幅畫像可以當作一種身分證明。一對夫妻肖像，出於一個當年走紅的名畫家之手。當這兩幅畫從倉庫裡取出的時候，大衛．貝克將雷斯特里的畫像換成了奧韋爾的畫像，並且讓畫中人的外貌年輕了二十歲。任何人作夢也不會想到這幅肖像是贗品。不論風格、筆觸、畫布，都是個極其令人信服的作品。雷斯特里將它掛在辦公桌上方，任何一個多年前就認識雷斯特里的人抬頭望見那肖像的時候，可能會說：『我簡直認不出你了！』或是『你變了真多』，但他只會認為其實是自己忘了那人過去是什麼模樣！」

「雷斯特里——或者說奧韋爾——這樣做的話，風險太大了。」奧利薇夫人若有所思地說道。

「比你想像的要小。你知道，嚴格說來，他從來沒有做過主事者。他不過是倫敦商界一家知名企業的一員，在去國多年後，如今回家來處理他哥哥的身後事。他把不久前才娶進門的年輕太太帶回來，和一位已經半瞎但極其顯貴的姻親老舅父住在一起。這位舅父雖然從他學童時代之後就和他不熟，但毫無疑心地接納了他。他沒有其他近親，只有一個離開時僅只五歲的女兒。他當初離家遠赴南非的時候，職員當中有兩位年事已高的辦事員，之後也都去世了。現在這年頭，年輕的職員絕不會在任何公司久待。雷斯特里家的律師也已亡故。你可以肯定的說，在他們定下錦囊妙計之後，法蘭西絲對整個形勢進行過非常仔細的研究。

「她好像是兩年前和他在肯亞相識的。儘管兩人興趣截然不同，但都是老千。他是個投機客，曾經涉及多起很有問題的買賣──雷斯特里和奧韋爾曾經一同在某個窮鄉僻壤勘查過礦藏。一度傳說雷斯特里已死（也許是真的），可是這個傳言後來被推翻了。」

「我想，這場賭局裡牽涉到很多錢吧？」史蒂林弗利說。

「涉及了天文數字的錢。這是一場非同小可的賭博，賭注相當驚人。它成功了。安德魯．雷斯特里自己就很有錢，而他又是哥哥的繼承人。沒有人對他的身分起過疑竇。後來，事情出了差錯。有如青天霹靂般，他收到一個女人的來信，如果她和他面面相對，立刻就會知道這個人不是安德魯．雷斯特里。接著第二個厄運也冒出頭來──大衛．貝克開始勒索他。」

「我想，這或許原本就在他們意料之中，」史蒂林弗利若有所思說道。

「他們並沒有料到，」白羅說，「大衛以前從來沒有幹過勒索。我想，是這男人的龐大家產讓他起了這份貪念。在貝克看來，他偽造畫像而得到的錢簡直微不足道。他要更多的錢。於是，雷斯特里簽了一張數額極大的支票給他，並佯稱是因為女兒的緣故，避免她步入一場不足取的婚姻。他是不是真想娶她，我不知道……也許是。不過，勒索奧韋爾和法蘭西絲這種人是很危險的。」

「你是說，這兩個人就這樣……如此冷靜、如此冷血地計畫好去殺死那兩個人嗎？」奧利薇夫人問道。

她看來十分蒼白。

「夫人，你很可能也在他們的名單之列。」白羅說。

「我？你的意思是敲我腦袋的是他們兩人中的一個嗎？我想，是法蘭西絲吧？難道不是那隻可憐的孔雀？」

「我不認為是孔雀。你去過鮑羅登大樓，如今又跟蹤法蘭西絲到切爾西區（她自己這麼想），而且你為自己編的那套說辭很啟人疑竇，所以她溜出來，在你頭上輕輕來了那麼一下，好讓你為你的好奇心付出一點代價。我警告過你有危險，你就是不聽。」

「我簡直不能相信是她！那天在那間骯兮兮的工作室裡，她還躺著擺出一副伯恩．瓊斯畫作裡那些女主角的姿勢呢。可是，為什麼——」她望望諾瑪，隨後又望向白羅。「他們利用她，處心積慮地影響她，對她施用毒品，要她相信她殺了兩個人。這是為什麼呢？」

「他們想找個犧牲品。」白羅說。

他從椅子裡站起來，向諾瑪走去。

「我的孩子，你經歷了一場可怕的劫難，這種事永遠不會再在你身上重演。請記住，從今以後你可以對自己有信心。當你如此近距離地了解到什麼是絕對的邪惡，就等於有了防護，不會讓生命對你為所欲為。」

「我想你說得對，」諾瑪說，「以為自己瘋了，而且深信不疑，真是可怕的事……」她在顫抖。「我不明白，即使到現在也不明白，我怎麼會脫罪呢？為什麼會有人相信我並沒有殺害大衛，即使連我都相信是自己殺害了他？」

「血不對，」史蒂林弗利醫生以就事論事的口吻說道，「傷口的血已經開始凝固。一如雅各小姐所說，襯衫上的血『都凝成了血塊』，不是溼的。你殺死他的時間離法蘭西絲開始尖叫不會超過五分鐘。」

「她怎麼會……」奧利薇夫人開始動腦筋，打算把事情想清楚。「她不是到曼徹斯特去了……」

「她搭早一班火車回來，在火車上戴上瑪麗的假髮，化好妝。她以一個誰也不認識的金髮女郎模樣，走進鮑羅登大樓，坐電梯上了樓，走進房子。大衛依照她事前的吩咐，正在那裡等她。他毫無戒心，她便刺死了他。隨後她走出來守候，直到看見諾瑪到來。她溜進一間公共更衣室換裝，變了外貌後在街頭碰到一位朋友，兩人一同走到鮑羅登大樓前和朋友道別，然後就上樓來繼續完成自己的計畫……我想，她對於這種事應該是樂在其中。等到警察接獲報案抵達之後，她料想不會有人疑心這段時間上的脫節。我必須說，諾瑪，那天你把我們搞個很慘。你堅持說那兩人是你殺的！」

「我想坦白招供，好把整個事情做個了斷……那你……你認為我真的可能行凶嗎？」

「我？你把我當成什麼人了？我知道我的病人會做什麼、不會做什麼。不過，我認為你真的把事情弄得非常棘手。我不知道尼爾能挺身負責到什麼程度。我覺得這不是警方正常的辦案程序。看看他讓白羅主導本案的程度就知道。」

白羅笑了。

「尼爾探長和我已相識多年。此外，他也對某些事情進行了調查。你從來沒有真正到過露薏絲的門外。法蘭西絲把房號掉換了，她把你們自己房門上的六和七互相對換。那些數字牌已經鬆了，用釘子安在門上。那天晚上，克勞蒂亞不在，法蘭西絲讓你服了藥，所以這一切對你來說就成了一場噩夢。」

「我現在才恍然大悟。唯一有可能殺害露薏絲的另一個人才是真正的『第三個女郎』：法蘭西絲．卡莉。」

「你知道，其實你一直對她似曾相識，」史蒂林弗利說，「因為你對我形容過，一個人好像變成了另一個人。」

諾瑪若有所思地望著他。

「你這人真沒禮貌。」她對史蒂林弗利說。

他顯得有些吃驚。

「沒禮貌？」

「你對大家說的那些話，大喊大叫成那個樣子。」

「噢，呃，大概我真是……我不由自主就那樣了。這些人真他媽的叫人惱火。」

他突然朝白羅咧嘴笑了笑。

「這女孩真特別，對吧？」

奧利薇夫人嘆了口氣，站起身來。

「我得回家了，」她看看那兩個男人，又看看諾瑪。「我們應該拿『她』怎麼辦呢？」她問。

兩個男人現出吃驚的表情。

「我知道，目前她跟我住，」她又說，「而且她說她這樣很快活。不過，我的意思是，這確實是個問題。你有很多很多錢，因為你的父親……我是指你真正的父親，把財產都留給了你。這會引起錯綜複雜的問題，要錢的信會接踵而來。她是可以去跟羅德瑞克老爵士住在一起，不過對一個女孩來說，這不會有什麼樂趣，他幾乎又聾又瞎了，而且自私之至。對了，他丟掉的那些文件怎麼樣了？那女孩呢？還有丘園的事？」

「結果在他以為他找過的地方找到了……是索尼雅找到的。」諾瑪說。接著她又說：「羅迪舅公和索尼雅準備結婚了，就在下星期——」

「再也沒有比老傻瓜更傻的人了。」史蒂林弗利說。

「啊哈！」白羅說，「這麼說，那位小姐寧願不搞政治也要在英國住下去了。算她聰明，這個小東西。」

「所以那件事就那樣了，」奧利薇夫人下結論說道，「不過我們還是得繼續討論諾瑪的事，人總得面對現實。總得有個『計畫』。這女孩不可能什麼都知道怎麼做。她正等著別人來告訴她呢。」

她望著他們，一臉嚴肅。

白羅沒說話。他笑了。

「噢，她嗎？」史蒂林弗利醫生說，「好吧，我來告訴你，諾瑪。下星期二我將飛往澳洲。我會先去看一看——看看為我準備的一切安排是否順當等等。然後我會打電報給你，你可以飛來和我會合，然後我們就結婚。你必須相信我的話，我要的不是你的錢，我可不是那種想建立龐大研究機構後好捐贈出去的醫生。我只是對『人』有興趣。我也認為，你能把我『管』得好好的，比方說我對人沒禮貌這種事情，我自己就沒注意到。真的很奇怪，想想看你曾經陷入的困境，無助得像一隻落在糖蜜中的蒼蠅，可是將來不是我在指揮你，而是你指揮我。」

諾瑪靜靜地站在那裡。她細細端詳著約翰·史蒂林弗利，彷彿在以一個完全不同的角度思索著自己認識的某樣東西。

接著她微微一笑。非常美的微笑，就像一頭快樂的小羊。

「好吧。」她說。

她向房間另一頭的赫丘勒·白羅走去。

「我那時也很無禮，」她說，「那天我來這裡找你，當時你正在吃早餐。我對你說，你太老了，不可能幫得了我。那句話真沒禮貌。其實那不是真的……」

她雙手扶住他肩頭，吻了他一下。

「你最好叫部計程車來。」她對史蒂林弗利說。

史蒂林弗利醫生點點頭，走出房間。奧利薇夫人收拾起手提包和毛披肩，諾瑪披上外套，跟在她後頭朝門口走去。

「Madame, un petit moment[30]——」

奧利薇夫人轉過身來。白羅從沙發深陷處拿出一個漂亮的灰色髮捲。

奧利薇夫人懊惱地大聲說道：「這東西就像現在製造的東西一樣，一點也不好用！我的意思是那些髮夾。它們常常滑下來，什麼都會掉！」

她皺著眉頭向外走去。

片刻之後，她的頭又從門外探了進來，壓低聲音說道：「你就告訴我吧——沒關係，我已經讓她下樓去了——你是故意把這女孩送到那個與眾不同的醫生那裡去的嗎？」

「我當然是故意的，他的資歷——」

「別管他的資歷，你知道我的意思。他和她……你是不是故意的？」

「如果你一定要知道，是的。」

「我想也是。」奧利薇夫人說，「你這人真是老謀深算，對吧？」

30 法語，意思是「夫人，等一下」。

專文推薦

藏在日常細節中的冒險

楊照（作家）

一開始，就都在那裡了。

一九二〇年，阿嘉莎．克莉絲蒂出版了《史岱爾莊謀殺案》，神探白羅就已經退休了。而且在這個案子裡，藉由敘述者海斯汀的轉述，就鋪陳出克莉絲蒂小說最基本的偵探原則：

「那些看來或許無關緊要的小細節……它們才是重要的關鍵，它們才是偉大的線索！」

「豐富的想像力就像洪水一樣，既能載舟亦能覆舟，而且，最簡單直接的解釋，往往就是最可能的答案。」

「沒有任何謀殺行為是沒有動機的。」

還有，一個不討人喜歡的死者，一群各有理由不喜歡死者、因而也就都有殺人動機的人，這些人彼此之間構成複雜的關係，有的互相仇視，有的互相愛戀，麻煩的是，有些愛人其實貌合神離，有些仇人其實私下愛慕；更麻煩的是，不論是愛或是仇，都有可能是扮演出來的。

一個外來的偵探必須周旋在這些嫌疑者之間，從他們口中獲取對於案情的了解，換句話說，他必須在很短的時間內，搞清楚誰是誰、誰跟誰吵架、誰跟誰偷情，然後判斷誰說的哪一句是實話、哪一句是謊言。常常謊言比實話對於破案更有幫助。

再偷偷透露一下，如果要和小說裡的凶手及小說背後的作者鬥智，就像克莉絲蒂對英國社會的了解，祕訣就在於要去追究小說裡的人物背景，尤其是他們的階級地位。基本上，階級地位愈高、權力愈大、愈有錢者，說的話就愈不要相信。例如在《史岱爾莊謀殺案》中，僕人、園丁說的話遠比有頭有臉的人說的要可信多了。就算要說謊，他們的謊言也比較天真，而且往往出於善良動機。當你歸納線索時，就會知道他們並非故意說謊，那是因為他們的認知受到蒙蔽或誤導，而你慢慢就從這蒙蔽或誤導中被引導到真相。

《史岱爾莊謀殺案》出版那年，克莉絲蒂三十歲，但書稿其實早在五年前就寫好了，畢竟要找到有人願意出版一個看來再平凡不過的家庭主婦寫的小說，並不是那麼容易。

所有和克莉絲蒂接觸過的人，都對於她的「正常」留下深刻印象。她看起來就和她那個年紀的典型英國家庭主婦一樣，害羞、靦腆，只能在社交場合勉強跟人聊些瑣事話題，完全無法演講，甚至連只是站起來對眾賓客說幾句客套話，請大家一起舉杯，她都做不到。她不演講，也很少答應接受採訪，就算採訪到她也很難從她口中得到有趣的內容。她會講的，幾乎都是記者本來就知道、或者自己就可以想得出來的。

例如說白羅這個神探的來歷。克莉絲蒂回答：他應該是個外國人，這樣就能在英國日常生活中看出英國人自己看不出的線索。她自己碰過的外國人，只有第一次大戰剛爆發時到英國避難的比利時人。比利時警察怎麼能跑到英國來？那一定是因為他已經退休了。他有潔癖，所以對於現場會有特殊的直覺，馬上感受到不對勁的地方。一個有潔癖的人，好像應該長得矮小些才相稱，一個矮小有潔癖的人最適當的名字，就是希臘神話裡的大力士「赫丘勒斯（Hercules）」，製造出荒唐的對比趣味。那白羅這個姓是怎麼來的呢？克莉絲蒂很誠實地說：「我不記得了。」

一切都如此順理成章，一切都如此合邏輯，不是嗎？有記者問她怎麼看自己的舞台劇〈捕鼠器〉，創下了英國劇場、甚至全世界劇場連演最多場紀錄的名劇？克莉絲蒂的回答也還是中規中矩，合理合節：那是一齣小戲，在一個小劇院演出，成本很低，任何人想到了都可以帶家人或朋友去看，老少咸宜，並不恐怖，也不特別荒謬打鬧，可是又什麼都有一點，包括恐怖和荒謬打鬧的成分。

她的身上找不出一點傳奇、怪誕色彩，那她為什麼能在五十年間持續寫偵探小說，創造了那麼多謀殺，還創造了那麼多詭計？

首先因為她是女性，以及她的身世，包括她的階級身分，使得她在描寫故事場景時比一般男性作者來得敏感。因為在她之前的偵探推理小說男性作家的階級身分都是高高在上，基本上他們會從較高的角度看社會，比較看不到底層的感受。

而她的婚變以及婚變中遭逢的痛苦，都使她更能體會與觀察，將英國社會的複雜細節融入小說的核心情節，讓探案與線索分析結合在一起。

克莉絲蒂一生結過兩次婚，第一次在一九一四年，婚後不久，丈夫就參加了歐戰，是英國皇家空軍最早一批飛行員。一九二六年，這個丈夫有了外遇，直率地向克莉絲蒂要求離婚，在那之前，克莉絲蒂的媽媽才剛過世，雙重打擊之下，又遇到車子無法發動，克莉絲蒂崩潰了，她棄車而走，忘記了自己究竟是誰，躲進一家鄉間旅館，登記時寫了她心裡唯一有印象的名字——她丈夫情婦的名字。

離婚後，一次在晚宴中，有人提起近東烏爾考古的最新收穫，克莉絲蒂就取消了原定要去西印度群島的計畫，改訂了跨越歐洲到君士坦丁堡的「東方快車」，是的，就是這趟旅程給了她寫《東方快車謀殺案》的靈感。不過更重要的是，在烏爾，她認識了一位年輕的考古學家，比她小十四歲，這個人後來成了她的第二任丈夫。

這位考古學家陪她去參觀在沙漠中的烏克海迪爾城，卻在沙漠中迷路困陷了。幾小時中克莉絲蒂卻沒有一點驚慌不安，當下考古學家就決定要向她求婚。

原來，克莉絲蒂的內心是有這種冒險成分的。要不然她不會兩次選到的，都是喜愛冒險的丈夫，而她本身大概也不會吸引一個在各種危險情境下挖掘古代寶藏的人，讓他願意向一個大他十四歲的女人求婚。

這樣說吧，維多利亞時代後期的英國環境，壓抑限制了克莉絲蒂冒險、追求傳奇的內在衝動，她只好將這樣的衝動寄託在丈夫和寫作上。她一邊陪著第二任丈夫在近東漫走，一邊在小說中寫各式各樣的謀殺與探案。謀殺和探案都是冒險，還有，偵探偵查中做的事——蒐集線索，還原命案過程——其實和考古學家的考掘，如此相似！

克莉絲蒂寫得最好的，正是「藏在日常中的冒險」。她個性中的雙面成分，造就了特殊的偵探魅力。既嚮往非常傳奇，卻又有根深柢固的日常邏輯信念，兩者都在克莉絲蒂的小說中扮演了重要角色。她的謀殺案幾乎都和日常習慣緊密編織在一起，日常環境成了凶手最重要的掩護。有些日常規律明顯地被破壞了，讓我們很自然以為那會是謀殺的線索，沿著這些線索形成了閱讀中的推理猜測，然而白羅早就提醒了，真正重要的反而是那些「細節」，也就是看來像是依隨日常邏輯進行的事，或說藏在日常邏輯中因而不被看重的事，那裡要嘛藏著凶手的核心詭計、煙幕，要嘛藏著凶手致命的破綻。

凶案的構想，就是如何讓異常蓋上日常、正常的面貌，又如何故意將日常、正常予以扭曲，製造假象；那麼偵探要做的，就是如何準確地在日常中分辨出真正的異常，將假的、明顯的異常撥開來，找出細節堆疊起來的異常真相。

此外，克莉絲蒂的小說裡隱藏著極其曖昧的情感價值觀，最典型、最有名的就是《東方快車謀殺案》。透過追查過程，讓讀者知道為什麼凶手要訴諸於這種手段，其動機具有可同情之處，再加上克莉絲蒂對身分階級的觀察，她比較相信或讓讀者相信那些沒有權力、地位的人，隨著偵查節奏去認識可能或必須懷疑的人。克莉絲蒂最擅長營造「多重嫌疑犯」的小說特質，因為讀者在閱讀時必須被迫去認識很多不一樣的人。在她最受歡迎的作品，大概都具備這樣的特質。

當然，她的作品中還有兩個最突出的神探，即白羅和瑪波。白羅是比利時人，但為什麼必須是外國人？這是因為英國人具有高度階級意識，這種觀念一路滲透到所有互動細節，包括人與人之間如何說話。而白羅因為不是英國人，他會發現一般英國人不太看得出來的東西，以及兩個人互動的方法哪裡不正常。至於瑪波為什麼得是老太太？她一如那個年代的老人家，總是靜靜坐著打毛線，因為不起眼，自然讓人放鬆防備，所以瑪波探案的線索都是來自於這樣的互動模式。

然而，白羅有很明顯的優勢，瑪波的身分使她基本上只能進行「靜態」的辦案，案子的空間受到侷限，白羅卻可以跨越各種空間，恣意揮灑。而且白羅擁有警官身分，可以合理出現在各種犯罪現場，瑪波能出現的地方，相形之下就勉強、不自然多了。白羅是明白的outsider，在英國，只要他出現，就會覺得有外人在而感到緊張，於是很容易露出平常不會表現的行為；瑪波則看起來是insider，但實質上是outsider，因為總是沒人發現她、當她空氣人。這兩人的探案，是兩個極端。雖然讀者最愛白羅，但克莉絲蒂自己偏愛瑪波勝於白羅。

不管後來的偵探、推理小說發展了多少巧妙詭計，克莉絲蒂卻不會過時，因為她的推理如此密切地和日常纏繞在一起；活在日常中，我們就無可避免被克莉絲蒂的「日常細節推理」吸引，隨時讀來都充滿驚奇趣味。

名家盛讚克莉絲蒂（依推薦時間排序）

金庸（作家）

克莉絲蒂的寫作功力一流，內容寫實，邏輯性順暢，也很會運用語言的趣味。閱讀她的小說，在謎底沒有揭露之前，我會與作者鬥智，這種過程非常令人享受。其作品的高明之處在於：布局的巧妙完全意想不到，而謎底揭穿時又十分合理，讓人不得不信服。

詹宏志（作家、PChome 網路家庭董事長）

推理小說在從先輩柯南．道爾等人的發明中出現力量時，誕生了一位《天方夜譚》故事中每天說故事說個不停的王妃薛斐拉．柴德，也就是「謀殺天后」克莉絲蒂，整個世界對聽這些故事才有如此的熱情。他們捨不得睡覺，每天問後來還有嗎、還有嗎，永遠不肯離去，這就是克莉絲蒂對推理小說的最大貢獻。

可樂王（藝術家）

所謂「克莉絲蒂式」的推理小說，就是一場和一個天才的寫作者或高明的恐怖份子在紙上捕掠捉殺的戰事。即便是一列火車、一處飯店或一間酒吧，在克莉絲蒂寫來皆充滿神祕和猜謎。在人生適合的下午裡，我總是一面嚼著口香糖，一面跟著矮子偵探白羅穿梭謀殺現場，克莉絲蒂的推理作品無疑是推理世界中最充滿「魔術性」的小說。

吳若權（作家、節目主持人）

我從小就對推理小說情有獨鍾，克莉絲蒂一系列的作品尤其令我愛不釋手。多年來，閱讀推理小說的經驗讓我覺悟：讀者在文字情節中推展開來的驚嘆，不只是因緣於故事的本身，而是自我性格的投射。從這個觀點來看克莉絲蒂一系列的作品，她簡直就是洞徹人性的算命師。而讀者，在她的文字中，發現了自己無可奉告的命運。

藍祖蔚（國家電影及視聽文化中心董事長）

做過藥劑師，難免懂得毒藥；嫁給考古學家，難免也就嫻熟文明的神祕；再加上曾經失蹤九天，一切不復記憶的離奇經驗，的確提供了寫作靈感，但若少了想像力，那些片羽靈光縱使辛辣如辣椒，卻不足以成菜。

推理小說重布局、重人物描寫，克莉絲蒂最厲害的卻是犀利的人性觀察，她一手創造的白羅探長，潔癖個性完全和她相反，更將她所憎厭的人格特質集於一身，殊不知，唯有不對著鏡子寫作，才能夠跳出框架與制式反應，開闢無限寬廣的新世界，建構多面向的詭異迷宮。

看完她的小說，你只會更加訝異，到底是什麼樣的心靈才能成就這般視野？

李家同（作家、前暨南大學校長）

克莉絲蒂的整體布局十分細膩，最後案情也都講解得非常詳細，回頭去看，在書中都找得到線索。故事的情節與內容也很好看，不是像一個流氓在街上被殺掉那麼單調。……看小說應該要花腦筋、要思考，從小就要養成思辨的能力，看她的小說，就是對邏輯思考能力極佳的訓練。

袁瓊瓊（作家）

雖然被公認是冷靜理性的謀殺天后，但是在理性之下，克莉絲蒂的底色依舊是感情。克莉絲蒂很明白，所有的慾望之後，都無非是某種愛情。在以性命相搏的犯罪世界裡，凶手以終結他人的性命來遂私欲，不過是為了成全自己的愛，或者是成全自己的恨。

鄧惠文（精神科醫師）

以推理小說作家而言，克莉絲蒂的風格相當獨樹一格。她的偵探在辦案時，靠的不光是科學證據的搜集，而是大量運用犯罪心理學，及對人性的深刻了解。例如在《五隻小豬之歌》中，白羅便是藉由聽取嫌疑犯訴說案情時所不自覺顯露的主觀意識及中心思想，而看出其中破綻，找出真凶。白羅是靠腦袋辦案，以心理層面去剖析案情，即使人們敘述的是同一件事，他可以聽出不同角色因出發點及看待角度不同所透露的情緒觀感，從而抽絲剝繭，還原事實真相。

克莉絲蒂所塑造的人物也生動且各具特色，不同個性所出現的情緒反應描寫，皆細膩而準確，讓讀者產生豐富的想像空間，一展卷便欲罷而不能。

吳曉樂（作家）

克莉絲蒂使用的語言平易近人，主要是以角色與情節的對應來斧鑿出故事的深度，堆疊出讓讀者回味的迂迴空間。而她筆下的角色往往性別、階級、性格、族群各異，塑造出多元又豐富的人物群像。

文學作品不問類型，若要流傳於世，最終仍得上溯至「人性」的理解與反思。而阿嘉莎・克莉絲蒂的作品中，我們可以看到人類屢屢得和自己的人生討價還價，或千方百計讓主觀意識與客觀條件達成某種程度的整合，讀者在重建人物的心理軌跡時，也見識到自身的是非成敗，我認為，這也是克莉絲蒂的作品能夠璀璨經年、暢銷不衰的主因。

許皓宜（心理學作家）

克莉絲蒂筆下的故事看似在談人性的醜惡，實則像一位披著小說家靈魂的心靈引導者，用她的文字訴說著人們得不到「愛」時的痛苦。於是在故事終了的剎那，你不得不對人生多了幾分「看透感」：原來，我們心裡的那些痛苦、報復與自我折磨的慾望，不是因為「憤恨」，而是起於對「愛的失落」。這或許是我們在情感世界中最珍貴且深刻的一種覺察了。

推理小說荒謬驚悚嗎？不，它其實很寫實。它幫我們說出心裡的苦、怨、醜陋的慾望，於是，我們可以重新學習愛了。

一頁華爾滋 Kristin（影評人）

從有記憶以來，閱讀克莉絲蒂最迷人之處往往不在真正的凶手是誰，而是在於「Why」（為什麼）與「How」（如何進行），在於人性與心理描摹的故事肌理。依循其書寫脈絡，會發覺不只是邏輯清晰、布局縝密、著重細節，她總能完美掌握敘事節奏，書中人物彷彿真實存在般鮮明躍然紙上，讀者情緒會隨精準文字保持流轉、跳動、收放，掩卷時並無太多真相水落石出的暢快，反倒淡淡的惆悵化為餘韻襲上心頭，原來還是種種意料之外，卻屬情理之中的人性盲目使然。私以為，那成就了克莉絲蒂的推理故事之所以無比迷人的主因之一。

冬陽（推理評論人）

雖然阿嘉莎．克莉絲蒂的作品並非我的推理閱讀啟蒙，卻是養成閱讀不輟的重要推手。首先，她無庸置疑是個說故事能手，打開我名為好奇的開關；其次是設計犯罪事件的巧妙多元，既日常又異常，凶手更是叫人意想不到。沒錯，我相信每個當讀者的都忍不住想破案，想早偵探一步識破詭計，或者像考試結束鈴響前一秒，瞎猜都要指著某個角色大喊「你就是犯人」！然後會忍不住作弊——不是翻到最後幾頁窺探真凶身分，而是往前翻查讓人起疑的段落、偵探顯然掌握重要線索的時刻，直到忍不住豎白旗投降，看神探（我知道啦，真正把我耍得團團轉的聰明人是作者）頭頭是道地分析我遺漏錯置的片片拼圖，終於看清真相全貌。這，就是偵探推理，我因此熟悉遊戲規則、沉醉在每一場迷人故事裡，成為這個類型書寫的俘虜，享受至今不疲的美好滋味。

石芳瑜（作家、永樂座書店店主）

布局細膩、處處留下線索，破案解說詳細，說明了這位安靜、害羞的推理小說女王心思縝密，且充滿想像力。密室殺人，完美犯罪，《東方快車謀殺案》不愧為古典推理小說的經典。再加上神祕的東方色彩，隨著火車抵達的迫切時間感，連非推理小說迷都會神經拉緊，讀完大呼過癮。

家庭主婦缺少人生經驗？處女座的阿嘉莎．克莉絲蒂充分展現她過人的寫作天分，靠得是從小開始的閱讀，以及對偵探小說的著迷。三十歲寫下第一本偵探小說《史岱爾莊謀殺案》的克莉絲蒂，在那個時代並不能說是「早慧」，但寫作生涯五十五年中，共創作了八十部偵探小說，卻令人難以企及。這位害羞靦腆的小說女神，大概是相信只要有足夠的理由，每個人都有殺人的可能！

余小芳（暨南大學推理研究社指導老師、台灣推理作家協會常務理事）

學生時代加入推理社團，社課指定讀物便是經典作品《一個都不留》，成為我對克莉絲蒂的初步印象，自此沉浸於推理小說的世界。隔年寒假陪同學參與轉學考，在斜風細雨的走廊中，滿足讀完《東方快車謀殺案》。隨著歲月遠走，已昇華成趣味回憶。

踏入推理文學領域需要認識的作家，阿嘉莎．克莉絲蒂絕對名列其中，她的作品常有英國小鎮風光、莊園式的謀殺、設備豪華的交通工具等，還有特色鮮明的偵探活躍其中。書中少有血腥、暴力的橋段，布局巧妙且結構嚴密，手法純粹、知性，故事內容與人物性格融為一體，以高超的想像力結合說好故事的能耐，為推理小說開創新局面。克莉絲蒂推理全集重編改版，值得新舊讀者一起探索。

林怡辰（國小教師、教育部閱讀推手）

多年後，還是難忘第一次閱讀阿嘉莎．克莉絲蒂作品的感動和激動。

這套將近一世紀的作品，文筆流暢，邏輯縝密，過程中不斷與作者較量、猜出凶手，直到最後解答不禁佩服，蛛絲馬跡處處展現作者的精妙手法，於是又拿起另一部作品，再次沉溺在謀殺天后所編織的日常世界中的奇幻，無可自拔。犯罪動機和手法穿越時空限制，如今讀來合理且依舊令人感動，閱讀中趣味橫生，難怪成為後來諸多偵探小說的原型。

克莉絲蒂創作生涯中產出的八十部推理作品，至今多部躍上大銀幕，無怪乎被稱之為「經典」，喜愛推理偵探作品的人不可不讀，你會驚異於她在文字中施展的魔法！

張東君（推理評論家、科普作家）

我愛克莉絲蒂！這位在台灣有時會被稱為克奶奶的超級暢銷推理小說家，即使是自認沒讀過她的書的人，也都會在各種書籍或影視作品中看到對她致敬的片段。由於她喜歡旅行和冒險，那些經驗與體驗都成為書中的場景，因此閱讀她的作品時，不只是雀躍地跟著偵探推理，也有了虛擬的旅行體驗。或者當成旅遊導覽書，在出發去尼羅河、去英國鄉間、去搭船搭火車時，就塞一本克奶奶的作品到隨身背包中。

我還是大學新生時，就聽學姐說她哥哥經常看克奶奶的小說，而且邊看邊狂笑。於是我跟著效仿，在某次搭飛機之前買了第一本小說當旅伴，不只看得超開心，看完後還到處找尋書中出現的那種有兜帽的斗篷，當成出門時的必備用品。克奶奶的作品是跨越文字、國界的。只要看過一本，就會不停地追下去。還好，真的是還好只有八十本。何況這次是全新校訂的紀念珍藏版，當然不能錯過！

發光小魚（呂湘瑜）（文史作家、助理教授）

一部好的偵探小說，除了情節設計巧妙之外，還需要洞悉人性，如此方能合理地交代人物的言行舉止與動機。阿嘉莎．克莉絲蒂便是其中翹楚，她的作品不管是偵探、愛情小說或戲劇，必要元素都是謎題與人性。在寧靜無波的場景下暗潮洶湧，永遠都有意料之外，讀者的情緒也會隨著劇情的進行起伏糾結。克莉絲蒂觀察到時代的變化，將犯罪心理融入作品中，於是，看她的小說不只能得到解謎的快樂，同時對人性也能夠有所省思。

此外，克莉絲蒂豐富的人生歷練及旅行經歷，例如一九二二年的環球之旅、居住過也旅行過的巴黎和埃及，甚至是追隨考古學家丈夫前往的中東，都讓她的小說讀來更加充滿異國情調。如果你也愛旅行，不如就讓我們一同搭上那一班南法的藍色列車，或由伊斯坦堡出發的東方快車，跟著白羅鑽進一樁奇案，一嘗旅程中破解謎題的快感吧。

盧郁佳（作家）

國小時，家裡買了一套阿嘉莎．克莉絲蒂全集，從此成了我的毒品，在白癡課本將我的腦袋啃噬成海綿般空洞時，撫慰受創的心靈，那時我仍對人心險惡一無所知。

數學課教你列算式，樂趣遠不如克莉絲蒂教你住宅平面圖、偷換時序的密室魔術，你從庭園長窗進房間，我從房門直通鄰房，他從走廊進房……從而學會故事是建構邏輯。她文風多變，時而《四大天王》中讓神探白羅向助手海斯汀大賣關子，眉頭緊皺，山雨欲來，預示天翻地覆，只能靠他拯救世界；時而用維吉尼亞．吳爾芙《自己的房間》中俏皮的語言，讓貧苦村姑安妮在《褐衣男子》中回憶南非出生入死的冒險，竟源於她耽讀村裡圖書館爛舊的冒險愛情小說，還有戲院每週末放映〈帕米拉歷險記〉，帕米拉每集從飛機跳落高空、搭潛艇、爬上摩天大樓，每次被黑幫老大抓到總不一刀斃命，卻老要用瓦斯毒死她，暗示續集又會逃出生天。

長大才發現，克莉絲蒂小說就是我的〈帕米拉歷險記〉：它以歌劇般輝煌龐大的天真陰謀、精細的人際觀察（一句話重音放在哪個字、從膝蓋鑑定女人的年齡等），召喚年輕讀者抱持浪漫精神投入未知的壯遊，瘋魔、衝撞、冒犯，傷痕累累毫無懼色。正如瓦斯在冒險片中太多、現實中卻太少；陰謀在現實中沒有克莉絲蒂寫得那麼複雜，但她刻畫的心理卻是現實中解謎的試金石。

賴以威（臺灣師範大學電機系副教授）

或許可以為經典下幾個定義：該領域的愛好者更都讀過；不是這個領域的愛好者，許多人也都聽過；影響後續的作品，在很多著作中都可以看到它的影子；值得反覆再三閱讀，每隔一陣子再讀都可以獲得閱讀的樂趣，有更多的體悟。我永遠記得第一次讀《東方快車謀殺案》時，被那宛如嚴謹設計數學謎題的鋪陳、推進給深深吸引、震撼。從這幾個角度來說，克莉絲蒂的推理小說被稱之為「經典」，可說是當之無愧。

謝哲青（作家、旅行家、知名節目主持人）

克莉絲蒂小說的魅力在於透過每個角色的對白，藉由不斷的說話來表現人物的個性，以彰顯其人格特質中一些無法被忽略的事實。我們從他們的言語、講話的過程和字裡行間，竟然就能知道誰是凶手。

我從克莉絲蒂的小說學到很多，除了推理小說有趣的事實之外，最重要的是，我在工作的職場跟人應對的時候，如何從語言和對話裡去捕捉某些隱而不顯的事實。許多人們欲蓋彌彰的東西，無論心事也好、祕密也好，克莉絲蒂都會用文學的手法，讓你理解語言的奧妙和魅力。

克莉絲蒂的書寫會讓你覺得彷彿自己也在現場，你可以從聽到的對話當中，學會如何理解人心的一些小技巧，這是小說家最出色、最偉大的地方。我們必須學習傾聽別人說話——這些人講話是真誠的嗎？他想要跟你分享什麼資訊？這些資訊可靠嗎？——這是我在閱讀推理小說時，最大的收穫和理解。

阿嘉莎・克莉絲蒂大事記

1890		• 九月十五日出生於英格蘭德文郡托基鎮。
1894	4 歲	• 開始在家自學，父母親、姐姐教導閱讀、寫作、算術和彈鋼琴。
1895	5 歲	• 家中經濟走下坡，舉家搬至法國，學會流利的法語。
1905	15 歲	• 在巴黎寄宿學校學鋼琴和聲樂，但生性極度害羞，未成為職業鋼琴家，最終回到英國。
1907	17 歲	• 陪同母親前往埃及調養身體，對社交活動充滿興趣，但尚未對日後感興趣的埃及古物點燃熱情。 • 回英國後繼續寫作、參與業餘戲劇表演。
1908	18 歲	• 寫出第一篇短篇小說〈麗人之屋〉，同時也寫出第一部愛情小說《白雪黃漠》，以筆名向出版社投稿，但屢遭退稿。
1912	22 歲	• 與英國皇家軍官亞契・克莉絲蒂（Archibald Christie）熱戀。 • 八月爆發第一次世界大戰，亞契奉派到法國作戰。
1914	24 歲	• 耶誕夜結婚，亞契隨即返回戰場。克莉絲蒂參與紅十字會工作，在醫院擔任護士和藥劑師，因此對藥理和毒物非常熟悉，造就後來多部推理小說情節都以毒藥殺人。
1916	26 歲	• 開始嘗試寫推理小說，寫出第一部小說《史岱爾莊謀殺案》，主角偵探赫丘勒・白羅的靈感，來自於大戰期間英國鄉間的比利時難民營。本書歷經數家出版社退稿後，終獲柏德雷・海德（The Bodley Head）圖書公司的出版機會，之後並簽下另五本小說的合約。
1919	29 歲	• 前一年亞契返回英國，八月生下女兒露莎琳。

1920	30歲	• 出版《史岱爾莊謀殺案》。
1922	32歲	• 出版第二部小說《隱身魔鬼》，主角是夫妻檔偵探湯米和陶品絲。 • 與亞契至南非、澳洲、紐西蘭、夏威夷和加拿大等國旅行十個月，在南非得到《褐衣男子》的靈感。
1923	33歲	• 三月出版第三部小說《高爾夫球場命案》，白羅再度登場。
1926	36歲	• 四月母親過世，克莉絲蒂陷入憂鬱。 • 六月在「威廉・柯林斯父子出版社」出版《羅傑艾克洛命案》。 • 八月亞契因外遇提出離婚，十二月初一次爭吵後，克莉絲蒂離家棄車失蹤，消息登上全國新聞。
1927	37歲	• 一月在悲痛心情中寫出《藍色列車之謎》，第一次創造出聖瑪莉米德村，即後來瑪波小姐居住的村子。 • 分居期間在雜誌刊登以白羅為主角的短篇小說，後來集結出版《四大天王》。 • 十二月在雜誌刊登短篇小說〈週二夜間俱樂部〉，瑪波小姐初登場，後來收錄在一九三二年出版的短篇小說集《十三個難題》。
1928	38歲	• 十月正式離婚，仍保留「克莉絲蒂」姓氏。 • 秋天搭乘「東方快車」前往土耳其的伊斯坦堡，再轉往伊拉克首都巴格達，參觀考古現場烏爾，認識考古學家伍利夫婦（Leonard and Katharine Woolley）。
1930	40歲	• 二月應伍利夫婦之邀再訪烏爾，認識考古學家麥克斯・馬龍（Max Mallowan），九月於英國愛丁堡結婚。這段婚姻開啟克莉絲蒂旺盛的創作生涯，兩人到中東考古現場的旅行為許多作品帶來靈感。

		• 婚後克莉絲蒂開始維持固定的寫作行程。十月出版《牧師公館謀殺案》，是第一部以瑪波小姐為主角的小說。 • 出版第一部以「瑪麗·魏斯麥珂特」(Mary Westmacott) 為筆名的《撒旦的情歌》，並陸續發表了五部非犯罪小說。
1932	**42歲**	• 出版《危機四伏》。
1934	**44歲**	• 出版《東方快車謀殺案》，是白羅海外辦案三部曲之一，故事靈感來自中東的旅行經歷。一九七四年第一次改編成電影大獲好評。
1936	**46歲**	• 出版《美索不達米亞驚魂》，白羅海外辦案三部曲之二。
1937	**47歲**	• 出版《尼羅河謀殺案》，白羅海外辦案三部曲之三，故事背景是年輕時與母親同遊的埃及。一九七八年第一次改編成電影大受歡迎。
1939	**49歲**	• 二次大戰期間，克莉絲蒂在大學學院醫院擔任義務藥師，學習到最新的毒藥知識，對於推理小說寫作大有助益。 • 出版《一個都不留》，是克莉絲蒂最著名作品之一。
1941	**51歲**	• 出版《密碼》，呈現出克莉絲蒂對戰爭的看法。 • 出版《豔陽下的謀殺案》。
1942	**52歲**	• 出版《藏書室的陌生人》、《五隻小豬之歌》等名作。
1944	**54歲**	• 以「瑪麗·魏斯麥珂特」為筆名出版第三部作品《幸福假面》，被美國書評人發現是克莉絲蒂的作品，讓她從此失去匿名創作的自在樂趣。

1950	60 歲	• 獲選為皇家文學學會的會員。
1953	63 歲	• 出版《葬禮變奏曲》。
1956	66 歲	• 一月獲頒大英帝國爵級大十字勳章（GBE）。 • 十一月以「瑪麗・魏斯麥珂特」為筆名出版《愛的重量》，是這個筆名的最後一部作品。
1958	68 歲	• 成為「偵探作家俱樂部」主席。
1960	70 歲	• 馬龍獲頒大英帝國爵級大十字勳章。
1961	71 歲	• 獲得艾克塞特大學頒發榮譽文學博士學位。
1968	78 歲	• 馬龍獲封為爵士，克莉絲蒂亦被稱為馬龍爵士夫人。
1971	81 歲	• 獲頒大英帝國爵級司令勳章（DBE），獲封為女爵士。
1973	83 歲	• 出版最後一部創作《死亡暗道》，亦為湯米和陶品絲最後一次辦案。
1974	84 歲	• 最後一次公開露面，出席電影《東方快車謀殺案》首映會。
1975	85 歲	• 八月六日，白羅成為有史以來第一次在《紐約時報》頭版刊出訃聞的小說主角，宣傳九月即將出版的《謝幕》，這也是白羅最後一次辦案。
1976	86 歲	• 一月十二日去世。 • 十月出版《死亡不長眠》，瑪波小姐的最後一次辦案。

克莉絲蒂推理原著出版年表

1920 史岱爾莊謀殺案 The Mysterious Affair at Styles（神探白羅系列）
1922 隱身魔鬼 The Secret Adversary（神探湯米＆陶品絲系列）
1923 高爾夫球場命案 The Murder on the Links（神探白羅系列）
1924 白羅出擊 Poirot Investigates（神探白羅系列）
1924 褐衣男子 The Man in the Brown Suit（神探雷斯上校系列）
1925 煙囪的祕密 The Secret of Chimneys（神探巴鬥主任系列）
1926 羅傑艾克洛命案 The Murder of Roger Ackroyd（神探白羅系列）
1927 四大天王 The Big Four（神探白羅系列）
1928 藍色列車之謎 The Mystery of the Blue Train（神探白羅系列）
1929 七鐘面 The Seven Dials Mystery（神探巴鬥主任系列）
1929 鴛鴦神探 Partners in Crime（神探湯米＆陶品絲系列）
1930 牧師公館謀殺案 The Murder at the Vicarage（神探瑪波系列）
1930 謎樣的鬼豔先生 The Mysterious Mr. Quin（神探鬼豔先生系列）
1931 西塔佛祕案 The Sittaford Mystery
1932 十三個難題 The Thirteen Problems（神探瑪波系列）
1932 危機四伏 Peril at End House（神探白羅系列）
1933 十三人的晚宴 Lord Edgware Dies（神探白羅系列）
1933 死亡之犬 The Hound of Death
1934 三幕悲劇 Three Act Tragedy（神探白羅系列）
1934 李斯特岱奇案 The Listerdale Mystery
1934 帕克潘調查簿 Parker Pyne Investigates（神探帕克潘系列）
1934 東方快車謀殺案 Murder on the Orient Express（神探白羅系列）
1934 為什麼不找伊文斯？ Why Didn't They Ask Evans?
1935 謀殺在雲端 Death in the Clouds（神探白羅系列）
1936 ABC 謀殺案 The A.B.C. Murders（神探白羅系列）
1936 底牌 Cards on the Table（神探白羅系列）
1936 美索不達米亞驚魂 Murder in Mesopotamia（神探白羅系列）

1937 巴石立花園街謀殺案 Murder in the Mews（神探白羅系列）
1937 尼羅河謀殺案 Death on the Nile（神探白羅系列）
1937 死無對證 Dumb Witness（神探白羅系列）
1938 白羅的聖誕假期 Hercule Poirot's Christmas（神探白羅系列）
1938 死亡約會 Appointment with Death（神探白羅系列）
1939 一個都不留 And Then There Were None
1939 殺人不難 Murder Is Easy/Easy to Kill（神探巴鬥主任系列）
1940 一，二，縫好鞋釦 One, Two, Buckle My Shoe（神探白羅系列）
1940 絲柏的哀歌 Sad Cypress（神探白羅系列）
1941 密碼 N Or M?（神探湯米＆陶品絲系列）
1941 豔陽下的謀殺案 Evil Under the Sun（神探白羅系列）
1942 五隻小豬之歌 Five Little Pigs（神探白羅系列）
1942 藏書室的陌生人 The Body in the Library（神探瑪波系列）
1943 幕後黑手 The Moving Finger（神探瑪波系列）
1944 本末倒置 Towards Zero（神探巴鬥主任系列）
1945 死亡終有時 Death Comes as the End
1945 魂縈舊恨 Remembered Death（神探雷斯上校系列）
1946 池邊的幻影 The Hollow（神探白羅系列）
1947 赫丘勒的十二道任務 The Labours of Hercules（神探白羅系列）
1948 順水推舟 Taken at the Flood（神探白羅系列）
1949 畸屋 Crooked House
1950 謀殺啟事 A Murder Is Announced（神探瑪波系列）
1951 巴格達風雲 They Came to Baghdad
1952 殺手魔術 They Do It with Mirrors（神探瑪波系列）
1952 麥金堤太太之死 Mrs. McGinty's Dead（神探白羅系列）
1953 黑麥滿口袋 A Pocket Full of Rye（神探瑪波系列）
1953 葬禮變奏曲 After the Funeral（神探白羅系列）

1954　未知的旅途 Destination Unknown
1955　國際學舍謀殺案 Hickory, Dickory, Dock（神探白羅系列）
1956　弄假成真 Dead Man's Folly（神探白羅系列）
1957　殺人一瞬間 4:50 from Paddington（神探瑪波系列）
1958　無辜者的試煉 Ordeal by Innocence
1959　鴿群裡的貓 Cat Among the Pigeons（神探白羅系列）
1960　哪個聖誕布丁？ The Adventure of the Christmas Pudding（神探白羅系列）
1961　白馬酒館 The Pale Horse
1962　破鏡謀殺案 The Mirror Crack'd from Side to Side（神探瑪波系列）
1963　怪鐘 The Clocks（神探白羅系列）
1964　加勒比海疑雲 A Caribbean Mystery（神探瑪波系列）
1965　柏翠門旅館 At Bertram's Hotel（神探瑪波系列）
1966　第三個單身女郎 Third Girl（神探白羅系列）
1967　無盡的夜 Endless Night
1968　顫刺的預兆 By the Pricking of My Thumbs（神探湯米＆陶品絲系列）
1969　萬聖節派對 Hallowe'en Party（神探白羅系列）
1970　法蘭克福機場怪客 Passengers to Frankfurt
1971　復仇女神 Nemesis（神探瑪波系列）
1972　問大象去吧！ Elephants Can Remember（神探白羅系列）
1973　死亡暗道 Postern of Fate（神探湯米＆陶品絲系列）
1974　白羅的初期探案 Poirot's Early Cases（神探白羅系列）
1975　謝幕 Curtain: Hercule Poirot's Last Case（神探白羅系列）
1976　死亡不長眠 Sleeping Murder（神探瑪波系列）
1979　瑪波小姐的完結篇 Miss Marple's Final Cases（神探瑪波系列）
1991　情牽波倫沙 Problem at Pollensa Bay
1997　殘光夜影 While the Light Lasts

國家圖書館出版品預行編目（CIP）資料

第三個單身女郎 / 阿嘉莎・克莉絲蒂（Agatha Christie）著 ; 陳亦君、曾胡譯. -- 二版. -- 臺北市 : 遠流出版事業股份有限公司, 2022.10
面； 公分. -- (克莉絲蒂繁體中文版20週年紀念珍藏 ; 23)
譯自 : Third girl
ISBN 978-957-32-9750-5(平裝)

873.57　　111013862

克莉絲蒂繁體中文版 20 週年紀念珍藏 23

第三個單身女郎

作者 / 阿嘉莎・克莉絲蒂
譯者 / 陳亦君、曾胡

主編 / 陳懿文、余式恕　校對 / 呂佳真
封面、內頁設計 / 謝佳穎　排版 / 連紫吟、曹任華
行銷企劃 / 舒意雯　出版一部總編輯暨總監 / 王明雪

發行人 / 王榮文
出版發行 / 遠流出版事業股份有限公司
地址 / 104005臺北市中山北路一段11號13樓
電話 / (02)2571-0297　傳真 / (02)2571-0197　郵撥 / 0189456-1
著作權顧問 / 蕭雄淋律師

2002年9月1日 初版一刷
2022年10月1日 二版一刷
定價 / 新臺幣380元 (缺頁或破損的書，請寄回更換)

ISBN 978-957-32-9750-5

遠流博識網 http://www.ylib.com　E-mail: ylib@ylib.com
遠流粉絲團 https://www.facebook.com/ylibfans

www.agathachristie.com